글쓰기와 자기발견의 근대

글쓰기와 자기발견의 근대

진순애

머리말 - 자기발견의 언어

　이 시대 위대한 첨단문명은 인간의 첨단화 또한 야기하고 있다. 지구촌 구석구석의 뉴스가 실시간으로 올라오는 인터넷의 첨단기술에 놀라고, 아래 한글 프로그램에서 '글자를 만들었다 지웠다' 하면서 기술의 아이디어에 놀란다. 인류 최초의 위대함을 언어기호 이전에 형성된 '말'이라고 전제하자. 그러나 말소리에 이은 '언어'야말로 그 어떤 것과도 비교할 수 없는 문명적 인간의 위대함을 증명하는 매체다. 키보드를 두드리지 않으면 존재하지도 않았던 기호가 손가락의 움직임에 따라서 형체를 드러내며 의미를 만드는 일은 경이요 즐거움이며 희열이다.

　그러므로 '나를 키운 것은 팔 할의 바람'을 넘어 '언어'라고 하자. 언어라는 곡괭이가 있어서 고통스런 팔 할의 바람은 잠들고 하늘로 바다로 미래로 떠나는 자유가 주어진다. '거울아니었던들내가어찌거울속의나를만나보기만이라도했겠소'라는 발견처럼 언어가 있어서 부자유한 우리에게 자유가 주어지고 미완의 우리가 그때그때 완성에 이른다. 언어도 무한한 자유일 수 없으나 불가능을 가능케 하는 그 어떤 것보다도 위대한 자유의 유산인 것은 틀림없다. 무형의 무기인 언어는 인간의 위대함을 증명하는 가장 유구한 유산이자 우리의 지난 삶을 극복하게 하는 최상의 길잡이다.

　이제 이율배반적이게도 획일화를 낳는 디지털 문명이 읽고 쓰기의 확장에 기여함을 부인하기 어렵다. 누구나 하루에도 수십 통의 문자를 주고받으며 이메일을 주고받을 것이다. SNS도 그 부작용에도 불구하고 긍정적 작용을 외면하기 어렵다. 컴퓨터의 활성화를, 1450년경 구텐베르크의 금속활자에 의한 인쇄술의 발명으로 서적의 대량생산이 가능해졌으며, 그 결과 광범위한 독서층이 형성되면서 르네상스 정신이 확산된 경우와 비교할 수 있다. 디지털 문명이 야기한 문제는 문제고 놀랄 일은 놀랄 일이다.

'16세기 예술 가운데 개인의 발견이 가장 분명하게 잘 드러나는 것은 널리 확산된 초상화 예술'이었으며, '내가 내 글의 주인공'으로서 자신을 주제화한 〈자화상〉은 언어로든 그림으로든 '자신의 삶을 스스로 표현한 위대한 고백'이었다. 개인적 글쓰기의 활성화는 일기·자서전과 함께 17세기에 이르러서 사적 편지 교환의 강화로 나타났다. 18세기에 들어와서는 '특별한 일이 있을 때만 편지를 교환하다가 특별한 일이 없어도 거의 매일 단지 서로 이야기를 나누려고 편지를 쓰겠다'는 욕구가 광범위한 층으로 확산되었다. 편지를 많이 교환한 이유는 글 쓰는 능력이 확산된 데에도 있었지만 의사소통 구조가 변한 데에도 있었으며, '편지 숭배'는 남성들이나 여성들에게 자의식과 개인적 삶에 대한 의지를 강화시켰다.

주관성은 속박에서 풀려났고, 개인들은 편지를 쓰면서 자신의 주관성 속에 자기 자신을 펼쳐놓았다. '18세기에는 자기 자신을 주제로 삼은 사람들, 문학을 통해 자기 자신을 무대에 올리는 사람들의 그룹들이 사회운동으로까지 성장'했듯이 현대의 디지털 문명도 광범위한 독서층을 형성시키면서 신르네상스에 앞장설 것을 믿는다.

글쓰기 이론, 개인(사)적 글, 그리고 고전명작의 인물유형을 분석하고 평가한 본 저서는 〈글쓰기 지도서〉일 뿐만 아니라 〈독서지도서〉로도, 〈인문교양도서〉로도 손색이 없다. 본 저서를 탐독함으로써 글쓰기 실력을 증진시킬 수 있고, 인류문화사를 꿰뚫어보는 교양을 진작시킬 것이며, 독서지도 능력 또한 고취하는 다중의 효과를 얻을 것이다. 칸트는 "자기 생각이란 진리의 최고 시금석을 자기 안에서, 곧 자기 자신의 이성 안에서 찾는 것이며, 계몽이란 언제나 자기 스스로 생각하라는 격언이다"라고 「생각을 지향한다는 것은 무엇을 의미하는가」(1786)에서 말했다. 칸트의 지적처럼 본 저서는 '스스로 생각하고 스스로 교육하고 스스로 결정하는' 주체적인 자기발견의 탁월한 길잡이가 될 것이며, 인간과 역사에 대한 이해의 폭을 확장하게 될 것이다.

제1장에서 글쓰기 정의에 대해 다양한 글과 문학작품을 인용하여 설명하였다. 소월/이상/김영랑/김동환/백석/윤동주/서정주/박재삼/정호승/오규원/황지우/박남철 등의 시와 아우구스티누스·루소의 「고백록」, 카프카의 「단상」, 움베르토 에코의 「창작의 비밀에 대한 고백」 등이 지닌 감명에 깊이 빠질 것이다.

제2장에서 자기발견의 즐거움을 위해 개인(사)적 글을 고대에서부터 현대에 이르기까지 인용하여 글쓴이에 대한 이해와 당대의 문화를 만나게 했다. 우리에게 친숙한 작가의 글, 곧 〈카프카의 일기/안네의 일기/난중일기/계암일록/아버지의 일기//카프카의 편지/릴케의 젊은 시인에게 보내는 편지/정약용의 유배지에서 보낸 편지/신영복의 엽서/정조의 비밀편지//혜경궁 홍씨의 한중록/괴테의 시와 진실/김대중의 자서전//몽테뉴의 수상록/아우렐리우스의 명상록〉 등에서 1장과는 또 다른 감동을 받을 것이다.

제3장에서 고전명작의 인물을 시대별·유형별로 분석하고 평가하여 인간과 역사에 대한 또 다른 이해의 장을 마련하여 자기발견의 모델로 작용하도록 했다. 주체적인 자기발견을 위한 지침일 뿐만 아니라 서사문학 글쓰기의 모델도 될 것이다. 〈로빈후드/홍길동전//오이디푸스 왕/콜로노스의 오이디푸스/안티고네/햄릿//돈키호테/이고본 춘향전/봄봄//큰 바위 얼굴/상록수/파리대왕//키다리 아저씨/빨강머리 앤//올리버 트위스트/이고본 춘향전/인형의 집//쥐잡기/고아떤 뺑덕어멈/삼포가는 길/무진기행//오이디푸스 왕/이고본 춘향전//젊은 베르테르의 슬픔/80일간의 세계일주/로빈슨 크루소〉 등의 참신하고도 오래된 매력에 푹 빠질 것이다.

Output은 Input의 결과이듯 각 장마다 글과 작품의 예시를 풍부히 하여 쓰기와 읽기의 관계맺기를 의도하였다. 특히 다니엘 드포의 『로빈슨 크루소Robinson Crusoe』(1719), 괴테의 『젊은 베르테르의 슬픔The sorrows of young Werther』(1774), 진 웹스터의 『키다리 아저씨Daddy Long-Legs』(1912) 등에서 개인적 글인 일기나 편지가 창작적 글쓰기의 토대가 됨을 확인하는 것, 또한 커다란 즐거움이다.

각장은 그 마다의 특징으로 구성되어 있으면서도 전체적으로 서로 유기적인 관계에 있다.

출간을 맡아주신 이대현 사장님, 박태훈 이사님, 박윤정 과장님, 최기윤 대리님 및 수고하신 모든 분들께 감사드린다.

2017. 5. 1.

진 순 애

목 차

글쓰기의 정의

1. 조건적 정의

1) 글쓰기는 개념이다

단어와 단어가 모여서 문장이 되듯 문장의 출발은 단어, 곧 단어의 개념을 아는 데서 비롯된다. 단어의 개념을 모르고서 글을 쓰는 것은 자신이 무슨 내용의 글을 쓰고자 하는지도 모르면서 글을 쓰는 것과 같다. 사전적으로 개념이란 '어떤 사물의 비본질적인 것을 버리고 본질적인 것만을 추출해낸 사유의 표현'으로 정의된다. 의미론의 입장에서는 개념의 외연을 집합(집합기호)으로, 내포를 그 사물의 성질(술어기호)로 구분한다. 외연으로서 개념은 사물의 본질적인 성질을 추출해낸 사유가 표현된 집합기호이므로, 어떤 사물의 개념에 대한 이해력은 그 사물의 특성을 정의내리는 능력과도 같으며, 이는 그 사회의 약속체계인 언어를 사용하는 능력에 따라 좌우된다.

"언어능력이라는 개념은 그것이 특수한 상황 속에서 표현을 선택하는 능력, 즉 적절한 문장들을 생산하는 능력과 관련되지 않는다면, 매우 추상적"[1] 이라고 부르디외는 주장한다. '화자는 언어능력만 따로 습득할 수는 없으며, 문법의 완벽한 습득을 통해서 다양한 가능성을 동원할 수 있는 활용능력practical competence 역시 습득하며, 언어능력은 다른 사람이 자신의 말을 듣게끔 할 수 있는 능력을 의미한다'고 한다. 이외에도 부르디외는 언어능력에 대해 다음과 같이 주장한다. '언어는 의사소통 또는 지식의 수단일 뿐 아니라, 권력행사의 수단이기도 하다. 사람들은 자신의 말을 이해시

---

1) 삐에르 부르디외, 『상징폭력과 문화재생산』, 정일준 옮김, 새물결, 1995, 53쪽.

키려 할 뿐 아니라 다른 이들이 믿고 따르며 존중하고 대우해주기를 바란다. 따라서 언어능력에 대한 완벽한 정의는 말할 수 있는 권리, 즉 정당한 언어, 공인된 언어, 권위 있는 언어를 말할 수 있는 권리이다. 이렇듯 언어능력이란 수용을 강제할 수 있는 권력을 의미한다'라고 하면서 '언어사용에는 다양한 측면들 - 박식하게 참고문헌들을 동원한다거나, 우아한 스타일이나, 독특한 악센트 등 - 이 있다. 이러한 측면들의 존재 근거는 일차적으로 화자 혹은 저자의 권위를 입증하는 것'이라고 지적한다.

이렇듯 단어의 개념파악도 언어능력이 좌우한다. 이를 위해 개념과 정의의 관계로써 살펴보자. 단어를 이해하기 위해서는 그 단어의 사전적 개념이 우선하며 정의는 개인에 따라 자유롭게 부여할 수 있다. 사회적 약속체계인 단어의 개념이 개인적인 정의에 앞서 언어사용의 기준이 되는 것이다. 가령 '인간'에 대한 사전적 개념은 '직립보행을 하며, 사고와 언어능력을 바탕으로 문명과 사회를 이루고 사는 고등 동물'이다. 그러나 '인간'에 대한 정의는 '생각하는 존재, 다른 동물과 달리 웃을 줄 아는 존재, 기억하는 존재, 저항하는 존재' 등으로 다양하게 내릴 수 있다. 본 장도 글쓰기의 개념에 대해, 곧 '글쓰기가 무엇'이며, '글쓰기를 어떻게 할 것인가'에 대하여 여러 가지 '글쓰기 정의'로써 설명하고 있다.

다음에서 '시가 무엇인지', 곧 시의 개념에 대한 이해를 위해 시에 대한 여러 가지 정의로 알아보자. 그럼으로써 사전적 개념으로 이해한 시와 달리 보다 다양하게 시를 이해할 수 있다. 『시란 무엇인가?』[2]의 저자 존 홀 휠록은 다음처럼 현대에 와서 '시의 정의는 거의 시인의 수만큼이나 다양하다'고 한다.

> (1) 시란 번역할 때 잃어버리는 것 - 프로스트
> (1) 시의 정의의 역사는 오류의 역사 - 엘리엇
> (1) 시는 율어에 의한 모방이다 - 아리스토텔레스
> (1) 시는 교훈과 즐거움을 주려는 의도를 가진 말하는 그림이다 - 시드니
> (1) 시는 강한 감정의 자연적 발로다 - 워즈워드
> (1) 시는 미의 운율적 창조이다 - 포우

---

2) 존 홀 휠록, 『시란 무엇인가』, 박병희 역, 울산대학교출판부, 1996.

(1) 시는 사상으로 쓰여지는 것이 아니라 언어로 쓰여진다 - 말라르메

(1) 시는 체험이다 - 릴케

(1) 시는 기본적으로 인생의 비평이다 - 아놀드

(1) 시는 감정의 표출이 아니라, 감정으로부터의 도피요, 개성의 표현이 아니
   라 개성으로부터의 도피다 - 엘리엇

(1) 좋은 시는 내포와 외연의 최원의 양극에서 모든 의미를 통일한 것이다 -
   테이트

(1) 시는 언어의 비평이다 - 스펜더

이 외에도 시의 정의는 더 많을 것이며, 시의 정의가 다양한 것은 그 원인이 시대성과 무관하지 않다. 전통사회와 달리 시에 대한 다양한 정의에서도 현대가 다양성의 시대, 곧 개인의 시대라는 것을 확인할 수 있다. 결국 시의 정의는 시의 개념을 함축하고 있기 때문에 글을 쓸 때만이 아니라 읽을 때도 그 책의 저자가 어떤 정의로 각 단어의 개념을 설명하고 있는지 파악하면서 독서를 해야 올바른 읽기가 된다. 단어에 대한 개념파악은 글을 쓸 때만이 아니라 읽을 때도 필요하므로, 언어능력이 글의 올바른 읽기와 쓰기를 좌우하는 셈이다.

다음의 평론은 '단어의 개념'에 대한 이해를 위한 예문으로, '외로운 근대인'에 대한 개념정의를 딜멘의 논리에 따라 적용하였다. 인류의 역사 속에서 '외로운 개인'이 등장한 시기를 근대로 보고, 그 증거를 딜멘의 글에서 찾았다.[3]

정호승은『사랑하다가 죽어버려라』(1997.5.)를 간행한 바로 다음 해에『외로우니까 사람이다』(1998.6.)를 간행한다. '낭만적 사랑과 외로움'이 근대인의 보편적 코드라는 점으로, 그리고 두 권의 시집이 간행된 1997년과 1998년이 20세기를 보내는 마지막, 곧 세기의 경계에 놓였다는 점으로 두 권의 시집은 주목을 끌기에 충분하다. '낭만적 사랑과 외로움'이라는 코드가 정호승의 개인적 지평에서 기인했을지라도 양자는 세기말이라는 시대적 지평과 무관하지 않으며, '외로운 개인'의 시대인 근대의 지평과도 무관하지 않다. 뿐더러 1년이라는 시

---

3) 이는 연구사 검토에 해당하는데, 연구사 검토는 '외로운 근대인'이라는 명제가 필자의 근거 없는 언명이 아님을 증명하는 논증적 글쓰기의 절차에 해당한다.

간이 멀다 하고 연달아 시집을 간행하는 일이 흔치 않다는 사실로도 정호승의 시집들은 주목을 받는다.

"집은 19세기까지도 여전히 삶과 거주, 노동의 공간이었고, 이는 농민이나 수공업자나 시민이나 귀족이나 다 마찬가지였다. 그러나 가정생활의 위상이 향상되면서 점차 거주 공간과 노동 공간이 분리되게 되었다. 농부들도 여유가 되면 이제 가축과 한 지붕 밑에서 살지 않았다. 도시의 수공업자들은 대체로 작업장 위에서 살았다. 귀족까지도 성 안의 '내밀한 가족'만의 방으로 퇴각했다. 그와 더불어 집의 구조에 새로 복도가 생겨서 거주 영역을 엄격하게 분리하는 주목할 만한 변화가 나타났다. 수공 일에서 벗어난 거실이라는 공간이 탄생했고 아동과 부모의 침실이 분리되었으며, 하인들에게는 완전히 별도의 공간이 배정되었다. 그와 더불어 처음으로 사생활로 물러나서 방을 개인적인 취향대로 꾸밀 수 있게 되었다. 어린이들을 집안으로 고립시켜 사실상 형제자매 간의 사랑을 강화시켰지만 동시에 - 수공업자나 농민의 아이들은 거의 모르는 - '외로움의 감정'이 처음으로 나타났다."[4] 고 하듯이 '외로움'은 근대인의 명제이다.

외로움의 대가로 얻은 것이 자유라면, 정호승의 시들은 외로움=자유라는 명제를 낳는다. '자유란 혼자 혹은 개인'이라는 정의에 따를 때 자유의 다른 말은 외로움이다. '슬픔과 기쁨이, 행복과 불행이, 절망과 희망'이 함께하듯 '자유는 외로움'과 함께하므로 근대인은 외로운 자유를 누리는 자, 곧 '외로운 자유'가 근대의 실존 조건인 셈이다. 이를 증명이라도 하듯 정호승의 『외로우니까 사람이다』는 1998년 6월에 1쇄가 발행된 후, 2003년 4월에 32쇄 발행이라는 획기적 기록을 세운다. 1쇄가 모두 팔릴지 아닐지도 불확실한 것이 이 시대 시집의 운명일진데, 5년여 만에 32쇄가 발행됐다는 사실 앞에서 그 누구라도 놀라지 않을 수 없으리라. 이는 20세기를 보내며 21세기를 맞이하는 시점에서 너나 할 것 없이 외로움에 사무쳤음을 방증하는 사건이란 점에서 의미심장하다. 근대를 보내는 아쉬움과 첨단의 시대를 맞이하는 경이가 부딪히면서 빚은 혼돈 속에는 불안한 외로움이 깊게 잠입해 있었던 것이다.

정호승은 절박한 경계의 시간을 극복하기 위한 기저로 오히려 외로움을 활용했다. 정호승에게 외로움은 그리움과 꿈과 기도로 승화되면서 창작의 샘으로

---

4) 리하르트 반 뒐멘, 『개인의 발견』, 최윤영 옮김, 현실문화연구, 2005, 236쪽.

작용하기에 이르렀다. 실존적 조건인 외로움으로 정호승은 혹은 근대인은 사색을 하고 글을 쓰고 시를 쓰고 노래를 불렀다. 근대인의 실존적 명제인 외로움이 이율배반적이게도 외로움을 극복하고 치유하는 길 또한 동반하고 있는 까닭이다. (「외로운 근대인」에서)[5]

2) 글쓰기는 관점이다[6]

관점은 글의 방향을 결정하는 토대이다. 우리가 아무 방향 없이 사는 것이 아니듯이 글쓰기도 글의 방향, 곧 글이 가는 길을 따라간다. 사전적 의미로 관점은 '사물을 관찰하거나 고찰할 때, 그것을 바라보는 방향이나 생각하는 각도'이다. 어떤 사건이나 상황이 올바른지 잘못됐는지를 판단하는 우리의 관점은 인생살이를 좌우할 뿐만 아니라 글쓰기도 좌우한다. 어떠한 관점을 지녔는지가 그 사람의 인생 자체라고도 할 수 있듯 글쓰기도 그러하다. 글을 쓸 때 언어능력 못지않게 중요한 것이 관점인 것이다. 물론 언어능력과 관점은 자웅동체처럼 글쓰기에서 떼려야 뗄 수 없는 관계에 있으나, 비교우위를 논하자면 언어능력보다 관점이 더 우위에 있다고 하겠다. 언어능력은 말 그대로 능력에 속하나 관점은 그 능력을 다루는 관제탑인 까닭이다. 관점은 정박된 배를 풀어서 나아가게 하는 뱃사공과 같거나 자물통을 열게 하는 열쇠와 같다. 우리가 관리와 통제를 어떻게 하느냐에 따라서 우리 능력이 발휘되는 정도와 방향이 좌우되므로, 관점이 언어능력보다 더 우위에 있다고 보는 것이다.

한편 철학자 위르겐 아우구스트 알트는 '관점에 빠지는 것을 경계하라'고 한다. 그

5) 진순애, 「외로운 근대인」, 『문학사상』, 2014.3.
6) '관점'은 '입장'과 같은 의미로 혼동되기도 하는데, '입장'에 대해 미국 심리학자 리처드 니스벳은 "도교의 영향을 받은 도자기나 그림에는 어부나 목수 혹은 나무 아래 혼자 앉아있는 사람이 자주 등장하는 반면, 유교의 영향을 받은 그림에는 가족이나 여러 세대의 많은 사람들이 어우러져 있는 모습이 자주 등장한다. 어떤 개인에게 도교와 유교의 가르침 중 어느 것이 더 중요한지는 그가 처한 위치에 의해 결정된다. 한 중국의 격언처럼 '모든 중국인은 성공하고 있을 때에는 유교도이고, 실패하면 도교도가 된다.'"(리처드 니스벳, 『생각의 지도』, 최인철 옮김, 김영사, 2004, 42쪽)라고 지적한다.

는 "상대주의, 여성주의, 경험주의 등 수많은 이즘^{ism}은 하나의 특정한 관점을 정하라고 우리에게 권고 한다"며, "이런 이즘이 갖는 가장 큰 위험성은 편파적으로 세상을 보게 만드는 데 있다"[7]라고 주장한다. 물론 '하나의 주의'가 '하나의 관점을 지향하라'는 의도를 담고 있는 것은 맞다. 그렇다고 하나의 관점만이 우리의 한평생을 지배하지 않는다. 우리는 시간에 따라서 변화하며 성숙해가는 존재이므로, 미숙했던 생각이 점차 성숙해지면서 관점도 성숙해지고 변한다. 단지 한편의 글쓰기에 하나의 주제처럼 하나의 관점이 적용되어야 한다는 의미다.

이렇듯 글은 관점이 좌우한다고 해도 과언이 아닌데, 글쓴이의 관점은 대체적으로 그 글의 제목에 나타난다. 논증문의 제목을 주제문이라고도 하듯 이는 제목에 글쓴이의 관점이 드러나는 경우이다. 장지연 선생의 「시일야방성대곡(是日也放聲大哭)」(『황성신문』, 1905.11.20.)은 제목에 글의 방향, 곧 방성대곡하는 장지연 선생의 관점이 명확히 드러나 있다. 『황성신문』의 주필이었던 장지연 선생은 이 논설을 써서 을사조약의 굴욕적인 내용과 일본의 흉계를 폭로하였으며, 이로 인하여 『황성신문』은 사전 검열을 받지 않고 배포하였다고 하여, 3개월간 정간되었다. 장지연 선생 또한 90여 일간 투옥되었다가 석방되었다.

다음의 글은 동일하게 고향을 노래한 시를 평가한 두 편의 평론이다. 「고향 심상에 담은 인간의 본질」은 제목에 관점이 명확히 드러나 있으나, 「다시, 잃어버린 시간 속으로」는 '잃어버린 시간'이 무슨 의미인지를 알아야 만이 이해가 가능하다. 물론 프루스트의 「잃어버린 시간을 찾아서」를 아는 독자라면 '잃어버린 시간'이 지닌 의미를 짐작하면서 글을 읽을 것이다.

글쓰기의 정의

---

7) 위르겐 아우구스트 알트, 『인식의 모험』, 박종대 옮김, 이마고, 2003, 271~272쪽.

송수권의 시는 인간본질에 대한 심층적 이미지, 곧 고향심상이라고 할 수 있는 내면의 세계가 언어외연에 담겨서 형상화를 이루고 있다. 언어외연에 의한 시적 형상은 송수권의 개성을 드러내는 문체로서의 역할과 그 문체가 내포한 인식적 바탕에 따라 송수권의 미적 의식을 구축하는 기능을 한다. 더불어 송수권의 삶의 자세를 반영하는 의식구조를 보여준다. 반면에 언어내연에 함축된 이미지는 사물과 인간의 관계에 대한 의미부여행위에 해당한다.

이러한 언어적 인식에 근거를 둔 송수권의 시세계는 고향심상에 뿌리를 두고 있는데, 고향이란 인간에게 삶의 모태라고 할 수 있다. 고향과 인간 본질과의 상관관계는 인간의 인간다운 근원이며, 더욱이 그 근원을 잃고 사는 현대인에게 뿌리를 되돌아볼 수 있게 하는, 뿌리찾기에 해당한다. 그러므로 고향의 의미는 공간적인 배경으로 모든 인간에게 공통된 요소를 지니며, 그 심상은 시간적으로 정지되어버린 어떤 상을 개인 각자에게 각기 다르게 부여한다. 역사적 추이가 다른 시간선상에서 개인은 각각 자기만의 고향심상을 내면에 간직하며 사는 것이다. 때문에 고향심상은 개인들에게 외형적(공간적)으로 일치점을 지니기도 하지만 내면적으로는 차별성을 지닐 수밖에 없다.

야스퍼스도 '황폐한 내면을 지닌 현대인에게 고향은 인간의 인간다울 수 있는 외적, 내적 공간을 제공하므로 현대인은 고향찾기에서 자신의 본질적 인간성을 회복할 수 있다'라고 한다. 공시적 제한을 받는 인간존재는 그 제한적 상황 속에서 변모된 모습으로 살아가면서도, '통시적 존재로서의 본질적인 인간성이 확립되어 있다'는 가치 측면에서 변하지 않는 요소가 바로 고향심상과 맥이 닿아있다고 본다.(「고향 심상에 담은 인간의 본질」에서)[8]

'시인은 귀향(Heimkunft)의 노래로써 동시대인을 일깨워 시인적인 삶의 터전으로, 고향으로 불러 들여야한다'는 하이데거의 말은 근대가 고향상실과 함께한 시대임을 시사한다. 근대가 상실한 대표적인 것이 고향이란 사실을 한국문학사에서도 쉽게 만난다. 일제강점기 내내 목메어 외쳤던 고향노래, 한국전쟁 후의 고향노래, 그리고 60~70년대의 고향노래 등이 이를 가름한다. 무분별하고 혹독한 상실의 시대를 건너와 이제 그 막다른 골목에 서서 '다시, 잃어버린 시간 속으로' '돌아가야' 하는 때에 이르렀음을 송찬호의 『고양이가 돌아오는 저

---

8) 진순애, 「고향 심상에 담은 인간의 본질」, 『문학사상』, 1994. 1.

녘』이 시사하고 있다.

송찬호의 귀향노래는 빼앗긴 고향을 찾아야 하는 일제강점기의 당위적인 고향노래나 한국전쟁 후에 분단으로 인한 고향에의 향수, 그리고 60~70년대 산업현장에서 부른 고향노래와 유사하면서도 다르다. '고향이 인간의 인간다울 수 있는 내적, 외적 공간을 제공한다'는 야스퍼스의 말과 '인간답다는 말이 자신의 장소를 가지고 있는 것'이라는 렐프의 말처럼 '인간답다'는 것은 자신의 장소인 고향을 가질 때 가능한 일이듯, 인간다우며 의미있는 자신의 장소인 고향을 상실한 근대인이 고향노래 혹은 귀향노래로써 자신의 실재성과 정체성을 회복한다는 측면에서, 그리고 지금은 우리의 민족적 상처를 포월하는 귀향노래를 불러야 한다는 측면에서 그간의 고향노래와 송찬호의 귀향노래는 같으면서도 다르다.

물론 이제 고향기호는 참신하지 않다. 근원이라는 오래된 세계라서 그러하며, 한국문학사의 중심부를 관통해왔다는 점에서도 그러하다. 그러면서도 이제 가장 신선한 기호가 고향이라는 것을 송찬호의 시에서 확인하는 것은 역설이면서도 아이러니다. 그것은 역설적이게도 근원이라는 오래되고 낯선 세계여서 그러하며 근대가 잃어버린 제일항목이 고향이어서 그러하고, 고향에서 너무 멀리 일탈하여 지구상의 떠돌이로 떠도는 우리의 근대적 초상이 초라하게 일그러져서 그러하다. 빛나는 근대의 수레바퀴 아래서 현란한 축제를 즐기는 첨단 시대의 근대인이 아이러니하게도 그 현란한 빛으로 지쳐가는 그만큼 고향은 낯선 세계가 되었다. 근대의 명제가 고향상실에서 비롯되듯 이제 고향이 가장 참신한 기호로 작용하는 아이러니를 송찬호의 시에서 만난다.(「다시, 잃어버린 시간 속으로」에서)[9]

그렇다면 우리의 관점은 어떻게 형성되는가. '스스로 생각하고, 스스로를 교육하고, 스스로 결정하는' 근대의 개인을 지적한 칸트가 "자기생각이란 진리의 최고 시금석을 자기 안에서(즉, 자기 자신의 이성 안에서) 찾는 것이며, 계몽이란 언제나 자기 스스로 생각하라는 격언"[10] 이라고 하듯이 '사유하고 상상하며 독서'하는 일이 최우선이다.

---

9) 진순애, 「다시, 잃어버린 시간 속으로」, 『문학사상』, 2013. 5.
10) 리하르트 반 뒬멘, 앞의 책, 252쪽에서 재인용.

일일불독서구중생형극(一日不讀書口中生荊棘)[11] 이라는 말도 있듯이 독서는 글쓰기를 위한 조건일 뿐만 아니라 세상을 파악하는 힘을 기르는 일이며 올바른 인격형성과 관점 형성의 초석이다. 독서란 그 책의 저자와 만나는 일이자 그 저자가 살았던 사회와 역사를 간접적으로 체험하는 일이므로, 독서, 특히 고전읽기를 권장하는 까닭이 여기에 있다. 물론 선험적 판단력이 작동하는 경험 또한 관점 형성에 작용하는 주요한 요인이므로, 다양한 경험을 쌓는 일도 독서 못지 않게 주요하다.

3) 글쓰기는 선택이다

글은 생각의 결과물이자 생각쓰기라는 실천의 결과물이지만, 우리 머릿속을 배회하는 모든 생각이 모두 글로 탄생하는 것은 아니다. 여러 방향으로 혼선을 빚으며 우리 머릿속을 배회하는 여러 가지 생각 중에서 하나의 생각, 곧 하나의 주제가 한 편의 글이 된다. 다른 생각은 또 다른 장에서 다른 글로 탄생한다. 그러므로 글쓰기를 할 때 머릿속에 배회하는 여러 생각 중에서 하나의 주제를 취사선택하는 것은 글쓰기의 기본 조건이다. 버릴 것은 버리고 취할 것은 취하는 것이 좋은 글을 쓰는 기본이자 글을 잘 쓰는 전략이다. 달리 말하여 우리의 생각들을 정리하는 일이 선택에서 비롯되므로 글쓰기는 선택적 행위인 것이다. 본 저서 또한 필자의 글쓰기에 대한 생각을 정리한 것으로 선택적 행위의 결과물이다.

생각이 내용물이라면 생각을 드러내는 표현양식은 그릇이다. 내용물이 무엇이냐에 따라서 그릇의 모양새가 다르듯이, 가령 밥은 밥그릇으로 국은 국그릇으로 각각의 그 모양새가 다르듯이 우리의 생각인 내용물을 드러내는 그릇에도 여러 가지가 있으며, 각각의 쓰임새가 다르다. 때문에 생각을 드러내기 위해서는 먼저 어떤 그릇에 담아낼 것인지를 선택해야 한다. 가장 자유롭게는 일기나 에세이가 있고, 보다 전문적

---

11) 이는 조선 후기에 저자 미상의 글모음집인 『추구집推句集』에 실린 글로, 안중근 의사가 뤼순감옥에서 쓴 유묵 중 하나이기도 하다. 안중근 의사의 이 유묵은 보물569-2호로 지정되었다.

인 글쓰기를 한다면, 문학적 장르 중에서 선택할 수도 있고, 평론이나 논문 등의 객관적 양식을 선택할 수도 있다. 시를 쓰다 보면 어느 날 시인이 되어 있을 것이고, 소설을 쓰다 보면 소설가가 되어 있을 것이다. 마찬가지로 평론도 그러하며 논문도 쓰다 보면 학자가 되어 있을 것이다.

그러나 시·소설·평론·논설문들 중에서 어떤 양식으로 쓸 것인지를 선택하는 것이 우리의 자율적 행위일지라도 시라는 조건, 소설이라는 조건처럼 우리는 주어진 조건 속에서 글을 쓴다.[12] 가장 단순한 예로, 한 페이지의 글을 쓸 것인지 두 페이지의 글을 쓸 것인지, 곧 어느 정도의 양으로 글을 쓸 것인지도 주어진 조건이거나 스스로 선택한 조건이다. 문예잡지사를 비롯하여 원고청탁을 하는 기관에서 필자들에게 주는 조건에는 '원고의 양'과 원고를 보내야 하는 '원고마감일'이 기본적으로 정해져 있다. '무엇에 대하여 써야 하는지', 곧 주제도 원고청탁 기관에서 정해주는 경우가 많다. 이처럼 우리는 외적인 조건 속에서 제한적으로 글을 쓰거나 스스로 선택한 조건 속에서 글을 쓴다. 예외가 없을 수 없겠으나, 우리가 역사적 존재로 살아가는 것처럼 '아무런 제한된 조건 없이 글쓰기를 하는 경우는 없다'고 해도 과언이 아니다. 글을 '왜 쓰는지, 어떤 목적으로, 어떤 상황에서, 무엇에 대해, 누구를 독자로 하여 쓸 것인지' 등에 따라서 어조도, 어휘도, 구성도 선택된다.

다음에서 글감, 그러니까 주제를 취사선택하는 방법을 보자. 먼저, 포괄적인 범주에서 구체적인 범주로 좁혀오는 방법이 가장 바람직하다. 포괄적인 범주의 주제를 가주제라고 하고, 그다음에 보다 구체화된 주제, 곧 가주제의 범위를 한정해서 자신이 다룰 수 있는 구체적인 주제로 좁히는 과정을 참주제라고 하며, 글의 제목이 되는 주제 혹은 명제를 주제문이라고 칭한다.[13] 물론 어떤 특정한 주제로 주제문이 이미 정

---

12) 현대의 우리가 최초의 인류가 아닌 까닭에 우리는 인류문화유산에서 자유로울 수 없다. 그러므로 일차적으로 인류문화유산의 '주어진 조건' 속에서 글의 양식을 선택해야 한다. '법고와 창신'처럼 창신도 법고가 있어서 창신일 수 있듯이 일기나 낙서가 아닌 다음에야 우리는 법고 혹은 전통 혹은 사회적 조건이라는 주어진 조건을 토대 삼아 창신의 글을 쓴다. 가령 1930년대 이 상의 첨단적으로 창신적인 시쓰기도, 비록 한국 시의 계보와 무관할지라도 유럽의 모더니티에 그 계보가 닿아있듯이 현대의 우리는 인류문화유산의 법고라는 주어진 조건을 먼저 인지해야 한다(진순애, 『문학의 법고와 창신』, 역락, 2012).

13) 김경훤·김성수·김미란, 『창의적 사고 소통의 글쓰기』, 성균관대학교출판부, 2013, 106쪽.

해져 있다면 주제의 범위를 좁히면서 선택해야 하는 각각의 단계는 불필요하다. 만약 '문화'라는 가주제로 글을 쓰려면 어떠한 선택의 단계가 필요한가?

① 문화의 어떠한 성격에 대해 쓸 것인지를 선택한다. 이를 위해서 먼저 문화의 개념에 대한 역사적 추이를 파악해야 한다.

② 다음으로 문화의 양상에 따라서, 가령 고전문화, 현대문화, 고급문화, 대중문화, 민중문화, 원시문화 등으로 문화의 양상을 고려한 후에 하나의 문화양상을 선택한다. 주어진 글의 양이 제한적이므로 그에 준해서 소화할 수 있는 문화양상을 선택해야 하는 것이다. 하나의 문화양상을 선택함과 동시에 선택한 문화에 대해 보다 선명한 설명을 위해 다른 문화와 비교하며 쓰는 것도 바람직하다.

③ 문화는 나라마다 민족마다 지역마다 다르므로, 어느 나라 혹은 어느 지역의 문화에 대해 쓸 것인지를 선택한다. 한국문화, 중국문화, 몽고문화, 일본문화, 아시아문화, 아프리카문화, 미국문화, 영국문화, 유럽문화 등으로 구분하면서 하나의 문화를 선택한다.

④ 문화는 지역에 따른 차이 외에도 역사적 시기에 따라 다르므로, 어느 시기의 문화에 대해 쓸 것인지를 선택한다. 한국문화를 예로 들면, 고조선문화, 삼국문화, 통일신라문화, 고려문화, 조선문화, 근대문화, 현대문화 등으로 구분되듯이 이중에서 하나를 선택한다.

⑤ 이외에도 문화는 농촌문화, 어촌문화, 산촌문화, 도시문화, 청소년문화, 성인문화, 아동문화 등 공간적 배경이나 문화의 주체에 따라서도 구분된다.

⑥ 현대에 이르러 문화의 범주가 확장됨으로써 사회현상조차 문화로 명명되고 있다. 가령 소비문화, 생산문화, 출판문화, 매체문화, 기계문화, 시장문화, 주택문화, 음식문화 등이 그러하다.

⑦ 근대 이후에 문화와 유사한 개념으로 쓰이는 문명과의 관계 속에서 문화를 선택하는 방법도 있다. 가령 문명화된 문화와 비문명화된 문화가 있으며, 양자를 대비하여 쓸 수도 있다.

⑧ 글쓰기는 단어의 개념에서 구체화되듯 문화와 문명에 대한 개념이 구별되어야 한다. 문화와 문명을 같은 개념으로 쓸 것인지, 다른 개념으로 쓸 것인지의 선택에 따라서 글의 내용이 달라진다.

⑨ 문화의 성격, 양상, 종류에 따라 참주제를 선택했으면, 문화에 대한 자신의 관

점을 선택해야 한다. 곧 문화를 어떠한 관점으로 볼 것인지를 선택함으로써 글의 방향이 결정된다. 방향 혹은 관점이야말로 본격적으로 글쓰기에 임할 수 있는 선택의 마지막 단계인데, 이때에 명제인 주제문이 결정된다.

다음의 예문에서 문화와 문명의 어원과 그 개념의 변화에 따른 추이로 각각의 논자들이 의도한 문화와 문명의 개념을 이해하자.

> 문화culture 개념은 라틴어의 밭을 '경작하다' 혹은 신체를 '훈련하다' 등을 의미하는 colo에서 나온 말이다. 이처럼 본래는 정신적인 의미가 없던 말이 정신적인 의미에서의 '도야'나 '교양' 등의 의미로 사용되기 시작한 것은 로마 시대 때부터이다. - 이는 물질적·문명적인 것에 대해 부정적 평가를 내리는 서양의 문화철학의 초석이 되었다.
>
> 문명civilization의 개념도 본래는 라틴어에서 시민을 뜻하는 civilis에서 온 말이며, 로마 시민을 다른 평민이나 야만족과 구분하는 '시민의 자격이 있음'이라는 말과도 연관이 있다. 그러나 본격적인 의미의 '문명'은 '문명화된'이라는 형용사에 전화되는 18세기 후반에 프랑스와 영국에서 쓰이기 시작한다. 봉건적 사회질서가 무너지고 새로운 시민계급이 형성되는 이 시기에 '문명화된'이라는 단어는 '예절 바른' '세련된'의 뜻으로 주로 궁정의 관습에 훈련된 귀족계층의 행동방식이나 생활방식에 대하여 쓰이고 있다. 산업문명의 발전과 같은 사회적 변화를 수용하면서 '문명'의 개념은 그들의 이상적인 인간 사회를 의미하는 개념으로 보편화 내지 일반화되어 갔다. 같은 서구라도 영국과 프랑스에서는 '문명' 개념을, 독일에서는 '문화'개념을 주로 사용하면서 문화권에 따라 상당히 다른 개념의 발전사를 보여주고 있다. 그러나 어느 것이든 이 개념들은 일반적으로 '야만성'으로부터 탈피한 인간의 업적이나 행동 양식을 의미하면서 타민족, 타문화에 대한 서구인의 우월감을 암묵적으로 드러내고 있다고 할 수 있다.[14]

글쓰기의 정의

---

14) 원승룡. 김종헌, 『문화이론과 문화읽기』, 서광사, 2001, 21~23쪽.

문명civilization과 문화culture는 18세기 말까지만 해도 거의 같은 뜻으로 사용되었다. 원래 가축이나 농작물을 기르고 경작한다는 뜻을 가진 라틴어cultura에서 유래한 '문화'라는 용어는 인간 내면의 정신적 능력을 도야하는 실천적 과정과 그 결과를 뜻하고, 시민을 뜻하는 라틴어civilis에서 유래한 '문명'이라는 용어도 정신적 능력의 도야를 통해 야만 상태를 극복하고 계몽된 상태를 뜻하는 용어로 쓰이던 당시까지만 해도 문명과 문화는 호환 가능한 용어로 사용된 것이다.

그러나 산업화와 도시화가 본격화된 19세기 후반부터 '문명'이라는 용어는 '문화'와 때로는 동의어로 때로는 대조적인 의미를 갖는 용어로 쓰이기 시작하였다. 테크놀로지의 발전과 함께 산업구조가 경공업에서 중화학공업으로 전환하기 시작하고, 자본주의 경제가 자유방임적 단계에서 독점자본주의 단계로 이행하기 시작하던 19세기 후반에는 산업사회의 급격한 발전과 이에 수반된 사회적 갈등과 정치적 불안이 극에 달하였다. 이러한 사회적 및 정치적 불안을, 한편에서는 보다 정의롭고 고차적인 사회를 실현하기 위해 필연적으로 거쳐야 할 진보적 변화의 징후로 보는 사상가들도 있었고, 다른 한편으로는 인류가 그동안 이룩해 온 문화적 전통과 사회의 유기적 통합을 파괴하는 위협적이고 병리적인 징후로 파악하는 사상가들도 있었다.

영국의 아놀드 리비스, 엘리엇 등 이른바 공유학파 문화이론가들은 '문명'이라는 용어를 주로 산업화 이후에 점차 기계화되고 물질화되어가는 자본주의 기술문명의 타락상을 지칭하는 뜻으로 사용하고, 이와 대조적으로 '문화'는 인간의 지적, 도덕적, 정신적 능력의 도야 과정과 그 산물, 요컨대 인간 정신의 뛰어난 활동과 그 산물을 지칭하는 뜻으로 사용하였다. 따라서 이른바 '문화와 문명 전통'은 인간 사고와 표현의 정수를 지칭하는 정신적 문화와 무질서와 타락을 조장하는 기술문명 사이의 대조적 특성을 강조하는 아놀드, 리비스, 엘리엇 등의 보수주의적 입장을 뜻한다.[15]

이 외에도 "문화는 인간을 강제할 뿐만 아니라 말하자면 문화란 인간 그 자체이다. 문화는 인간을 맺어주는 끈이고 인간이 서로 커뮤니케이션하기 위한 매체이기도 하

---

15) 전경갑·오창호, 『문화적 인간 인간적 문화』, 푸른사상사, 2003, 265~266쪽.

다. -중략- 문화를 관찰할 때는 자신이 태어나고 양육된 '문화'라는 렌즈를 통하여 보고 있다는 사실을 잊어서는 안 된다"[16] 라고 에드워드 홀이 문화에 대한 개념을 서술하고 있듯이 현대사회에서 문화에 대한 개념도 다양하다.

16) 에드워드 T. 홀, 「침묵의 언어」, 아야베 츠네오 편저, 『문화 인류학의 명저』, 최광식 감수, 김인호 옮김, 자작나무, 1999, 292~293쪽.

2. 실천적 정의

1) 글쓰기는 전략적 놀이다

놀이는 '일이 지닌 부담과 일상이라는 시간의 무게로부터 일탈하는 것'이라고 간단하게 정의할 수 있다. 이를 '인생의 무게로부터 일탈하는 행위가 놀이'라는 것으로 보자. 놀이는 인생의 중심에 있는 무거운 일과 그 일을 규칙적으로 수행해야 하는 일상의 억압으로부터 자유롭게 되는 즐거운 행위이다. 책임이 따르는 일상의 일에서 자유롭게 되는 상태가 놀이하는 상태이므로, 놀이란 '즐거움, 가벼움, 자유, 휴식' 등과 등치를 이룬다. 움베르토 에코가 "읽고 쓰는 즐거움, 이것이 바로 젊은 소설가의 고백"[17] 이라고 밝히듯 그리고 에코의 글을 옮긴이가 "에코만의 지적 유희가 선사하는 은밀한 매력"[18] 이라고 에코의 고백을 평가하듯 글쓰기는 우선 즐거운 놀이다.

호이징하는 『호모 루덴스』[19] 에서 놀이에 대해 다음과 지적한다. "놀이는 하나의 의미 기능이다. 놀이의 일차적 성질인 미적 기능은 재미며, 재미라는 요소가 놀이의 본질을 규정한다. '행위의 독특한 형식으로서의 놀이', '의미 있는 형식으로서의 놀이', '사회적 기능으로서의 놀이'로 규정된다. 놀이는 자발적인 행위이므로, 그리고 아이와 동물은 놀이하는 것을 즐기기 때문에 논다. 거기에 바로 그들의 자유가 있다. 놀이의 중요한 특징은 자유인 것이다. 자유로운 휴식 행위로서의 놀이는 우리 삶의 반려

---

17) 움베르토 에코, 『젊은 소설가의 고백』, 박혜원 옮김, 레드박스, 2011, 271쪽.
18) 움베르토 에코, 앞의 책, 295쪽.
19) 호이징하, 『호모 루덴스』, 김윤수 옮김, 까치, 1996.

자이자 보완자가 되어 사실상 삶 전체의 불가결한 한 요소가 된다. 놀이는 긴장을 해소시키려는 노력이고, 사물을 결합하고 해체하며, 우리를 매혹시킨다. 그러면서 우리를 사로잡는다. 놀이의 특이성은 놀이의 비밀을 가장한다는 점에서 나타나는데, 이것이 놀이의 탈일상성이다. 놀이는 가면과 변장으로 나타나며, 이것이 일상세계와 놀이세계와의 다른 점을 강조하는 놀이의 특성"[20] 이라고 한다.

무엇보다 놀이는 '가면과 변장이라는 장치 뒤에서 탈일상성의 즐거움을 배가'하는데, '가면과 변장'의 장치는 놀이의 전략이다. 놀이는 가면과 변장이라는 전략적 장치 뒤에서 탈일상성의 즐거움을 배가한다. 그렇다면 '전략적 놀이로서 글쓰기'를 위해서 어찌해야 하는가? 〈글쓰기의 조건적 정의〉에서 설명한 '선택'에서 알 수 있듯이 가장 먼저 어떤 양식으로 글을 쓸 것인지를 선택해야 하며, 그에 따라 글쓰기의 전략적 장치가 좌우된다. 시를 쓰고자 한다면 먼저 '시가 무엇인지'를 알아야 만이 시쓰기의 전략적 장치를 세울 수 있으며, '무엇에 대해, 그리고 어떤 목적으로 쓸 것인지'에 따라서 어조도, 어휘도, 구성도 전략적으로 선택된다. 때문에 글쓰기의 전략이란 쓰고자 하는 글의 양식에 대한 이해가 먼저 전제되어야 하며, 그 양식에 따라서 세부적인 표현방식의 전략을 선택할 수 있다.

가령 전쟁놀이라는 말도 있듯이 박지원도 "글을 잘 짓는 자는 아마 병법을 잘 알 것이다. 비유컨대 글자는 군사요, 글 뜻은 장수요, 제목이란 적국이요, 고사故事 인용이란 전쟁터 진지를 구축하는 것이요, …"[21] 라고 글짓기를 병법에 비유하여 '병법을 잘 알아야 한다'고 했다. 전쟁에서 이기기 위해서 그 전쟁의 성격에 어울리는 탁월한 전략도 전술도 필요하듯이 글도 잘 쓰기 위해서 생각이라는 내용물을 담아내는 그릇 빚는 방법을 잘 아는 것이 기본이며, 여기에 창의적이고 독창적 전략인 가면과 변장이 더해진다. 그릇 빚는 방법을 아는 것이 글을 잘 쓰기 위한 기본적인 조건이라면, 전략은 글쓴이의 개성을 드러내면서 독창적인 그릇을 빚게 되는 창의적

---

20) "이와는 달리 놀이를 놀이 자체가 아닌 '어떠한 것을 위한 것'으로 보는 관점들이 있다. 이는 놀이를 이차적으로 보는 관점으로, 여기에는 '놀이의 기원이나 기초를 과잉된 생명력의 발산', '모방 본능의 충족', '긴장 완화에 대한 욕구', '생활이 요구하는 뒷날의 중요한 일에 대비하여 젊은이들을 훈련시키는 것', '현실에서 이룰 수 없는 소망을 허구를 통해 만족시키는 소망 실현 내지는 인격감을 유지하기 위한 것'으로도 파악한다."(호이징하, 앞의 책)

21) 박지원, 「소단적적인 騷壇赤幟引」, 『연암집 상』, 신호열·김명호 옮김, 돌베개, 2007.

조건이다.

다음은 16세기 프랑스 르네상스 문학의 대표적 작가인 라블레가 『가르강튀아』에 포함한 놀이목록인데, 놀이목록은 언어유희의 전략적 기능에 속한다. 오규원의 시에서도 언어유희가 전략적 장치로 작용한다. 언어유희는 단지 유희의 목적만 지니는 것이 아니라 작가의 전략적인 방법으로 독자의 비판적 웃음을 유도하거나, 고정관념에 일침을 놓는 창의성이 함께한다. 비판적 웃음을 낳는 글쓰기의 방법에는 풍자, 패러디, 아이러니, 그로테스크 등이 있으며 언어유희는 이와 같은 방법과 관계한다.

다른 무늬 카드 모으기, 패 따오기, 빼앗아 먹기, 패 버리기, 피카르디 놀이, 100점 내기, 피아노, 불쌍한 년 만들기, 패 맞추기, 10점 넘기기, 31점 내기, 짝 패와 연속패 맞추기, 300점 내기, 빈털터리 만들기, 운수 보기, 카드 뒤집기, 불평분자, 용병 도박, 오쟁이를 진 서방, 패 가진 사람이 밝히기, 몽땅 따먹기, 왕과 여왕 짝짓기, … 감춘 실내화 찾기, 부엉이 놀이, 귀여운 산토끼 놀이, 줄다리기, 공놀이, 까치놀이, 소뿔 놀이, 사육제의 황소, 올빼미 소리내기, 시침 떼고 꼬집기, 부리로 쪼아 내쫓기, 당나귀 편자 떼기, 양 몰고 장에 가기, 숨바꼭질 … 돌 튀기기, 구멍에 구슬 넣기, 팽이 돌리기, 앙주식 팽이치기, 수도사 놀이, 천둥놀이, 깜짝 놀라게 하기, 브르타뉴식 하키, 왔다 갔다 하기, 볼기치기, 빗자루 타기, 성 코스마 경배, 쇠똥구리, 나뭇잎으로 몸 가리고 습격하기, 사순절이여 안녕 놀이, 다리 벌리고 거꾸로 서기 …[22]

1
어둠이 내 코 앞, 내 귀 앞, 내 눈 앞에 있다.
어둠은 역시 자세히 봐도 어둡다
라고 말하면 사람들은 말장난이라고 나를 욕한다.
그러나 어둠은 자세히 봐도 역시 어둡다.

---

22) 움베르토 에코, 「열거의 수사학」, 앞의 책, 179~181쪽에서 재인용.

어둠을 자세히 보면 어둠의 코도 역시 어둡고

눈도 귀도 어둡다.

어둠을 자세히 보는 방법은 스스로 어둠이 되는 길이라고 하기도 하고

어둠을 자세히 보는 방법은 거리를 두는 길이라고 하기도 하지만

어둠을 자세히 보는 방법은 뭐니뭐니해도

어둠이 어두운 게 아니라

어두운 게 어둠이라는 사실이다.

2

어두운 게 어둠이므로 어두운 날 본 모든 것은 어둠이다.

어두운 게 어둠이므로 어두운 날 본 꽃도 사랑도 청춘도 어둠이고

어두운 게 어둠이므로 어두운 날 본 태양도 어둠이다.

그러니까 어두운 것으로 뭉친 어둠은 어둡지 않는 날 봐도 역시 어둡다.

3

어둠이 어두운 것이라면, 만약 어둠이 어두운 것이라면,

그러므로 결국 어둠 외에는 어두운 게 아니다

라는 확신을 가져도 좋다고 친절히 내가 말해도

사람들은 나더러 말장난한다고 말한다.

오규원, 「어둠은 자세히 봐도 역시 어둡다」 전문

2) 글쓰기는 시간의 초월이다

글쓰기는 흐르는 시간을 정지하게 한다. 글을 쓸 때 우리는 시간의 흐름을 정지시키며 시간과 싸우는 일상의 삶에서 벗어난다. '전략적 놀이로서 글쓰기'가 우리에게 '재미와 해방과 신선함'을 선사한다면, '시간의 초월로서 글쓰기'는 우리를 시간의 지배에서 벗어나 고독에 들게 한다. 초월의 글쓰기로써 우리는 시간을 벗어나 절대적

공간에 귀속하여 새로운 세계와 직면하는 것이다. 인간의 시간은 유한하지만, 우주의 시간은 영원하듯 인간의 시간을 멈추게 하고 초월하는 일은 일상의 시간 혹은 일상의 일에서 벗어나 사유의 세계에 듦으로써 가능하다.

모리스 블랑쇼도 "글을 쓴다는 것은 매혹의 위협이 있는 고독을 긍정하는 공간에 돌입하는 것이다. 그것은 시간의 부재라는 위험에 몸을 내던지는 것이다. 시간의 부재 속에는 끝없는 새로운 시작이 군림한다. 그것은 아무에게도 일어나지 않는 것이 되고, '나와 관계있다'는 사실로 말미암아 익명의 것이 되어 무한히 흩어진 가운데 무수히 반복된다. 글을 쓴다는 것은 이러한 매혹 아래 언어를 사용하는 것이다. 그리고 언어에 의해 언어 안에서 절대적인 공간과의 접촉 아래 머무르는 것이다. 그곳에서 사물은 이미지가 된다. 또한, 거기서 어떤 형상을 암시하는 이미지는 형상이 없는 것에 대한 암시가 되고, 부재 위에 그려진 형태의 이미지는 부재의 형태 없는 존재가 된다. 더 이상 세계가 존재하지 않을 때, 아직 세계가 존재하지 않을 때에 존재하는 것으로의 불투명하고 공허한 열림이 되는 것"[23] 이라고 한다.

산에는 꽃 피네
꽃이 피네
갈 봄 여름 없이
꽃이 피네

산에
산에
피는 꽃은
저만치 혼자서 피어 있네

산에서 우는 작은 새요
꽃이 좋아
산에서
사노라네

---

23) 모리스 블랑쇼, 『문학의 공간』, 박혜영 옮김, 책세상, 1998, 33쪽.

산에는 꽃 지네
꽃이 지네
갈 봄 여름 없이
꽃이 지네

김소월, 「산유화」 전문

내 마음의 어딘 듯 한편에 끝없는
　　강물이 흐르네
돋쳐오르는 아침 날빛이 빤질한
　　은결을 돋우네
가슴엔 듯 눈엔 듯 또 핏줄엔 듯
마음이 도른도른 숨어 있는 곳
내 마음의 어딘 듯 한편에 끝없는
　　강물이 흐르네

김영랑, 「끝없는 강물이 흐르네」 전문

천년 전에 하던 장난을
바람은 아직도 하고 있다.
소나무 가지에 쉴 새 없이 와서는
간지러움을 주고 있는 걸 보아라
아, 보아라 보아라
아직도 천년 전의 되풀이다.

그러므로 지치지 말 일이다.
사람아 사람아
이상한 것에까지 눈을 돌리고
탐을 내는 사람아

박재삼, 「千年의 바람」 전문

3) 글쓰기는 기억이다

흔히 인간을 다른 동물과 달리 '직립보행하는 존재', '생각하는 존재', '웃을 줄 아는 존재' 등으로 정의한다. 한편 인류가 원시 단계에서 문명 단계에 이른 데는 프로이트의 지적처럼 근친상간의 금기가 주요한 원인이었듯 인간이 동물과 다른 것은 금기에 있다. 그러나 금기 중에서도 근친상간의 금기를 위반하는 근본적 원인은 기억의 부재이다. 그러므로 문명적 인간이란 '기억하는 존재'로 정의되어야 할 것이다. 근친상간의 금기가 지속되는 데는 '기억'이 필수불가결하게 작용한다. 동물들의 근친상간을 보자. 가령 새끼고양이가 어미젖을 떼고 나면 어미를 떠난다. 어미만큼 성장한 새끼고양이가 어느 날 어미고양이를 만났다 해도 어미도 새끼도 서로를 인지하지 못한다. 서로에 대한 기억이 부재함으로써 나타나는 현상이다.

물론 기억이 부재한 인간의 경우도 마찬가지다. 갓 낳아서 버려진 아이는 성인이 되어서도 부모를 알아보지 못할 뿐만 아니라 부모 또한 자식을 알아보지 못함으로써 「오이디푸스 왕」과 같은 비극이 탄생한다. 「오이디푸스 왕」의 비극은 기억의 부재에서 비롯된 근친상간의 금기위반의 결과이다. 원시문화와 보다 밀접했던 고대에는 금기위반 또한 자연스러웠을 것이다. 현대에도 기억의 부재가 야기한 오이디푸스 왕 같은 근친상간의 비극은 여전히 존재한다. 쉬운 예로 전쟁이 야기한 무질서 속에 근친상간의 금기위반이 도사리고 있음을 부인할 수 없다.

아우구스티누스도 『고백록』[24]에서 '기억이 바로 자기 영혼이요, 자기 자신'이라고 한다. "기억력이라는 것은 정말 위대합니다. 그것이 바로 내 영혼이요 나 자신입니다.

---

24) 아우구스티누스(혹은 어거스틴, 354~430), 『고백록』, 문시영 옮김, 지식을만드는지식, 2011(아우구스티누스는 알제리 해안의 히포레기우스에서 약 72km 떨어진 타가스테(지금의 수크아라스)에서 태어났다. 가정은 중산층이었고, 아버지는 말년까지 이교도로 남아 있었으며, 어머니는 열성적이고 경건한 그리스도교도였다. 어린시절 어머니의 교육으로 그리스도에 대해 경외심을 품었고 그 영향이 지속되었다. 그러나 유아세례는 받지 않았으며, 초. 중등학교를 거치면서 아우구스티누스가 지적인 재능을 보이자 가족들은 공무원을 시키려고 했다. 19세 때 키케로의 글 「호르텐시우스」를 읽고 크게 감동을 받아, 그때부터 철학에 대한 정열로 가득찼다. 그것은 단순히 진리를 추구한다는 의미가 아니라 세속적인 야망보다 명상하는 삶을 더 낫게 여겼다는 뜻이다. 45세 때 「고백록」을 썼다. 「고백록」은 로마 가톨릭에 귀의함으로써 끝난 그의 방황과 유년시절을 기록한 글이며, 감사와 회개에서 나온 봉헌물로, 양심의 가책을 느낀 주교가 무릎 꿇고 기도하는 마음으로 기억해낸 사실들이다).

그렇다면 도대체 나는 누구인가요? 복잡하고 잘라 말하기 어려운 생명입니다. 기억의 널따란 평원은 인상들과 개념으로 가득하게 들어차서 끝없이 움직이고 있습니다. 비록 육체는 죽게 되어 있지만, 육체의 생명인 영혼은 위대한 능력을 가지고 있습니다. … 기억을 넘어선다면 그것은 기억을 잊는 것이거늘, 당신에 대한 기억이 없이 과연 어떻게 당신께 나아갈 수 있겠습니까?"라고 했다.

그러므로 문명적 인간이란 삶을 혹은 생각을 저장하는 '기억의 존재'로 정의되어야 하듯이 기억을 영구히 저장하는 방법에 글쓰기가 있다. 글로써 인류의 역사가 저장되고 개인과 민족의 삶이 저장되며 개인이 문화적으로 실존한다. 기억 속에 저장된 과거를 반추하여 오늘날 '나'의 거울로 삼으며 내일의 활로를 찾는 행위가 인간의 실존태이다.

오랜 시간[25], 나는 일찍 잠자리에 들어왔다. 때로 촛불이 꺼지자마자 눈이 너무 빨리 감겨 '잠이 드는구나.'라고 생각할 틈조차 없었다. 그러다 삼십여 분이 지나면 잠을 청해야 할 시간이라는 생각에 잠이 깨곤 했다. 그러면 나는 여전히 손에 들고 있다고 생각한 책을 내려놓으려 하고 촛불을 끄려고 했다. 나는 잠을 자면서도 방금 읽은 책에 대해 끊임없이 생각했는데, 그 생각은 약간 특이한 형태로 나타났다. 마치 나 자신이 책에 나오는 성당, 사중주곡, 프랑수아 1세와 카를 5세와 경쟁 관계라도 되는 것 같았다.[26] 이 믿음은 잠에서 깨어난 후에도 몇 초 더 지속되어 내 이성에 거슬리지는 않았지만, 내 눈을 비늘처럼 무겁게 짓눌

25) 여기서 '오랜 시간'으로 옮긴 '오랫동안'longtemps이라는 부사는 '오랜'long과 '시간'temps의 합성어로, 「잃어버린 시간을 찾아서」의 맨 마지막 단락이 '시간 속에서'라는 점에서 작품의 의미론적, 순환적 양상과 밀접한 관계가 있다. 또 '오랜 시간' 다음에 사용된 쉼표가 '들어 왔다'라는 복합과거에 의한 구어체 문장에 문어체 양상을 부여한다는 점에서 프루스트 문장의 특징을 보여 준다. 오랜 시간 불면에 시달리며 잃어버렸던 시간을 풍요롭고 창조적인 시간으로 바꾸는 것, 바로 이것이 이 작품의 주제이다.

26) 프랑수아 1세(1494~1547)는 루이 12세의 뒤를 이어 프랑스 국왕을 지냈으며 독일 황제 카를 5세와 삼십년 동안 전쟁을 하면서도 예술을 보호하고 장려하였다. 카를 5세(1500~1558)는 독일 황제이자 스페인 왕으로 독일-오스트리아라는 거대한 제국을 이끌면서 프랑수아 1세와 삼십 년 동안 전쟁을 한 것으로 유명하다. 이처럼 〈잃어버린 시간〉은 책의 탄생과 더불어 시작된다. 이 문단에서 말하는 성당, 사중주곡, 경쟁 관계는 곧 콩브레의 성당과 뱅퇴유의 음악, 프랑수아즈와 스완(샤를), 또는 샤를뤼스의 경쟁 관계를 가리키는 것으로, 책이 곧 삶이고 삶이 곧 책인, 즉 「잃어버린 시간」이 허구와 실재의 경계가 더 이상 존재하지 않는 작품임을 말해 준다(마르셀 프루스트, 『잃어버린 시간을 찾아서』, 김희영 옮김, 민음사, 2012, 15쪽).

러 촛불이 꺼졌다는 사실조차도 알아차리지 못하게 했다. 그러다 이 믿음은 윤회설에서 말하는 전생에 대한 상념처럼 전혀 이해할 수 없는 것이 되어 버렸다. 책의 주제는 나로부터 떨어져 나가, 나는 마음대로 책의 주제에 전념하거나 전념하지 않을 수 있게 되었다. 이내 시력을 회복한 나는 주위의 어둠에 놀랐다. 내 눈에 부드럽고도 아늑한 어둠은, 내 정신에는 아무 이유도 없는, 이해할 수 없는, 정말로 모호하기만 한 그 무엇으로 느껴졌다. 몇 시나 되었을까 하고 생각했다. 기적 소리가 들렸다. 그 소리는 점점 멀어져 가더니, 마치 숲속에서 우는 새의 노래마냥 거리감을 드러내면서, 나그네가 다음 역을 향해 발걸음을 서두르는 그 황량한 들판의 넓이를 그려 보였다. 그가 따라가는 오솔길은 새로운 장소, 익숙하지 않은 행동, 밤의 침묵 속에 늘 따라다니는, 낯선 램프 불 밑에서 나누었던 얼마 전의 대화와 작별 인사, 임박한 귀가의 감미로움에서 오는 흥분으로 그의 추억 속에 아로새겨질 것이다.

나는 어린 시절 뺨처럼 팽팽하고 싱그러운 베개에다 뺨을 갖다 대었다. 시계를 보려고 성냥을 켰다. 곧 자정이다. 여행을 떠날 수밖에 없었던 환자가 낯선 호텔 방에서 잠이 들었다가 갑작스러운 통증으로 깨어나 문 아래로 스며든 한 줄기 햇살을 보고 기뻐하는 순간이다.[27]

명절날 나는 엄매 아배 따라 우리집 개는 나를 따라 진할머니 진할아버지가 있는 큰집으로 가면

얼굴에 별자국이 솜솜 난 말수와 같이 눈도 껌벅거리는 하루에 베 한 필을 짠다는 벌 하나 건넛집엔 복수아 나무가 많은 新里 고무 고무의 딸 李女 작은 李女
열여섯에 四十이 넘은 홀아비의 후처가 된 포족족하니 성이 잘 나는 살빛이 매감탕 같은 입술과 젖꼭지는 더 까만 예수쟁이 마을 가까이 사는 土山 고무 고무의 딸 承女 아들 承동이
六十里라고 해서 파랗게 뵈이는 山을 넘어 있다는 해변에서 과부가 된 코끝이 빨간 언제나 흰옷이 정하던 말끝에 설게 눈물을 짤 때가 많은 큰골 고무 고무의 딸 洪女 아들 洪동이 작은 洪동이

---

27) 마르셀 프루스트, 앞의 책, 서두.

배나무접을 잘하는 주정을 하면 토방돌을 뽑는 오리치를 잘 놓는 먼섬에 반디젓 담그러 가기를 좋아하는 삼촌 삼촌엄매 사춘누이 사춘동생들

이 그득히들 할머니 할아버지가 있는 안간에들 모여서 방안에서는 새옷의 내음새가 나고

또 인절미 송구떡 콩가루차떡의 내음새도 나고 끼때의 두부와 콩나물과 볶은 잔디와 고사리와 도야지비계는 모두 선득선득하니 찬 것들이다

저녁술을 놓은 아이들은 외양간섶 발마당에 달린 배나무동산에서 쥐잡이를 하고 숨굴막질을 하고 꼬리잡이를 하고 가마 타고 시집가는 놀음 말 타고 장가가는 놀음을 하고 이렇게 밤이 어둡도록 북적하니 논다

밤이 깊어가는 집안엔 엄매는 엄매들끼리 아르간에서들 웃고 이야기하고 아이들은 아이들끼리 웃간 한 방을 잡고 조아질하고 쌈방이 굴리고 바리깨돌림하고 호박떼기하고 제비손이구손이하고 이렇게 화디의 사기방등에 심지를 몇 번이나 돋구고 홍게닭이 몇 번이나 울어서 졸음이 오면 아릇목싸움 자리싸움을 하며 히드득거리다 잠이 든다 그래서는 문창에 텅납새의 그림자가 치는 아츰 시누이 동세들이 욱적하니 흥성거리는 부엌으론 샛문틈으로 장지문틈으로 무이징게국을 끓이는 맛있는 내음새가 올라오도록 잔다

백석, 「여우난골族」 전문

3. 방식적 정의

1) 글쓰기는 고백이다

사전적 의미로 고백이란 '생각이나 미처 말하지 못한 것을 사실대로 숨김없이' 말하는 행위이다. 단순히 사실대로만 말하는 것을 넘어 '사실대로 말하되 좀 더 내면적이고 성찰적인 행위'를 의미한다. 루소의 자서전인 『고백록』이나 아우구스티누스의 『고백록』이 대표적이며, 고백하는 비율로 논하자면 객관적 형식의 글보다는 주로 주관적 형식의 글인 일기, 편지, 회고록, 자서전 등이 해당한다. 글감이 '나' 자신인 글쓰기이기 때문에 고백체가 지배하는 시나, 작가의 개인사가 중심인 사소설 등이 속한다.

딜멘이 '개인이 자신을 스스로 규정하고 실현한다는 생각을 인생의 목표로 삼은 것은 근대사회에 들어와서의 일이며, 그 어떤 시기에도 16세기만큼 그렇게 많은 자기 고백과 자서전이 쓰인 시대는 없었다.'고 하듯, 그리고 루터가 "자기성찰은 인간의 죄 많음과 불완전성을 인식한 데서 왔고 특히 자기 자신이 그러하다는 인식에서 온 것이었다."[28] 라고 하듯 자기성찰을 통한 개인(사)적 글쓰기는 근대 개인의 성찰적 장으로 활성화되었다. 근대 개인의 발견을 활성화한 성찰적 고백의 글쓰기는 작가들의 창작 일기, 개인들의 자서전적 기록 등으로 확장되었다.

시에서는 「자화상」이야말로 시인의 내면을 면밀히 드러내는 고백이듯 윤동주의 「자화상」과 서정주의 「자화상」에서 각각의 개성적인 고백의 태도를 읽을 수 있다. 프

---

28) 리하르트 반 딜멘, 앞의 책, 9~30쪽.

란츠 카프카는 『절망은 나의 힘』[29]에서 절망했던 자신을 고백하고, 움베르토 에코는 『젊은 소설가의 고백』에서 창작 비밀에 대해 고백한다.

산모퉁이를 돌아 논가 외딴 우물을 홀로 찾아가선 가만히 들여다봅니다.

우물 속에는 달이 밝고 구름이 흐르고 하늘이 펼치고 파아란 바람이 불고 가을이 있습니다.

그리고 한 사나이가 있습니다.
어쩐지 그 사나이가 미워져 돌아갑니다.

돌아가다 생각하니 그 사나이가 가엾어집니다.
도로 가 들여다보니 사나이는 그대로 있습니다.

다시 그 사나이가 미워져 돌아갑니다.
돌아가다 생각하니 그 사나이가 그리워집니다.

우물 속에는 달이 밝고 구름이 흐르고 하늘이 펼치고 파아란 바람이 불고 가을이 있고 추억처럼 사나이가 있습니다.

윤동주, 「자화상」 전문

애비는 종이었다. 밤이 깊어도 오지 않았다.
파뿌리같이 늙은 할머니와 대추꽃이 한 주 서 있을 뿐이었다.
어매는 달을 두고 풋살구가 꼭 하나만 먹고 싶다 하였으나 흙으로 바람벽한 호롱불 밑에
손톱이 까만 에미의 아들.
갑오년이라든가 바다에 나가서는 돌아오지 않는다 하는 외할아버지의 숱 많은 머리털과

29) 프란츠 카프카, 『절망은 나의 힘』, 가시라기 히로키 엮음, 박승애 옮김, 한스미디어, 2011.

그 커다란 눈이 나는 닮았다 한다.

스물세 해 동안 나를 키운 건 팔할이 바람이다.
세상은 가도가도 부끄럽기만 하더라.
어떤 이는 내 눈에서 죄인을 읽고 가고
어떤 이는 내 입에서 천치를 읽고 가나
나는 아무것도 뉘우치진 않을란다.

찬란히 틔워 오는 어느 아침에도
이마 위에 얹힌 시의 이슬에는
몇방울의 피가 언제나 섞여 있어
볕이거나 그늘이거나 혓바닥 늘어 뜨린
병든 수캐마냥 헐떡거리며 나는 왔다.

서정주, 「자화상」 전문

다음의 예문은 아우구스티누스의 『고백록』[30]의 일부이다.

　내가 하나님을 사랑한다고 할 때, 나는 무엇을 사랑하는 것인가? 내 영혼의 맨 위에 계신 분은 누구신가? 내 영혼을 통해 그분께 올라가 보리라. 육체의 생명인 영혼을 넘어서 찾아가리라. 그분께로 올라가리라. 드디어 도달한 곳은 기억이라는 대평원! 이곳이 바로 육체의 감각을 통해 들어온 모든 영상을 간직한 창고다. 감각의 자료들을 가공하여 온갖 생각들이 만들어지는 곳이 바로 여기다. 이곳에서 모든 기억들이 간직되어 있고 필요에 따라 순차적으로 드러난다. 바로 이 기억의 창고 덕에 나는 모든 것을 마치 현재의 일인 것처럼 생각하고 있는 셈이다. 내가 이렇게 독백을 할 때에도 기억의 창고에 있던 영상들이 내 앞에 드러나고 있는 것이다.
　주여, 기억의 힘은 위대합니다. 끝없이 넓은 그 세계는 비록 내 본성에 속한 것이기는 하지만 나 자신도 그 모든 것을 다 파악할 수 없을 정도입니다. 그렇

---

30) 아우구스티누스, 앞의 책.

다면 나 자신도 다 알 수 없는 나의 영혼은 도대체 어디에 있는 것입니까? 우리들이 바다와 산을 보려고 여행을 떠나기는 해도 정작 자신에 대해서는 무지한 것이 사실입니다. 그러나 따지고 보면 내 기억 속에 있는 엄청난 자료들은 육체의 감각을 통해 들어온 인상일 뿐, 지각하는 대상 그 자체는 아닙니다. 기억의 무한한 창고에는 이런 것들뿐 아니라 배움에서 얻은 지식들이 더 깊숙한 내면의 장소에 간직되어 있습니다. 내가 아는 문학이나 논리학이나 수사학의 지식들은 고스란히 기억 속에 남아 있습니다. 이것들은 감각을 통해 인상만을 남기는 소리나 향기와 같은 것이라 할 수 없습니다. 감각적 인상들은 기억의 은밀한 곳에 저장되어 있다가 필요에 따라 떠올려지는 것들입니다.

　그렇다면, '내 영혼아, 나는 말소리를 들을 때, 그 소리의 인상은 지니고 있지만 소리는 바람 속에 지나가 버렸기 때문에 더 이상 존재하지 않는다는 것을 알고 있지 않은가? 이 경우에는 소리 그 자체를 어떤 과정을 통해 인식하게 되는 것인가? 생각해 보면, 이것은 육체의 감각을 통해 들어온 것이라기보다 이미 내 속에 있던 것 아닌가? 내가 배우기 전에 이미 내 속에 있었지만 기억 안에 정리되지 않았을 뿐이다. 이렇게 보면, 결국 감각을 통하여 인상을 받아들이는 것이 아니다. 이미 우리 안에 뒤섞여 있던 기억의 조각들이 질서를 찾아 정리되는 것이다. 이러한 기억의 조각들이 뚜렷하게 정리될 때, 비로소 우리는 안다고 말할 수 있는 것이다. 이따금 알던 것도 잊어버리지만, 그것을 다시 기억하는 것은 결국 조각난 것들을 다시 맞추어내는 셈이다. 결국 안다는 것은 흩어졌던 조각들을 다시 거두어 모으는 것이다. 그리고 기억은 수적이고 양적인 법칙들을 가지고 있다. 가령, 육체적 감각으로 수를 셈하기는 하지만, 그것은 수와는 별개의 것이다. 기억 안에 이 모든 것들이 개념으로 간직되어 있으며, 처음에 그것을 어떻게 배웠는지도 기억 속에 있다. 그리고 옳은 논리와 그릇된 논리를 구분할 수도 있다. 그것을 구별하고 있다는 것을 기억하는 것과 그 이전에도 이미 다 구별할 수 있었던 사실에 대한 기억은 다르다. 과거에 있던 일을 기억하고 있기도 하고 현재의 인식을 기억하고 있으며 미래에도 기억될 것이다. 기억했다는 것을 현재에 기억하고 있는 것이며 미래에 그 일을 회상하는 경우에도 기억의 힘이 작용한다고 하겠다. 더구나 영혼의 감정을 간직하는 것 역시 기억이다. 현재는 즐겁지 않아도 즐거웠던 과거를 기억하고 있으며 현재는 슬프지 않지만 슬펐던 과거를 기억하기도 한다. 이상한 것은 지나간 육체의 고통을 육체적 감각으로 다시 체험하는 것이 아니라 영혼이 기억한다는 점이다. 기억이란 마음에 달려 있다. 욕망, 기쁨, 두려움, 슬픔의 네 가지 감정도 기억에서 끌어낸 것 아닌가? 회상을 통해 감정까지도 끄집어내고 있는 것이다. 내가 돌이나 태양이라는 이름을 말할 때 그것은 이미 내 기억 속에 있었다. 병약한 사람이 건강이라는 말을 하는 경우에도 몸으로 하는 것이 아니라 이미 기억 속에 있었다. 수에 관해서도 마찬가지다. 기억에 없던 것은 알 수 없는 것 아닌가? 망각이라는 것은 기억에 있었던 것이 사라진 것이요, 이 경우 기억이란 잊기 위해 현존한다. 그렇다면, 우리가 망각을 기억하는 경우, 그것은 망각 자체가 아니라 그것의 인상이라는 것을 어떻게 설명할 수 있을까? 그 이유와 배경은 무엇일까?

모든 사람이 행복을 원하고 있지 않습니까? 사람들은 어떻게 행복이라는 것을 알아냈습니까? 우리가 행복을 원하는 것은 어떤 이유에서든 행복에 대한 기억을 가지고 있기 때문 아닌가요? 행복의 개념이 어떤 것인지 모르지만 행복이라는 것이 기억 속에 있었던 것은 분명해 보입니다. 행복에 대한 기억이 없었다면 행복을 바라는 것 자체가 불가능합니다. 행복이라는 것은 희랍어나 라틴어의 장벽에 제한되지 않고 희랍 사람들이나 로마 사람들이나 가릴 것 없이 모두가 원하는 대상입니다. 행복하게 살고 싶은가를 물으면 누구나 할 것 없이 그렇다고 대답할 것입니다. 이것은 행복에 대한 기억이 없이는 불가능합니다. - 중략- '사람마다 행복에 대한 생각은 다르겠지만 행복하고자 하는 것만큼은 분명하다. 행복이라는 말을 들을 때 우리는 기억 속에서 그것을 떠올리고 확인한다.' - 중략 - 주여, 행복이란 진리는 즐기는 것이요, 진리이신 당신을 즐기는 것입니다. 모두가 행복을 원하지만 동시에 많은 사람이 속이기를 좋아합니다. 그들이 진리를 즐기지 않는 이유는 다른 것에 집착하기 때문입니다. 자신들이 사랑하는 것을 진리라고 믿고 진리를 등진 자로 삽니다. 그 어떤 사사로움도 없이 허위 아닌 진리만을 살아가는 자들이야말로 행복한 자들입니다.

이제 내가 분명하게 알게 된 것은 미래도 과거도 존재하지 않는다는 것입니다. 과거, 현재, 미래의 시간이 있다고 말하는 것보다 "과거의 현재, 현재의 현재, 미래의 현재"라는 세 가지 시간이 있다고 하는 것이 맞을 것 같습니다. 그리고 이 세 가지 "시간은 우리의 마음 안"에 있습니다. 과거의 현재는 '기억'이요,

현재 일의 현재는 '직관'이며, 미래 일의 현재는 '기대'입니다. 이렇게 세 종류의 시간이 있다고 말하는 것은 우리의 언어관습에서 온 것입니다. 더구나 우리는 시간을 잰다고 합니다. 더 길거나 짧다고 말하기도 합니다. 하지만 시간이라는 것을 어떻게 잴 수 있겠습니까? 나는 이 문제를 풀어보려 애타게 노력하고 있습니다. 주여, 이 문제를 해결하려는 내 소원을 닫지 마시고 당신의 빛을 비추어주소서.

다음의 예문은 루소의 『고백록』[31] 의 일부이다. 루소는 '내가 고백을 하는 가장 본래의 목적은 인생의 모든 상황에서 나의 내면을 정확하게 토로하는 데 있다. 나는 내 영혼의 이야기를 약속했고, 이를 충실하게 쓰기 위한 다른 보조수단은 필요 없다. 나는 단지 지금까지 했듯이 내 안을 깊이 들여다보기만 하면 된다.'라고 했듯이 18세기에 자기, 자신의 삶, 자기감정과 느낌을 루소만큼 자기 일의 중심에 놓은 사람은 없었다. 루소의 극단적인 주관주의는 계급이나, 궁정, 교회 및 종교 등 모든 전통과 결별을 고했으며, 그는 자아를 인생의 중심으로 털어놓았다.

나는 1712년 제네바에서 시민 이자크 루소와 시민 쉬잔 베르나르 사이에서 태어났다. 별로 보잘것없는 재산을 15명의 자녀가 나누어야 했던 탓에 내 아버지의 몫이라고는 거의 없어서 그는 오로지 시계수리공이라는 직업으로만 생계를 이어나갔다. 사실 그는 그 분야에서 상당히 솜씨가 좋았다. 목사 베르나르의 딸인 내 어머니는 더 부유했으며 사려 깊고 아름다웠다. 그래서 아버지가 어머니를 아내로 맞는 데는 어려움이 없지 않았다. 두 사람의 사랑은 거의 그들이 태어나면서부터 시작되었다. 그들은 여덟 아홉 살 때부터 라 트레유에서 밤마다 함께 산책했고, 열 살이 되어서는 더 이상 서로 헤어질 수 없게 되었다. 두 영혼이 공감하고 조화를 이루면서 그들 마음속에서 습관이 불러일으킨 애정은 더욱 굳건해졌다. 천성이 다정다감한 두 사람은 상대에게서 똑 같은 성향을 발견할 순간만을 기다렸다. 아니 차라리 그 순간이 바로 그들을 기다렸다는 말이 더 정확한데, 그들은 저마다 자기 마음을 상대에게 쏟았고 그 마음을 받아들이기

31) 장 자크 루소(1712~1778), 『고백록』, 『루소 전집』, 박아르마 옮김, 책세상, 2015.

위해 자신의 마음을 열어 그것을 받아들였다. 그들의 열정을 방해하는 듯싶었
던 운명은 단지 그 열정을 자극했을 따름이다. -중략-

　　나 때문에 어머니는 세상을 떠났고, 내가 태어난 것은 내 여러 불행들 가운데
최초의 불행이었다.

　　나는 아버지가 어떻게 그 사별을 견뎌냈는지 알지 못한다. 하지만 적어도 그
가 그 죽음 때문에 상심한 마음을 결코 달래지 못했다는 사실은 알고 있다. 아
버지는 내게서 어머니를 다시 본다고 믿었다. 내가 당신에게서 아내를 앗아갔
다는 사실을 잊지 못한 채로 말이다. 아버지가 나를 껴안을 때면 한숨과 부들부
들 떠는 듯한 흔들림으로 쓰라린 회한이 애정의 표시에 뒤섞여 있음을 항상 느
껴야 했다. 아버지의 애정 표시는 그래서 더욱 각별한 것이었다. 아버지가 "장
자크야, 네 어머니 이야기를 해줄게" 하고 말하면 나는 "네, 아버지, 이제 또 울
어야겠네요" 하고 대답했다. 그는 그 말끝에 벌써 눈물을 흘리고 있었다. 아버
지는 한탄하며 말했다. "아! 내게 네 엄마를 돌려다오. 아내 잃은 나를 달래다
오. 네 엄마가 내 마음에 남겨놓은 빈자리를 채워다오. 네가 단지 내 아들이기
만 하다면 내가 너를 이토록 사랑하겠느냐?" 아버지는 어머니를 잃고 40년이
지나 둘째 부인의 품에서 돌아가셨다. 하지만 입으로는 어머니의 이름을 불렀
고 마음속 깊은 곳에서는 그녀의 모습을 떠올렸다.

　　다음의 예문은 카프카가 「단편」이라는 글에서 고백한 단상들이다. 작가가 고백한
사적인 글쓰기에서 우리는 그 작가의 작품에서 알지 못하는 개인적인 내면세계를 보다
상세히 이해할 수 있다. 뿐만 아니라 그의 작품이 탄생하게 된 배경 또한 읽게 된다.[32]

---

32) "〈먹고 싶지만 먹을 수 있는 것이 없다〉-나는 맛있는 것을 발견할 수 없었다. 혹시 좋아하는 음식을
　　발견했다면 금식으로 세상을 시끄럽게 만들지 않고 다른 사람들과 똑같이 배불리 실컷 먹고 살았
　　을 것이다." - "이 말은 일기나 편지가 아니라 카프카가 쓴 소설인 「배고픈 예술가」의 한 부분이다.
　　단식을 예술로 삼았던 남자가 죽을 때 이런 말을 남긴다. 이는 카프카 자신의 가슴속 말을 털어놓
　　았다고 보아도 좋을 것이다. 다른 사람들과 똑같이 배불리 실컷 먹고 싶지만, 그게 불가능하다. 다
　　른 사람들과 똑같이 결혼도 하고 싶지만 그게 불가능하다. 다른 사람들과 똑같이 평범하게 살고 싶
　　지만 그게 불가능하다. 결코, 그렇게 하고 싶지 않아서가 아니다. 카프카는 사실 가족이나 일, 혹은

① 〈나를 무너뜨리는 온갖 고난〉 - 발자크의 산책용 지팡이 손잡이에는 '나는 온갖 고난을 무너뜨렸다'라고 새겨져 있다고 한다. 내 지팡이에는 '온갖 고난이 나를 무너뜨린다'라고 새겼다. '온갖'이라는 말만은 같다.(카프카)

발자크는 19세기를 대표하는 소설가이고, 카프카는 20세기를 대표하는 소설가이다. 이 둘의 대비가 참 재미있다. 참고로 발자크는 소설의 등장인물에 관해 어떤 가정에서 태어나, 어떤 방식으로 양육되었고, 외모는 어떠했는지, 옷은 어떻게 입었는지, 성격은 어떠했는지 등에 대해 몇 페이지나 할애해서 설명한다. 하지만 카프카의 소설에는 등장인물에 관한 묘사가 거의 없다. 경력이나 외모, 복장, 성격에 관한 설명도 없고 이름도 어쩌다 이니셜로 'K'라고 등장하는 정도가 고작이었다. 자신의 존재를 확실하게 인식했던 19세기가 지나고, 존재의 불확실함에 번민하는 20세기가 되면서 과거의 용기는 불안으로 바뀌어버렸다.(가시라기 히로키)

② 〈가진 것이라고는 약점뿐〉 - 인생에 필요한 능력을 아무것도 갖추지 못한 나, 가지고 있는 것이라곤 인간적인 약점뿐.(카프카)

카프카는 신체적인 면뿐만 아니라, 정신적인 면이나 능력에서도 자신의 '허약함'을 강조했다. 인생에 필요한 능력이란 맡은 업무를 성공적으로 수행하는 능력, 인간관계를 원만하게 유지하는 능력, 결혼해서 가정을 꾸리는 능력처럼 사회에 융화되어 타인과 조화로운 관계를 지속하는 능력이라고 할 수 있다.

그러나 카프카는 그런 능력은 많이 부족한 대신 '허약함'만은 다른 사람의 두 배 이상 가지고 있었다. 그는 그 점에 대해 한탄하면서도 진짜로 강해지고 싶어 하지는 않았다. 그는 아버지처럼 이 사회에서 다부지게 살아가는 인간을 경멸하고 있었던 것이 아닐까 하는 생각이 들 때도 있다. 한편으로는 동경하기도 하고, 존경한 것도 사실이었지만, 적어도 자기 자신이 그런 사람이 되고 싶지는 않았던 것 같다.

자기를 아는 사람들에게 멀리 떨어진 시골 요양소에서 기거할 때는 고기도 먹었고 살도 쪘다. 음식에 대한 그의 거부는 명백하게 그를 둘러싼 현실에 대한 거절과 불안이 원이이었던 것이다."-가시라기 히로키(프란츠 카프카, 앞의 책, 196~197쪽).

말이 좀 이상하지만, 카프카는 자신의 허약함에 자부심을 가지고 있었던 것 같다.

그러나 그 허약함 때문에 늘 괴로워했던 것만은 사실이다.(가시라기 히로키)

③ 〈학교에서는 열등생이라는 딱지가 붙었다〉 - 나는 동급생들 가운데 '바보'로 통했다. 선생님들 중에서도 몇몇은 나를 열등생으로 단정해버렸다. 부모님과 나는 수도 없이 면전에서 그런 소리를 들었다. 상대를 바보 취급하는 것으로 자신이 우위에 섰다고 믿는 인간들이다. 모든 사람들이 나를 '바보'로 믿었고, 그에 대한 증거마저 갖추어졌다. 그것은 너무나 화가 나는 일이었고 눈물도 났다. 자신감을 잃어버리고, 장래에도 절망했다. 그때의 나는 무대 위에서 대사를 잊어버리고 망연자실 서 있는 배우 같았다.(카프카)

나중에 천재로 불리는 사람이 학교에서 낮은 평가를 받는 일은 흔하다. 다만, 에디슨처럼 지나친 천재성 때문에 학교에서 쫓겨났던 것이라면 몰라도, 카프카는 일정 틀에서 벗어나는 것이 아니라 그 틀 안에서 눈에 띄지 않는 열등생으로 취급되었던 것이라 더 실망이 컸을 것이다.

무대에 올라가긴 했는데 그 위에서 할 말을 잊어버리고 망연자실해져 버린 배우처럼 생각했을 정도이니 말이다. 타인의 평가에 대해서 카프카가 이렇게 '화가 나고 눈물도 났다'고 반응한 것은 상당히 드문 경우로, 이와 같은 예는 거의 없었다. 그는 자신을 스스로 비하할 뿐, 타인의 평가는 받아들이지 않았다.

학교에서의 일은 카프카에게 있어서도 어지간히 분했던 모양이다. 자기를 열등생이라고 단정했던 교사들을 '상대를 바보 취급하는 것으로 자신이 우위에 섰다고 믿는 인간들이다'고 간파하는 관찰력은 과연 카프카답다.

지금 인터넷에도 이런 사람들이 너무 많다.(가시라기 히로키)

다음의 예문은 학자이자 작가인 움베르토 에코가 소설가로서 고백한 그의 창작의 비밀에 대한 내용이다.

① 〈창작이란 무엇인가?〉 - 50대 초반이 되었을 무렵, 나는 많은 학자들이 그러하듯 내 글이 '창작' 혹은 '창조적'인 쪽이 아니라는 사실에 낙담하지 않았다. 나는 왜 호메로스는 창조적 작가이고 플라톤은 그렇지 않은지 이해할 수 없었다. 나

쁜 시인은 창조적인 작가인 반면, 훌륭한 과학 저술가들은 그렇지 않은 이유가 도대체 뭐란 말인가?

② 〈어떻게 쓸까?〉 - 기자들이 "소설을 어떻게 씁니까?" 같은 질문을 하면, 나는 주로 "왼쪽에서 오른쪽으로 씁니다"라는 대답으로 말문을 막는다. 만족스러운 대답도 아닐뿐더러, 아랍 국가들과 이스라엘에서는 깜짝 놀랄 일이라는 것도 안다. 이제 좀더 친절하게 대답할 시간을 가져보고자 한다.

　첫 소설을 쓰는 과정에서 나는 몇 가지 교훈을 얻었다. 첫째, '영감'이란 약삭빠른 작가들이 예술적으로 추앙받기 위해 하는 나쁜 말이다. 오랜 격언에 천재는 10퍼센트의 영감과 90퍼센트의 노력으로 이루어진다는 말이 있다. 프랑스의 낭만파 시인 라마르틴은 종종 자신의 가장 뛰어난 시 중 하나를 어떻게 쓰게 되었는지를 이렇게 얘기했다고 한다. 어느 날 밤 숲길을 거닐고 있을 때, 한 편의 시가 완성된 형태로 섬광처럼 떠올랐다는 것이다. 하지만 라마르틴이 세상을 뜬 후 그의 서재에서는 바로 그 시를 여러 해 동안 수없이 고쳐 썼던 방대한 분량의 원고가 발견됐다.

③ 〈세계 설계하기〉 - 나는 이 같은 문학적 잉태의 시기에 어떤 일을 할까? 서류를 수집한다. 여기저기 찾아다니고 지도를 그리고 건물들의 배치를 눈여겨보기도 한다. 『전날의 섬』을 쓸 때는 배의 구조를 공부했다. 그리고 등장인물들의 얼굴을 스케치한다. 『장미의 이름』의 경우에는 등장하는 수도사들을 모두 초상화로 만들었다. 나는 이렇게 소설을 준비하는 몇 해를 일종의 마법의 성에서, 달리 표현하면 자폐의 바다 안에서 빠져 지낸다. 내가 무슨 짓을 하는지는 아무도, 설령 가족이라고 해도 모른다. 잡다한 여러 일들을 하는 것처럼 보이지만 내가 하는 일은 오로지 내 이야기에 들어갈 생각과 심상, 단어들을 그러잡는 것뿐이다. 중세에 관한 글을 쓸 때에도 거리에서 지나가는 자동차를 보고 그 색상이 인상이 남으면 나는 그런 경험을 노트에 기록하거나 머리로 기억해두었다가 나중에, 말하자면 묘사를 세밀화하는 데 참고한다. … 나는 소설이 단지 언어의 조합이 아니라는 걸 터득했다. 시는 단어를 어떻게 번역해야 할지 난감할 때가 많다. 낱말의 음과 저자가 의도한 다중적 의미까지 계산에 넣어야 하는데다, 단어의 선택에 따라 내용이 바뀔 수도 있기 때문이다. 소설 같은 서사의 경우에는

정반대이다. 서사는 작가가 창조하는 '우주'이며, 그 안에서 사건이 벌어지고 음률과 문체, 단어 선택까지 정해진다. 서사는 라틴어로 '렘 테네, 베르바 세쿤투르Rem tene, verba sequentur', 즉 '주제를 고수하면 언어는 따라온다'는 법칙에 지배받는다. 반면 시는 그와 반대로 '언어를 고수하면 주제는 따라온다'로 바뀌어야 한다.

④ 〈허구적 등장인물에 관하여 - 안나 카레니나를 위해 울다〉 - 실제로 로맨틱한 사랑에 관한 일이라면, 사랑하는 사람에게 버림받았다는 상상에 고통스러워하거나 실제로 연인을 떠나보냈던 사람들은 자살 충동까지 느끼기도 한다. 하지만 연인에게서 버림받은 사람이 내가 아닌 친구인 경우에는 그다지 고통스러워하지 않는다. 물론 친구를 동정하긴 하겠지만 친구가 연인과 헤어졌다는 이유로 자살한 사람의 이야기는 들어본 적이 없다. 그래서 괴테가 『젊은 베르테르의 슬픔』을 출간했을 때, 소설 속 주인공 베르테르가 불행한 사랑 때문에 자살한다는 내용에 슬퍼하며 많은 젊은 낭만주의자들이 그 죽음을 따라했던 사건은 이상하게 보인다. 이 현상은 '베르테르 효과'로 알려졌다. 현실 세계에서 수백만 인구(아이들을 포함하여)가 기아로 죽어가는 상황에는 그다지 슬퍼하지 않으면서, 베르테르나 안나 카레니나의 죽음에 크게 비통해 하는 건 도대체 무슨 경우일까? 실존 인물이 아니라는 걸 알면서도 그 사람의 슬픔을 마음 깊이 함께한다는 건 무슨 뜻일까?

2) 글쓰기는 관계맺기다

대부분의 서양 철학자들은 '지금'이라는 순간을 지나간 것과 아직 오지 않은 것 사이의 단순한 이행기로 이해한다고 한다. 하지만 레비나스는 '지금, 곧 현재는 과거와의 〈단절〉을 전제한다'고 한다. "현재는 항상 새로운 시작이고, 그렇기 때문에 현재는 과거와 미래 사이의 한순간이기 이전에 자기 자신을 새로운 시작으로 긍정하는 그 무엇, 곧 〈자아와 관계한다〉"[33] 는 것이다.

이렇듯 우리는 현재라는 시간을 새로운 시작의 자아로써 관계맺는다. 나아가 공간에 대하여, 타자에 대하여, 죽음에 대하여, 세상에 대하여, 우주에 대하여 사유하고 상상함으로써 그것들과 관계맺는다. 관계맺기란 사유하기이고 상상하기이며 새롭게 태어나는 일이다. 새롭게 대화하기이며 질문하기이고 의문시하는 일이다. 때문에 고립된 공간에 갇혀 있을 때도 우리는 고립된 공간을 벗어난다. 관계맺기로 고립은 소통으로 변한다. 그러므로 우리는 가시적이거나 비가시적이거나 혹은 홀로 있을 때나 군중 속에 묻혀 있을 때나 언제 어디서 어떠한 상태에도 홀로 고립되어 있는 것이 아니다. 사유하고 상상하는 것은 새로운 시작의 자아로써 세상과 관계맺는 일이므로 그러하다.

관계맺는 방식이야, 글쓰기의 정의가 그러하듯 헤아릴 수 없이 많지만, 가장 손쉽게 은유를 위시한 비유법을 들 수 있다. 아리스토텔레스가 '은유를 잘 다루는 시인이 천재적인 시인'이라고 했듯이 은유를 위시한 비유법은 시 쓰기를 잘하는 조건이면서 글쓰기를 잘하는 조건으로, 사물과 사물을 유의미하게 관계맺게 한다. 현대의 난해시는 낯선 은유를 잘 구사할 때 진화한 현대시로 보지만, 아리스토텔레스의 은유는 사물과 사물의 유사성을 이어주는 보편적이며 친숙한 은유이다. ① 가장 오래된 비유법인 의인법은 신화에서 확인할 수 있듯이 자연친화적으로 세계와 관계맺기다. 여기에는 동화가 으뜸이다. ② 원전과 관계맺는 패러디도 있고, ③ 대화체로 세계와 관계맺는 글쓰기가 있으며, ④ 편지형식으로 관계맺는 글쓰기가 있다. 또한 ⑤ 독후감으로 다른 작가 혹은 다른 작품과 관계맺는 글쓰기도 있다. ⑥ 리포트나 논문 등을 쓸 때 선행 연구결과를 조사해야 하는데 이 또한 관계맺는 글쓰기다. 선행 연구자의 관점을 자신의 관점과 비교하고 대조하며 관계맺는 글쓰기를 실행하는 것이다. ⑦ 이외에도 자신의 논거를 뒷받침하기 위해 인용하는 참고문헌도 관계맺는 유형이다. 이에 대한 사례는 본 저서의 〈참고문헌〉에서 확인할 수 있다. 각주에서 인용한 참고문헌은 필자의 논거를 뒷받침하기 위해 선학의 글에서 사례를 찾은 것인데, 이 역시 〈독후감으로 관계맺는 글쓰기〉와 같다.

---

33) 엠마누엘 레비나스, 『시간과 타자』, 강영안 옮김, 문예출판사, 1996, 128쪽.

① 의인법으로 관계맺는 글쓰기

사방은 고요했다. 바람 지나가는 소리도 들리지 않았다. 풀잎에 맺힌 아침 이슬도 고요히 숨을 죽이고 있었다. '동고동락同苦同樂' 네 글자 속에 누워 있던 '락'자는 살며시 눈을 뜨고 한동안 햇살에 반짝이는 아침 이슬을 바라보았다. 간밤에 잠 한숨 제대로 자지 못했으나 머리는 무척 맑았다. … '락'자는 아침 이슬을 바라보며 자신의 지나온 삶을 생각했다. 아무리 생각해도 자신의 삶은 절망과 고통투성이었다. 실타래처럼 온통 엉켜 있기만 할 뿐 무엇 하나 제대로 풀리는 일이 없었다. 명색이 '즐길 락'자임에도 불구하고 기쁘고 즐거운 일이란 하나도 없었다. … '락'자는 자신의 삶이 왜 고통투성이인지 곰곰 생각해보았다. 그것은 함께 살고 있는 '고'자 때문이 아닐 수 없었다. '고통스러울 고'자 때문에 하루하루가 즐거워야 할 자신까지 고통을 받는다고 생각되었다. "야, 일어나, 이 잠꾸러기야." … '고'자는 '락'자가 아무리 깨워도 도무지 일어날 기색이 없었다. '락'자는 그런 '고'자와 지금까지 함께 살아온 자신이 참으로 한심스럽게 생각되었다. … '락'자는 '동고동락' 네 글자 속에 갇혀 사는 것이야말로 자신의 삶이 아니라고 생각되었다. '락'자는 하루속히 '동고동락' 네 글자 속을 빠져나가고 싶었다.[34]

② 대화체로 관계맺는 글쓰기

엄마야 누나야 강변 살자,
뜰에는 반짝이는 금모랫빛,
뒷문 밖에는 갈잎의 노래
엄마야 누나야 강변 살자.   김소월, 「엄마야 누나야」 전문

봄이 오면 산에 들에 진달래 피네
진달래꽃 피는 곳에 내 마음도 펴
건넛마을 젊은 처자 꽃 따러 오거든
꽃만 말고 이 마음도 함께 따가주

---

34) 정호승, 「동고동락」, 『항아리』, 열림원, 1998.

봄이 오면 하늘 우에 종달새 우네

종달새 우는 곳에 내 마음도 울어

나물캐기 아가씨야 저 소리 듣거든

새만 말고 이 소리도 함께 들어주

나는야 봄이 오면 그대 그리워

종달새 되어서 말 붙인다오

나는야 봄이 오면 그대 그리워

진달래꽃 되어 웃어본다오.　　　　　　　　　김동환, 「봄이 오면」 전문

③ 편지형식으로 관계맺는 글쓰기

진 웹스터의 「키다리 아저씨」, 괴테의 「젊은 베르테르의 슬픔」, 안네의 「안네의 일기」 등에서 편지형식으로 관계맺는 글쓰기를 만날 수 있다.[35]

④ 독후감으로 관계맺는 글쓰기

독후감은 작품 및 그 작품의 작가와 관계맺는 글쓰기다. 블랑쇼가 "독서를 가장 위협하는 것은 독자의 현실, 독자의 인격이다. 그의 겸손하지 못함, 자기가 읽고 있는 것 앞에서 자기 자신으로 남아 있고자 하며 일반적인 의미에서 읽을 줄 아는 사람이고자 하는 독자의 고집이다. 시를 읽는다는 것은 한 편의 시를 그냥 읽는 것은 아니다. 이 시를 중개로 해서 시의 본질 속으로 들어가는 것도 아니다. 시를 읽는다는 것은 그 시를 읽는 가운데 시 자체가 작품으로 드러나는 것이다. 독자에 의해 계속 개방되어 있는 공간 속에서 시 자체가 독자를 기꺼이 받아들여 독서를 완성시키는 것이다. 그리하여 독서는 읽는 능력이 되고 능력과 불가능성 사이의 개방된 의사전달, 독자가 읽는 순간에 연관된 불가능성 사이의 열려진 의사소통이 되는 것"[36]이라고 하듯 독서의 완성은 열린 의사소통에 있으며, 독후감 쓰기는 독서의 완성에 이르는 글쓰기다.

---

35) 이 작품들은 제3장 〈근대와 인물유형과 인간읽기〉에서 확인할 수 있다.
36) 모리스 블랑쇼, 앞의 책, 304쪽.

다음의 예시처럼 작품 속의 주인공을 통해 저자가 자신의 독후감을 서술하는 장면도 독후감 혹은 독서로 관계맺는 글쓰기다. 작품에 대한 평론도 독후감으로, 관계맺는 글쓰기[37]에 속한다.

〈신부와 이발사가 우리의 똑똑한 시골 귀족의 서재에게 행한 어마어마하고도 즐거운 종교 재판 이야기〉[38]

니콜라스 씨가 처음으로 집어준 책은 『아마디스 데 가울라』 4권이었다.

신부가 말했다.

"이것은 이상하네요. 이 책이 스페인에서 출판된 최초의 기사소설이고, 다른 책은 모두 이 책에서 연유했다고 말하지 않습니까? 그런 악독한 이단을 최초로 언급한 책인 만큼 조금의 용서도 베풀 필요 없이 화형을 시켜야 할 것입니다."

이발사도 한마디 거들었다.

"아닙니다. 제가 듣기로는 이 책이 이런 유의 책들 중에서는 가장 잘 쓴 책이라고 합니다. 그러니 그 공적이 다른 어떤 책보다 월등한 만큼 용서해줘야 합니다."

"옳은 지적입니다. 그럼 이 책은 당분간 살려주도록 합시다. 그 옆의 책을 보여주시죠."

"이건 아마디스 가울라의 적자(嫡子) 『에스플란디스의 공훈』입니다."

"진실로 아비의 덕이 아들을 도울 수는 없는 법입니다. 가정부 아주머니, 그 책을 받으시오. 창문을 열어 그것을 마당으로 내던지세요. 그것을 우리가 불쏘시개로 삼도록 하죠."

⋮

이발사가 계속해서 신부에게 책들을 건넸다.

"여기 『플라티르 기사』가 있습니다."

"오래된 책이네요. 용서해줄 만한 데가 도무지 아무 데도 없어요. 주저할 것 없이 같이 가져다 버리죠."

그리곤 그 책을 던졌다. 이번에는 다른 책을 펴보았다. 『십자가의 기사』였다.

---

37) 이에 대한 사례는 본장에 예시된 평론, 「외로운 근대인」에서 확인할 수 있다.

38) 미겔 데 세르반테스, 『돈키호테』, 박철 옮김, 시공사, 2004.

12월 19일 오후 9시 45분[39)]

친애하는 키다리 아저씨께!

아저씨는 믿지 않으려고 하시겠지만, 제대로 된 가족과 가정과 친구들과 도서관을 가진 대부분의 여학생들이 자연히 습득하여 아는 것들을 저는 알지 못해요. 예를 들면, 저는 「마더구스」나 「데이비드 카퍼필드」나 「아이반호」나 「신데렐라」나 「푸른 수염」이나 「로빈슨 크루소」나 「제인 에어」나 「이상한 나라의 앨리스」를 읽어본 적이 없고 러드야드 키플링에 대해서 한 글자도 읽은 적이 없었어요. 저는 헨리 8세가 여러 번 결혼했다는 것이나 셸리가 시인이었다는 것을 몰랐어요. 인간이 원숭이었고 에덴동산이 신화에 불과하다는 것도 몰랐어요. 'R.L.S.'가 로버트 루이스 스티븐스의 약자라는 것도, 조지 엘리엇이 여자라는 것도 몰랐죠. 저는 '모나리자'라는 그림을 본 적도 없고 셜록 홈즈에 대해서도 한 번도 들어본 적이 없어요.

아저씨의 영원한 주디 올림

일요일

친애하는 키다리 아저씨께!

저는 수학과 라틴어 산문에서 낙제하고 말았어요. 이 두 과목에 대해서 과외수업을 받고 있는 중이고, 다음 달에 또 시험을 봐야 해요. 실망하셨다면 죄송하지만, 저는 배운 것이 많기 때문에 그렇게 많이 실망하지는 않았어요. 저는 17편의 소설과 수없이 많은 시집들을 읽었어요. 정말 필요한 소설들, 「허영의 도시」, 「리처드 페버럴」, 「이상한 나라의 앨리스」도 읽었어요. 물론 에머슨의 수필집과 로카르트의 「스콧의 생애」와 기번의 「로마제국」제1권, 그리고 벤베누토 첼리니의 「자서전」을 반쯤 읽었어요. 첼리니는 정말 대단하지 않나요? 그는 아침 식사 전에 산책하러 나갔다가 별 거 아니라는 듯이 사람을 죽이곤 했어요.

뉘우치는 중인, 아저씨의 주디 올림

목요일 예배 후에

친애하는 키다리 아저씨께!

---

39) 진 웹스터, 『키다리 아저씨Daddy Long-Legs』, 넥서스콘텐츠개발팀 엮음, 넥서스, 2011.

제가 가장 좋아하는 책이 무엇인지 짐작할 수 있으세요? 제 말은 지금이요. 제 맘은 사흘마다 바뀌거든요. 바로 지금은 「폭풍의 언덕」이에요. 에밀리 브론테가 그것을 썼을 때는 어렸는데, 그녀는 한 번도 호어스 교회 경내 밖으로 나간 적이 없었어요. 그녀의 인생에는 한번도 남자가 없었던 것이지요. 그런데 어떻게 히드클리프 같은 남자를 상상할 수 있었을까요?

아저씨의 영원한 주디 올림. 곧 답장 주세요.

3월 5일

친애하는 키다리 아저씨께!

「햄릿」을 읽어보셨어요? 만약 읽어 보지 않으셨다면, 지금 당장 읽어보세요. 근사해요. 평생 셰익스피어에 대해서 들어오고 있지만, 그의 작품이 실제로 얼마나 좋은지는 몰랐어요. 저는 언제나 그의 명성이 그의 재능을 앞선다고 생각했거든요. 그보다 더 틀릴 수는 없었을 거예요.

제가 처음 읽기를 배웠던 오래 전부터 생각해 두었던 멋진 게임이 하나 있어요. 제 자신이 그 당시 읽고 있는 책의 주인공인 척하며 매일 밤 잠드는 것이에요.

지금 저는 오필리어입니다. 아주 분별 있는 오필리어죠! 저는 평생 햄릿을 기쁘고 행복하게 해 줄 거예요. 그를 보듬어주고 혼도 내고 그가 감기에 걸리면 그의 목을 감싸주고요. 저는 그의 우울증을 치료해 줘요. 왕과 왕비는 둘 다 바다에서 사고로 죽어서, 장례식도 필요 없었죠. 이제 햄릿과 저는 아무 문제없이 덴마크를 다스리고 있어요. 우리는 왕국을 아름답고 평화롭게 운영하고 있죠. 햄릿은 통치를 담당하고 저는 가난한 사람들과 아픈 사람들, 그리고 고아들을 보살피죠. 저는 막 수많은 고아원을 설립했어요. 만약 아저씨나 다른 이사님들이 그들을 방문하신다면 저는 기쁘게 안내해 드릴 거예요.

가장 우아하게, 아저씨의 덴마크 여왕 오필리어 올림

⑤ 패러디로 관계맺는 글쓰기

내가 그의 이름을 불러 주기 전에는

그는 다만

왜곡될 순간을 기다리는 기다림

그것에 지나지 않았다.

내가 그의 이름을 불렀을 때
그는 곧 나에게로 와서
내가 부른 이름대로 모습을 바꾸었다.

내가 그의 이름을 불렀을 때
그는 곧 나에게로 와서
풀, 꽃, 시멘트, 길, 담배꽁초, 아스피린, 아달린이 아닌
금잔화, 작약, 포인세치아, 개밥풀, 인동, 황국 등등의
보통명사나 수명사가 아닌
의미의 틀을 만들었다.

우리들은 모두
명명하고 싶어했다.
너는 나에게 나는 너에게.

그리고 그는
그대로 의미의 틀이 완성되면
다시 다른 모습이 될 그 순간
그리고 기다림 그것이 되었다.

오규원, 「〈꽃〉의 패로디」 전문

글쓰기의 정의

오 亡國은 아름답습니다 人間世 뒤뜰 가득히 풀과 꽃이 찾아오는데 우리는 세상을 버리고 야유회 갔습니다 우리 세상은 국경에서 끝났고 다만 우리들의 털 없는 흉곽에 어욱새풀잎의 목메인 울음 소리 들리는 저 길림성 봉천 하늘 아래 풀과 꽃이 몹시 아름다운 彩色으로 물을 구하였습니다

우리는 모른 체했습니다 우리는 不眠의 잠을 잤습니다 지친 사람들은 꿈을 꾸고 凶夢의 별똥들이 폭죽 쏘는 太平聖代 국경 근처 다른 나라의 방언을 방청한 풀과 꽃이 자꾸 어떤 信號를 보내왔습니다 그 신호의 푸른 나뭇가지를 마구 흔들며 우리 허리에 걸친 기압골이 南端으로 내려갔습니다

황지우, 「만수산 드렁칡1」 전문

본디 소생은 무지몽매 고집불통의 영악한 넝쿨이오 더러울수록 따뜻한 이 두엄 땅에 뿌리박고 내일이 없는 하늘 아래 갈갈이 찢어져 시시로 청풍 나뭇잎 소리에 입속ㅅ말을 나누며 킥킥거리며 푸른 등꽃을 피운 적도 있고 갯땅쇠 땅 개새끼 마음을 불질러 그놈들을 사슬로 묶어서 삼복 더위 땅바닥에 질질 끌고 다녔고 다만 절개 없는 놈들 그들의 변절을 용서했소 용서한 죄밖에 없소.

황지우, 「만수산 드렁칡3」 전문

⑥ 연구사 검토로 관계맺는 글쓰기

'소월은 한국을 대표하는 근대 시인'(김영철)이라는 진단처럼 한국 시문학사의 중심에 소월이 있다는 사실은 의심의 여지가 없다. 그것은 대중적 시인으로서 소월이라는 점, 뿐만 아니라 다양한 관점으로 이루어진 다수의 소월 시 연구에서도 확인된다. 다양한 관점으로 이루어진 소월 시에 대한 연구는 낭만주의(오세영)로, 상징(강우식)을 중심으로, 리듬구조(조창환)를 중심으로, 상상력(김현자)을 중심으로, 창작방법(이희중)을 중심으로 한 연구 등으로 크게 분류된다.

이와 같은 연구는 주로 소월 시의 시학적 원리에 대한 해명을 중심으로 하고 있는데, 이는 소월 시의 장르적 특성과 방법적 다양성 그리고 상징적인 다의성을 방증한다. 시의 근원적 요소인 소리의 상징성을 필두로 해서 역사적 현실을 반영하는 동시대성까지 아우르는 소월 시는 격랑으로 개막된 한국의 근대, 그리고 초월의 세계를 총체적으로 표상하고 있다.[40]

---

40) 진순애, 「소월 시의 원형상징 패턴과 탈근대성」, 『전쟁과 시와 평화』, 푸른사상사, 2008, 15~16쪽.

3) 글쓰기는 현실원칙이다

프로이트의 억압이론에 의하면 "인격 발달의 초기 단계에서 인간의 심리는 가능한 것과 불가능한 것, 이로운 것과 해로운 것, 허용된 것과 금지된 것 간의 구별을 하지 못한다. 이 시기의 심리는 오직 하나의 원칙, 즉 쾌락원칙에 의해서만 지배받는다. - 아이의 마음속에서는 모든 것이 허용되고 있다"[41] 는 것이다. 그러므로 '사회적이자 인격적인 인간으로 성장한다'는 것은 쾌락원칙을 억압하고 그 억압된 자리에 현실원칙이 대체되어야 하는 일이다.

한편 문명인의 현실원칙도 근원은 원시인의 현실원칙인 금기에 있다. 금기의 최초 형성은 대부분 공리적 목적에서 출발하였고, 사람들의 사상, 도덕, 신앙, 언어와 행위 등을 규범화하며 형식화하였다. "금기의 목적은 사람을 보호하는 것으로, 사람이 감지할 수 없는 위험을 피할 수 있게 해 주는 것"[42] 이었으며 "인류가 자연과의 투쟁 중에서 더 좋은, 더 안전한 생활조건을 획득하기 위해 만들어진 일종의 사유와 행위방식"[43] 을 그 기원으로 한다. 본시 "초자연적인 역량에 대한 '경외'로 인해 원시인들이 취한 일종의 '억제행위'였던 금기가 갖고 있는 원시적 의미는 인간이 갖고 있는 일종의 신앙적 습속이자 소극적인 정신방어 현상이라 할 수 있다. 이런 관념은 동서양과 고금을 막론하고 전 인류에 걸쳐 보편적으로 존재하는 현상이라 할 수 있는데, 금기는 사회제도가 완비되기 이전에는 오늘날의 법률과 같은 억제작용"[44] 을 해왔다. 프로이트가 윤리적 책임이 수반된 현실원칙을 '도덕성, 금기, 범죄성'이라고 하듯 문명인의 현실원칙인 근친상간의 금기도 그 기원은 원시인들의 금기에 있다.

이렇듯 인간은 현실원칙에서 자유로울 수 없다. 글쓰기도 사회적 약속체계인 언어를 매개로 한 사회적 행위이므로 글쓰기 또한 현실원칙을 준수해야 한다. 소통이 전제된 글쓰기를 위해서 소통의 언어인 표준어를 인지해야 하는 것은 글쓰기의 기본적

---

41) 바흐찐. 볼로쉬노프, 「억압의 이론」, 『새로운 프로이트』, 송기한 옮김, 예문, 1998.
42) 심형철, 『중국 알타이어계 소수민족 금기문화 연구』, 보고사, 2007, 41쪽.
43) 심형철, 앞의 책, 16쪽.
44) 장범성, 『중국인의 금기』, 살림, 2004, 7쪽.

인 현실원칙이다. 맞춤법, 띄어쓰기를 비롯한 올바른 문장 구사도 글쓰기의 기본이자 기초적인 현실원칙이다. 뿐만 아니라 글쓰기는 독자가 전제된 사회적 행위이므로 독자에 대한 예의범절을 지키는 것, 가령 '비속어 · 외설어 · 저주어 · 모욕어' 등의 금기어를 피하는 것도 글쓰기의 주요한 현실원칙이다. 이 외에도 법고와 창신의 관계에서 창신의 현실원칙은 법고이다. 물론 현실원칙으로서 법고는 창신에 의해서 변모하고 계승되므로 법령과 같은 현실원칙은 아니다. 그러나 독창적이며 창신적인 문학적 글쓰기를 할지라도 '문학이 무엇인지'에 대한 이해가 전제되어야 하므로, 쓰기에 앞서 문학작품을 읽어야 한다.

① 글쓰기의 현실원칙으로서 표준어

'특정 시대, 특정 지역, 특정 계층에서 사용하는 말을 정하여 모든 국민이 공통으로 쓰도록 정해놓은 말'이 표준어이고, 표준어가 아닌 말은 방언이다. 표준어를 정해서 쓰면 모든 국민이 의사소통을 원활하게 하게 되어 통합이 용이해지는 까닭이다. 또 표준어를 통하여 지식이나 정보를 얻을 수 있고 문화생활도 누릴 수 있다. 방언은 비표준어이기는 하지만 중요한 가치를 지닌다. 방언은 실제로 언중들이 사용하는 국어이므로, 그 속에는 국어의 여러 가지 특성이 그대로 드러난다. 방언 속에는 옛말이 많이 남아 있어서 국어의 역사를 연구하는 데 큰 도움을 준다. 방언 속에는 민족의 정서와 사상이 들어 있어서 민족성과 전통, 풍습을 이해하는 데 도움을 주는 것이다. 그러므로 표준어와 방언은 대립되는 것이 아니라 상호보완적인 관계이다. (백과사전) 우리나라에서는 표준어를 '교양 있는 사람들이 두루 쓰는 현대 서울말'로 정하였다.

언어를 모르고서 글쓰기는 애초에 불가능하듯 국가적 소통과 국가적 통합의 언어인 표준어는 객관적 언어이자 질서의 언어이며 약속의 언어이므로 표준어로 쓰는 글의 목적은 그 무엇보다 소통이 중심이다. 때문에 객관적 형식의 글쓰기에 표준어가 현실원칙으로 작용한다면, 주관적 형식의 글쓰기에는 방언을 포함하는 것도 보다 살아있는 글쓰기의 현실원칙일 수 있다. 가령 작품 속 등장인물의 성격을 묘사하기 위해서 그의 고향방언을 사용한다면 인물의 특성이 보다 구체적이고 개성적인 형상화에 이르게 될 것이다.

② 글쓰기의 현실원칙으로서 피휘

피휘의 피避는 '말하기를 피한다'는 의미이고 휘諱란 '꺼리는 글자'를 뜻하는데, 피휘는 언어를 구사하는 일종의 예술이다.[45] 언어로 진행되는 인간의 교제행동에서 인사말, 호칭어, 경어, 완곡어, 금기어 등이 쓰이는데, 언어교제의 수단과 표현은 화자와 청자의 속성에 부응되어야 하고 장소와 목적에 부합되어야[46] 하듯이 말을 주고받을 때 사람들이 꺼리는 글자를 피하는 것은 언어금기의 기술로 습속, 곧 현실원칙의 주요한 부분이다. 예의범절에 해당하는 현실원칙인 것이다. 말하는 사람이 어떤 글자를 피해가면서 자신의 좋고 싫은 감정이나 칭찬이나 비난 등의 의미를 담으려고 노력함으로써 의외로 우아하고 개성적인 표현을 하게 되는 효과를 가져오기도 한다.

물론 현대의 난해시나 의식의 흐름에 의한 소설처럼 독자와의 소통을 전략적으로 차단한 문학적 글쓰기가 아니라면, 객관적 형식의 글쓰기에서 꺼리는 글자를 피한다는 의도로 무슨 말을 의도한 것인지조차 알지 못하게 해서는 안 된다.

다음은 피휘의 방법적 사례이다.[47]

〈글로써 감정을 전한다〉
* 결필缺筆의 방법 - 봉건사회에서 신민臣民은 높은 분들의 이름을 그대로 쓸 수가 없었다. 자주 쓰던 수법은 글자의 획 하나를 생략하는 결필의 방법이었다.
* 주필朱筆의 방법 - 존귀한 분의 이름을 붉은 글씨로 쓰기도 했다. 붉은 색으로 쓴 글은 중국에서 신성과 권위의 상징이었다.
* 낮추는 방식 - 못된 이름을 낮추는 방식으로, 싫어하는 글자를 아주 작게 써서 자신의 증오감을 나타내는 방법으로 사용하였다.

---

45) 이중생, 『언어의 금기로 읽는 중국문화』, 임채우 역, 동과서, 1999, 29쪽.
46) 장흥권, 『일반사회언어학』, 한국문화사, 2000, 291쪽.
47) 이중생, 앞의 책.

〈글자를 고치는 여러 방식〉

* 유사한 모양의 글자를 쓰는 방식

* 비슷한 뜻의 글자를 쓰는 방식

* 같은 소리의 글자를 쓰는 방식

* 만든 글자를 쓰는 방식

〈침묵이 말보다 낫다〉

* 생략하는 방법

* 글자를 숨기는 방법

* 생략부호 - 생략기호나 말줄임표를 쓰는 방법

* 바디 랭귀지

〈완곡어의 그윽함〉

획을 빼거나 글자를 고치는 방식이 비교적 분명한 피휘의 수법이라고 한다면, 말을 빙둘러 하는 완곡어를 써서 표현하는 피휘는 돌려서 말하거나 함축적으로 숨겨서 표현하므로 긴 여운을 맛보게 해주는 방식이다. 완곡어는 에두름말이라고 한다. 곧바로 이야기하지 않고 에둘러서 다른 말로 바꾸어 말하는 표현이며 상대방의 감정을 상하지 않도록 빙 둘러 말하는 투이다. 인간의 언어행동에서 곧바로 이야기하기 불편하고 직접 표현하면 상대방에게 충격이나 자극을 줄 수 있는 까닭에 빙 에둘러서 다른 말로 바꾸어 하는 말로 일반적으로 우아하고 듣기 좋으며 함축성이 있는 표현이다.

완곡어와 금기어는 인간사회가 발전함에 따라 점차적으로 형성되었다. 사람들이 재화를 입을까봐 두려워서 어떤 사물이나 현상에 대하여 꺼리어 그것을 가리키는 어휘조차 싫어하고 기피하게 되었던 것이다. 최초의 완곡어는 금기와 회피의 요구로부터 생겨났고 완곡어는 금기어를 대체한 대용어로 썼었다. '금기어'는 말하지 말아야 할 말이고 '완곡어'는 사람들이 듣기 좋게끔 바꾸어 하는 말이다. 완곡어는 인간의 사망, 성, 배설, 신체장애, 범죄행위 등과 관련하여 노골적으로 표현하면 사람들에게 불쾌한 기분을 초래할 수 있는 말이나 비문화적이고 불결하며 비길상적인 내용을 표현하는 말을 언어행동의 예절에 맞게끔 품위있게 에둘러 표현함에 그 특징이 있다.

다음은 완곡어법의 사례이다.

* 비유 - 간접적인 혹은 우회로로써 하고자 하는 말을 표현하는 문학의 특성을 한 마디로 일컬어 비유라고 할 수 있다. 때문에 문학작품을 읽으면서 독자는 그 작품이 의도하는 것이 무엇인지를 생각하지 않으면 안 된다. 그래서 흔히 문학작품의 주제를 표면적 주제와 이면적 주제로 구분하면서 작가가 진실로 하고자 하는 말은 표면적 주제이기보다는 이면적 주제에 있다는 것을 염두에 둬야 한다.

* 대체 - 죽음을 '황토에 묻히다', '영원히 눈을 감다', '본집으로 돌아갔다', '호적에서 빠졌다' 등으로 대체하여 표현한다.

* 미어美言 - 호랑이를 '산신할아버지'로, 곰을 '영감님'으로 부르는 것처럼 찬양하거나 아첨한다.

* 낮추는 말 - 일부러 자신을 비하하는 말로 피휘하는데, '구덩이를 메운다', '구더기가 꼬인다'는 말로 자신의 죽음을 칭한다.

* 교묘한 말 - 교묘하게 지어낸 말로 사물을 피하는 경우로 이때는 거짓된 표현을 쓰기도 한다.

* 가볍게 하는 말 - 자신의 감정을 억제하거나 듣는 사람이 받을 충격을 줄이는 말이다.

* 반대로 하는 말로 흉한 것을 피하려고 하는 경우로, 불길한 말을 그에 반대되는 길한 말로 바꾸어 말한다. - '화나 죽겠다'를 '격분해 살겠다'로, '우스워 죽겠다'를 '우스워 살겠다'로 바꾸어 말한다.

* 절단한 글자 - 피하는 글자의 한쪽을 절단해서 잘라낸 몇 개 글자를 가지고 피휘하는 방식이다.

* 숫자 - 어떤 숫자를 가감승제를 이용해서 피휘하는 경우이다.

* 늘여쓰기 - 글자를 늘여서 한 구절의 길상어로 만드는 것이다.

4) 글쓰기는 자기검열이다

사전적 의미로 자기검열은 '아무도 강제하지 않지만, 위협을 피할 목적 또는 타인의 감정이 상하지 않게 할 목적으로 자기 자신의 표현을 스스로 검열하는 행위'이다. 자기검열은 원칙적으로 현실원칙을 지키기 위한 통제적 기제로 개인의 심리학적인 태도를 좌우한다. 억압을 담당하는 자기검열은 의식과 무의식 사이의 경계선상에 존재하는데, 검열되지 않고 무의식 속에 억압된 표상, 감정, 욕망 전체는 결코 없어지지도 않으며 그 자신의 힘도 잃지 않는다. 억압된 욕망이나 감정을 없앤다는 것은 의식을 통하여, 무엇보다도 인간의 말을 통해서만 가능하기 때문이다.[48] 때문에 글쓰기는 상처처럼 저장된 무의식을 치유하는 행위로 무엇보다 으뜸이다. 일기를 필두로 하여 개인적 글쓰기야말로 억압된 무의식을 말이 되게 하는 실천인 까닭이다. 시인의 상처가 시의 언어로 표현된 것이 시이며 소설도 작가 개인의 상처이자 민족의 상처이고 역사의 상처가 이야기로 구성된 것이다. 억압된 무의식을 일기로, 시로, 소설로 의식화하면서 치유에 이르게 된다.

그러면서도 일기처럼 지극히 개인적 글쓰기를 제외하면, 그리고 '인간생활이란 언어생활'이라고 정의되듯 '글쓰기는 사회적인 인간생활의 일환'이다. 때문에 글을 쓸 때 자기보호는 무의식적으로도 의식적으로도 행해지는데, 자기검열은 '말할 수 있는 것'과 '말할 수 없는 것' 중에서 '말할 수 있는 것'만 말하게 함으로써 자기보호에 이르도록 작용한다. 자기검열의 주목적이 자기보호이기 때문이다. 자기검열은 현실원칙과 쾌락원칙 사이에서 발생하는 자기보호 작용이므로, 글쓰기야말로 엄격한 자기검열이 작용한다.

한편 프로이트의 억압가설을 바탕으로 지배 질서와 사회적 억압에 대한 저항의 필요성과 정당성을 옹호하고자 과잉억압과 실행원칙이라는 개념을 고안한 마르쿠제는 억압을 기본억압과 과잉억압의 두 종류로 구분했다. 기본억압은 근친상간의 금기 같은 것으로, 인간이 짐승과 구분되는 최소한의 필요조건으로 충동의 억압을 뜻한다.

---

48) 바흐찐. 볼로쉬노프, 「억압의 이론」, 앞의 책.

이에 비해 과잉억압이란 특정한 시대의 사회체제가 질서 유지를 위해 구성원들에게 부여하는 억압이다. 마르쿠제의 실행원칙은 프로이트가 언급했던 현실원칙의 역사적 형태이다. 현실원칙이 인간의 문명을 가능케 한 기본억압을 수행하는 힘이라면, 마르쿠제가 개념화한 실행원칙은 특정한 역사적·사회적 단계가 자기 체제의 유지를 위해 과잉억압을 수행하는 힘이다.[49]

다음은 신영복이 감옥에서 아버님께 보낸 엽서로, 당국의 '검열필'마크가 찍혀있다. 당국의 검열이라는 현실원칙 내지는 실행원칙의 과잉억압 속에서 자기검열하면서 신영복은 편지를 썼을 것이다.

① 정치적 검열의 실행원칙과 자기검열

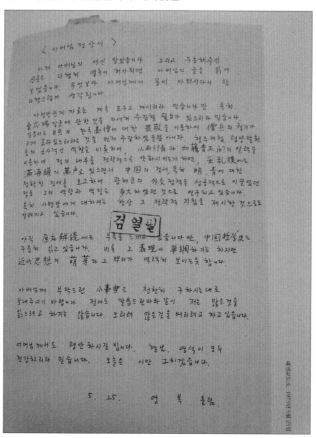

49) 마르쿠제, 『프로이트 심리학 비판』, 오태환 옮김, 선영사, 1987.

② 〈이 상의 자기검열에 의한 시쓰기〉[50]

　　13인의아해가도로로질주하오.

　　(길은막다른골목이적당하오.)

　　제1의아해가무섭다고그리오.

　　제2의아해도무섭다고그리오.

　　… 중략 …

　　제11의아해가무섭다고그리오.

　　제12의아해도무섭다고그리오.

　　제13의아해도무섭다고그리오.

　　13인의아해는무서운아해와무서워하는아해와그렇게뿐이모였소.

　　(다른사정은없는것이차라리나았소.)

이 상, 「오감도 시 제1호」 일부

　　일반적으로 시의 제목에 '시'라는 장르명을 내세우지도 않을뿐더러 '제1호, 제2호, …'라고 번호를 붙이지도 않는다. 이는 이 상의 위장적 글쓰기로, 자기검열이 작용한 것이다. 무엇보다도 '질주하는 아해'와 '막다른 골목'과 '무서워하는 아해'와 '무서운 아해'와 '13인의 아해' 등은 불길한 정조를 내재하고 있는 어휘로 불안정한 상태에 처한 자아의 심리상태를 은유하는데, 이 또한 자기검열과 무관할 수 없다. 분열한 자아를 은유하는 피휘로 근대의 폭력성을 폭로하면서 전통적인 시 장르를 해체하는 효과를 낳고 있다. 근대의 부조리한 역사 앞에서 이 상은 자아분열로 위장하여 해체라는 시 장르의 진화를 의도함과 동시에 일제강점기의 정치적 검열로부터 자기보호를 꾀한 것이다.

───────────

50) 진순애, 「이 상의 글쓰기 전략과 자기검열」, 『비평문학 56호』, 한국비평문학회, 2015.6.

5) 글쓰기는 금기위반이다

"금지가 있는 곳에는 그 뒤에 그 대상에 대한 갈망이 있다."[51] 는 지적처럼 금기에
도 그를 위반하려는 욕구가 본능적으로 내재된 것이나 다름없다. 현실원칙으로서 금
기와 쾌락원칙으로서 금기위반은 양성구유인 것이다. 때문에 문학을 비롯한 예술에
서 작동하는 금기위반이 대표적이듯 금기위반은 억압을 거부하며 자유를 향한 인간
의 본능적 욕구로 읽을 수 있다. 문명적으로도 근대의 과학문명이 전통사회의 금기를
해체시켰으며, 그 무엇보다도 근대의 전쟁은 금기위반의 세속화를 가속화시킨 주 요
인이다. 근대의 전쟁은 근대가 금기위반뿐만 아니라 제반 위반의 행위가 활성화하도
록 한 중심에 있으며, 이율배반적이게도 '역사발전의 필요악으로서 전쟁이 파괴하며
창조한다'[52] 는 칸트의 명제를 확인시킨다.

표현의 자유를 위한 매개이자 예술의 전략적 모티프이기도 한 금기위반은 현실의
부당성을 폭로하고 비판하며 저항하는 장치로 작용한다. 금기위반의 탈신성화를 미
적 전략으로 활용한 현대문학은 퇴폐미라는 위악의 미학으로 부당한 현실에 패러독
스적으로 대항하고 저항한다. 반면교사처럼 부정적 태도라는 위장된 방법으로 부정
을 부정하는 금기위반의 미학적 위상이다. 금기위반은 풍자, 패러디, 패러독스, 아이
러니, 그로테스크 등의 전략으로 활용되는데, 이 역시 근대가 금기위반으로 특화되는
시대임을 방증한다.

① 근친상간의 금기위반

〈글쓰기는 기억이다〉에서 인용한 것처럼 근친상간의 대표적인 금기위반의 작품
은 「오이디푸스 왕」이다. 물론 작품은 오이디푸스 왕이 직면한 비극의 원인제공을 신
탁에 두고 있으나, 그 이면에는 기억이 부재한 모자관계가 있다. 갓 낳은 아이를 버리
는 행위는 그 아이가 죽음에 이르게 하는 행위나 다름없을지라도 그것은 전제일 뿐
버림받은 아이가 실제로 죽었는지 아닌지는 직접 확인하지 않고서야 알 수 없다. 이

---

51) 프로이트, 『토템과 금기』, 김현조 역, 경진사, 1993, 103쪽.
52) 진순애, 『전쟁과 인문학』, 성균관대학교출판부, 2006.

렷듯 알 수 없는 일이 현실로 나타나 야기된 문제가 근친상간의 금기위반이다.

「오이디푸스 왕」에서 금기위반의 시초는 라이오스 왕에서 비롯된다. '라이오스 왕은 젊었을 때, 엘리스의 펠로프스 왕의 궁궐로 망명하여 있었는데, 그 아름다운 왕자 크리시포스를 사랑하여 이른바 동성애를 범했기 때문에 펠로프스 왕의 저주를 받았다'는 내용부터 금기위반이 시작된다. 라이오스 왕은 금해야 할 동성애를 위반함으로써 저주를 받게 되는 인물이다. '테베로 돌아온 라이오스에게는 자식을 낳아선 안 되며, 만약 이것을 어기면 그 아들 손에 죽으리라는 신탁'인 또 다른 금기 혹은 금지가 기다리고 있었다. '그러나 왕은 아내 이오카스테에게 접근하여 아들을 하나 얻었는데, 그가 바로 오이디푸스'였듯이 라이오스 왕은 지속적으로 금지된 것을 위반한다. 그 위반에 의해 오이디푸스 왕이 탄생하는 것은 위반이 낳은 비극의 탄생이라는 이율배반적 현상이다. '오이디푸스는 아비를 죽이고 어미와 결혼하라는 저주스런 운명을 타고난 사람'이라는 비극인 것이다.

이렇듯 태어날 때부터 타고난, 곧 금기위반으로 태어난 '저주스런 운명'에 이미 오이디푸스 왕의 비극은 함축되어 있었다. 오이디푸스 왕이 '저주스런 운명'에서 벗어나기 위해서는 갓 태어나 버려졌을 때 사망했어야 했거나, 모후의 기억 속에 오이디푸스 왕의 모습이 각인되어 있어야 했다. 때문에 오이디푸스 왕의 비극은 기억의 부재가 야기한 근친상간의 금기위반에서 비롯된다. 모후의 기억 속에 오이디푸스 왕에 대한 기억이 각인되어 있었다면 「오이디푸스 왕」의 비극은 탄생할 수가 없었을 것이다.

② 종교와 금기위반

신이 죽은 시대인 근대에 이르러 종교의 신성성·신비성·숭고성 등이 급격히 해체되었다. '신이 죽은 시대'라는 명명 그 자체에 이미 근대가 금기위반의 시대임이 특화되고 있다. 신을 죽이고 전쟁을 동반한 근대 과학주의의 문제는 탈신성성뿐만 아니라 탈휴머니즘이 동반되어 있다는 데 있다. 때문에 문학은 풍자, 패러디, 아이러니, 패러독스, 그로테스크 등의 장치와 함께 종교의 금기(신성성)를 전략적으로 위반하여 근대의 탈신성성 내지는 탈휴머니즘을 비판하는 기제로 삼는다.

지금, 하늘에 계시지 않은 우리 아버지 이름을 거룩하게 하옵시며,

아버지의 나라이 말씀이 아니시며, 뜻이 하늘에서 이룬 것 같이, 그러나 땅에서는 아직도 이루어지지 않았나이다

오늘날 우리에게 일용할 거시기는 단 한 방울도 내려 주시지 않으셨으며

우리가 우리에게 죄 짓고 있는 자들을 모르는 척하고 있듯이 우리의 모르는 척하는 죄를 눈감아 주옵시고,

우리가 우리 스스로의 힘으로 일어설 수 있을 때까지는 몇만 년이라도 우리의 시험이 계속되게 하여 주시고

다만 어느날 우연히 악에서 구하려 들지는 말아 주시옵소서

대개 나라와 권세와 영광이 아버지께 영원히 있다고 말해지고 있사옵니다, 언제나 출타중이신 아버지시여

아멘

박남철, 「주기도문」 전문

③ 조상과 금기위반

원시사회의 금기문화가 잔존한 전통사회에서 조상숭배는 자연숭배와 함께 금기의 중심이었으나, 근대에 이르러 종교의 신성성이 해체되었듯이 조상숭배 또한 탈신성성의 근대성을 드러내는 전략적인 금기위반으로 작용한다. 특히 조상을 은유하는 '아버지' 기호가 풍자되고 패러디됨으로써 숭배되던 조상은 탈숭배의 대상으로 진화한다. 진화의 역설이다.

나의아버지가나의곁에서졸적에나는나의아버지가되고또나는나의아버지의아버지가되고그런데도나의아버지는나의아버지대로나의아버지인데어쩌자고나는자꾸나의아버지의아버지의아버지의……아버지가되느냐나는왜나의아버지를껑충뛰어넘어야하는지나는왜드디어나와나의아버지와나의아버지의아버지와나의아버지의아버지의아버지노릇을한꺼번에하면서살아야하는것이냐.

이상, 「시 제2호」 전문

……, 무엇, 그 무엇이 온다. 나에게 온다, 아내에게 오고, 아이들에게 오고, 어머니에게 오고, 형님에게, 누님에게, 동생에게, 온다. 그 무엇이 건너뛴 不在者 申告의 빈자리로

무엇, 그 무엇이 온다. 그 하늘로 먼저 오고, 그 땅으로 오고, 그 꽃으로 오고, 그 울음 바다로 오고, 그 발작 상태로 온다. 우리들 가슴가슴, 그 서릿발로.

아 그 무엇, 그 무엇, 더 말 못 하겠다. 더 하늘 못 보겠다, 더 땅 못 딛겠다. 꽃이 안 피었으면! 숨을 안 쉬었으면! 치솟아버렸으면!

아버님. 제발 썩으세요. 왜 生時의 그 눈썹으로 살아 있는 저희를 노려보십니까?

황지우, 「천사들의 계절」 전문

④ 죽음과 금기위반

죽음을 풍자하고 패러디 하는 것도 종교숭배, 조상숭배, 자연숭배의 금기위반과 함께 근대의 대표적인 금기위반이다. 원시인들은 인간의 육체는 소멸할지라도 육체 안에 담겼던 영혼은 살아있어서 살아있는 자들과의 교류를 지속한다고 인식했다. 그러나 근대에 이르러 죽음이 풍자되고 패러디되면서 인간의 육체뿐만 아니라 영혼조차도 탈신성화에 직면했다.

살아 있는 주검의 비밀은 주검만이 안다.
우리가 주검이 두려운 건
우리가 주검의 비밀이기 때문이다.

우리는 모두 주검의 입을 막고
귀를 막고 코를 막는다.
그 다음 일어나지 못하도록
관에 넣고 뚜껑을 닫는다.
그래도 안심이 안 되어 지하에 묻은 뒤
흙으로 봉분을 쌓아올린다.

주검은 팔다리가 묶여 일어설 수 없고
입에 흙이 가득 차
맛있는 제삿밥도 먹을 길이 없다.

웃지 마라. 비로소 우리는
주검이 아무것도 할 수 없음을 알고
안심하고 제사상에 다가가
배불리 먹고 마시며 낄낄거린다.

그러나
주검은 한잔 할 길이 없다.

오규원, 「그리고 우리는 - 순례巡禮10」 전문

관 번호 104: 실현 불가능한 이 증오가 실현 가능한 사랑이 될 때까지
검시 번호 A-13: 그 비가시적 사랑이 비로소 가시적 부활이 될 때까지
묘지 번호 115: 이름 없는 그대여
이름 없는 그대여 이름 없는 그대여
이름 없는 그대여 이름 없는 그대여
이름 없는 그대여 이름 없는 그대여
이름 없는 그대여 이름 없는 그대여
이름 없는 그대여 이름 없는 그대여
이름 없는 그대여 이름 없는 그대여
이름 없는 그대여 이름 없는 그대여
이름 없는 그대여 이름 없는 그대여
이름 없는 그대여 이름 없는 그대여
이름 없는 그대여 이름 없는 그대여

황지우, 「호 명」 전문

⑤ 성과 금기위반

성은 인간의 신비성을 대변한다. "'성'으로 옮기는 것이 최선이라고 생각되는

'sexualité'는 19세기 초에 생물학 용어로 생겨나 20세기 초에 이르러 '성생활'이라는 일반적인 의미를 띠게 된다."[53]는 이규현의 지적처럼 인간의 신비성을 대변하는 성의 언어는 오랫동안 피휘의 언어였다. 그러나 근대는 성을 비속화하고 외설화함으로써 탈휴머니즘의 가속화에 이르렀다. 성을 풍자하고 패러디하는 문학은 폭로의 시학으로써 탈휴머니즘의 근대성을 특화시킨다. 특히 현실의 습득물에 의한 금기위반의 패러디는 성의 탈신비성을 가속화한다.

> 나갔다. 들어온다. 잠잔다. 일어난다.
> 변보고. 이빨 닦고. 세수한다. 오늘도 또. 나가본다.
> 오늘도 나는 제5공화국에서 가장 낯선 사람으로.
> 걷는다. 나는 거리의 모든 것을.
> 읽는다. 안전 제일.
> 우리 자본. 우리 기술. 우리 지하철. 한신공영 제4공구간. 국제그룹 사옥 신축
> 공사장. 부산뉴욕 제과점.
> 지하 주간 다방 야간 맥주홀. 1층 삼성전자 대리점. 2층 영어 일어 회화 학원.
> 3층 이진우 피부비뇨기과의원. 4층 대한예수교장로회 선민중앙교회. 5층 에어
> 로빅 댄스 및 헬스 클럽. 옥상 조미료 광고탑.
> 그리고 전봇대에 붙은 임신·치질·성병 특효약까지.
> 틈이 안 보이는데. 들어가면.
> - 중략 -
> 아아아아아 현세의 다리가 후들후들하다.
> 거리는 미래가 안 보이고.
> 미래가 빤히 보인다.
> 좆도 뭘 모르면서. 재잘거리고.
> 조잘거리고 소곤거리고 쌕쌕거리고 헉헉거리는.
> 거리는 女色이 가득하다. 썩기 전에.
> 잔뜩 달아오른 화농처럼. 부강한 근육이

---

53) 미셸 푸코, 『성의 역사』, 이규현 옮김, 나남, 2004.

타워 크레인이. 철근 하나를 공중 100M 높이로 끌어올리고 있다.

- 중략 -

아아아아아아아 가엾어라. TNT 사제 폭탄을 들고

은행엘 처들어간 청년은 자폭했고(중앙일보 9월 2일자).

술집 호스티스는 정부에게 알몸으로 목졸려 죽었고(한국일보 6월 15일자).

방범대원은 한밤에 강도로 돌변하고(경향신문 12월 7일자).

아들은 술 취한 아버지를 망치로 내리쳐 죽이고(서울신문 4월 11일자).

노름판을 덮친 형사가 판돈 몽땅 꼬불치고(MBC 라디오 12시 뉴스 7월 26일자).

교사가 여학생을 추행하고(조선일보 11월 30일자).

신흥사 주지들 칼질 몽둥이질(KBS 제2라디오 8월 3일자〉

디스코홀서 청소년들 집단적으로 불타 죽고(연합통신 4월 14일자).

황지우, 「活路를 찾아서」일부

⑥ 욕과 언어 금기위반

주지하듯 욕의 언어에는 주로 인간의 은밀한 신체부위가 사용된다. 이와 같은 욕의 언어생활은 은폐하고 싶은 인간의 심리를 폭로함으로써 모욕을 주기 위한 전략적 목적에서 비롯된다. 여기에는 '비속어, 외설어, 저주어, 모욕어' 등이 언어 금기위반으로 폭로의 심리학을 작동시킨다. '저주어와 모욕어'가 '비속어와 외설어'와 무관할 수 없으나, 양자의 차이는 비속어와 외설어가 언어 그 자체로도 금기위반의 기능을 한다면, 저주어와 모욕어는 저주하는 대상과 모욕하는 대상이 있어야만이 금기위반이 성립된다는 데 있다.

빵덕이네가 황봉사와 눈이 맞어 밤중에 도망을 하고 심봉사는 그런 줄도 모르고 빵덕이네를 찾다가 간밤에 어느 봉사와 도망을 갔음을 알고 심봉사 허탈하여,

"예이 천하 의리 없고 사정 없는 이년아."

"귀신이라도 못 되리라 이년아."

"예끼 천하에 무정한 년."

라고 뇌까린다.(판소리 심청가 중에서 진양조 부분)

별주부에게 속아 수궁에 갔다가 죽을 뻔한 토끼가 또다시 용왕을 속이고 육지로 풀려 나오다 그물에 걸려 죽게 되자 수궁에서부터 참고 나왔던 도토리 방귀를 뀐다.

어부들은 토끼가 썩은 줄만 알고 버리니 또 한번 토끼는 꾀로써 살아나,

"어이에 시러베 아들놈들, 너희보다 더한 수궁에 가서 용왕도 속이고 나왔는데 너 같은 놈들한테 죽을쏘냐."

하며 토끼는 살아났다고 신명 내여 고국산천을 반가워한다.(**수궁가 중에서**)

박첨지가 꼭두각시를 오랜만에 만나 수십 년 혼자 살면서 작은 집을 얻었노라니까 꼭두각시는 박첨지가 알뜰살뜰 모아 작은 집 한 채를 샀느냐고 오해하고 묻자 박첨지 "왜 기와집은 안 사고, 이 늑대가 할켜갈 년아." 하며 말한다. 이에 다시 꼭두각시가 그럼 뭐란 말이요 하고 묻자 박첨지는 그런 게 아니라 작은 마누라를 하나 얻었단 말이다 하는 말에 꼭두각시가 마누라를 마늘로 오해를 하였던지 내 오면 김장 할려고 마늘을 몇 접 샀단 말이죠 하니 박첨지 "왜 후추 생강은 어떻고, 우리질 년아." 하고, 꼭두각시가 또다시 그럼 뭐란 말이요 하고 묻자 박첨지가 그럼 작은 여편네는 아느냐 하며 소리지른다. 이어 꼭두각시는 박첨지에게 세간을 갈라 달라고 요구하나 박첨지가 아무것도 주려 하지 않자 그저 금강산에 들어가 중이 되겠노라고 한다.(**박첨지 마당 넷째, 꼭두각시 거리**)[54]

---

54) 김열규, 『욕, 그 카타르시스의 미학』, 사계절, 1997(〈욕과 금기위반〉의 사례는 김열규의 저서에서 인용한다).

르네상스와 개인(私)적
글과 개인읽기

개인(私)적 글 중에서도 '내가 내 글의 주인공'인 자화상 형식에는 일기와 자서전이 우선한다. 개인의 글쓰기는 주관적 형식의 글, 그중에서도 일기쓰기에서부터 비롯된다고 해도 과언이 아니다.[55] 일기를 위시한 자화상 형식의 글쓰기가 르네상스에 기여한 점을 보자. "그 어떤 시기에도 16세기만큼 그렇게 많은 '자기고백'과 자서전이 쓰인 시대는 없었다.…삶이 개인적이었다고 확실히 말하고 증거할 사람들을 이만큼 많이 꼽을 수 있는 시기도 없었다. 분명 이 모든 것은 문자문화의 성장과 관련이 있다. 개인들의 표현능력이 글을 통해 드러났기 때문이다. 처음으로 자기 자신의 일회성을 인정하고 이를 주관적으로 기술한 사람들은 신학자들과 철학자들이었다.…자기 스스로 결정한 인생을 살겠다는 사람들도 점차 늘어났다."[56]는 지적에서 확인할 수 있듯이 르네상스는 속세에서 개인'을 발견했으며, 이는 '글로 쓴 나'로 나타났다.

"자기 자신과 씨름하고 이를 다른 사람에게 전달하고자 하는 사람들이 늘어났다.…이것은 사실 무엇보다도 16세기 초반부터 전반적으로 글을 쓰는 기술이 향상된 것과도 관련이 되지만, 자기에 대한 관심은 자기 자신의 길을 걸어가려는 그리고 자기에 대해 책임을 지려는 욕구에 따른 것이었다. 사람들이 자기성찰의 결과를 결코 우발적이거나 가끔씩만 글로 쓴 것이 아니고 살아가는 내내 자신을 성찰했고 전체 개성을 담아내는 방식으로 글을 썼다.…특히 아우구스티누스의 「고백록」이 모범으로 작용했다."[57] 이렇듯 "다양한 영역에서 '세속적인 고백'이 이루어졌고 이는 특히 傳記에 대한 관심이나 인간과 그의 육체, 성격에 대한 학문적인 관심, 특히 초상화가 부각되었던 미술에서 두드러졌다. 이 모든 관심분야에서 학문적이나 학자적인 성찰은 직접 관찰과 경험에 점차 밀려나게 되었다.[58]

---

55) 이제 필자의 직업이 된 글쓰기도 출발은 일기쓰기였다. 초등학교 졸업 후 고향을 뒤로한 채 유학 왔던 서울의 회색은 어린 몸과 마음을 얼어붙게 하기에 모자람이 없었다. 회색의 얼음바람을 녹이는 데는 읽고 쓰기 외에 더 좋은 방법이 없었다. 글과 함께 외로웠고 슬펐으며 강건했다.

56) 리하르트 반 뒬멘, 앞의 책, 21쪽.

57) 리하르트 반 뒬멘, 앞의 책, 41~56쪽.

58) 리하르트 반 뒬멘, 앞의 책, 41쪽.

1. 일기

"자서전이 대개는 자신의 인생을 총체적으로 해석하려는 시도라면, 일기는 매일 하는 성찰과 관찰의 기록인데, 종종 회고록보다 훨씬 더 직접적이고 내밀한 기록을 보여준다. 대부분의 일기 작가들은 상류층이나 중류층 출신이었으며 몇몇 귀족들을 제외한다면 대개 성직자들이나 공직자들이었다. 그들에게는 매일매일 쓴다는 것이 중요했고 혹은 적어도 오락의 성격을 가졌었다. 그에 비해서 하류층 출신들은 아주 소수만이 일기를 썼다."[59]

'나'의 매일매일을 써 내려가는 일기는 18세기에 이르러서 자기성찰의 절정을 형성했으며, 다음에 예시된 일기,들 그리고 우리가 쓰는 일기의 기원이 르네상스에 있었다.

카프카의 일기[60]

① 〈꿈의 실현을 가로막는 잡다한 것들〉 - 나의 생활은 다만 쓰는 것을 위해 준비된 것입니다. 시간은 부족하고 체력은 바닥이고 일은 말할 수 없이 부담스럽고 주거 환경은 소란스럽고 쾌적한 환경에서 차분한 기분으로 살 수 없다면 마술이라도 부려서 뚫고 나갈 수밖에 없습니다.(카프카)

훌륭한 작품을 쓰는 것이 카프카의 꿈이었다. 그러나 여러 가지 장애가 있었다. 대부분은 카프카의 신경과민에 의한 것이라고 할 수 있으나, 시간이나 체력의 한계, 일의 괴로움, 소음 등 여러 가지 요인들이 도저히 소설을 쓸 수 없을 정

---

59) 리하르트 반 뒬멘, 앞의 책, 190~191쪽.
60) 프란츠 카프카, 앞의 책.

도로 카프카를 쉴 새 없이 공격해 왔다.

  그래도 카프카는 상당히 방대한 양의 원고를 남겼다. 일부는 카프카 자신의 손에 의해 소각되었으므로, 그것까지 합친다면 상당한 양이 될 것이다.

  마술을 쓴 것 같지는 않으니, 그에게는 여러 가지 방해요소를 이기고 그 정도의 글을 쓸 수 있는 능력이 있었던 셈이다.(가시라기 히로키)

② 〈결혼, 해도 절망, 안 해도 절망〉 - 나는 그녀 없이는 살아가지 못할 것이다. … 그러나 나는 … 그녀와 함께 살 자신도 없다.(카프카)

  '그녀'는 약혼녀 펠리체를 말한다. 그녀 없이 못 살 것 같은데, 그녀와 함께 살 자신도 없다면 도대체 어떻게 하려는 걸까? 카프카는 펠리체와 두 번 약혼하고 두 번 파혼했다. 약혼도 파혼도 다 카프카의 간청에 의한 일이었다. 카프카는 펠리체를 열렬히 사랑했고, 필사적으로 그녀에게 구혼했다. 그녀에게 보낸 러브레터의 숫자는 상상을 초월할 정도로 많았다. 날마다 썼을 뿐 아니라 하루에 몇 통씩 보내기도 했고, 전보까지 쳤다.(가시라기 히로키)

③ 〈둘이 함께 있는 것이 더 고독하다〉 - 둘이 함께 있으면 그는 혼자 있을 때보다 더욱 고독했다. 누군가와 둘이 있게 되면 상대가 그에게 덤벼들어, 그는 어쩔 줄 모르게 된다. 혼자 있으면 전 인류가 그에게 덤벼들긴 하지만 무수한 팔들이 서로 엉켜서 아무도 그에게 다다르지 못한다.(카프카)

  혼자라는 글자 그대로의 고독보다도 누군가 함께 있는데도 그 사람과 마음이 통하지 않아 고독한 쪽이 훨씬 심각한 고독이다. 혼자 있다는 이유만으로 느끼는 고독이라면 누군가를 만나면 해소될 수도 있지만, 누군가와 함께 있으면서도 고독하다면 더 이상 구제받을 길이 없기 때문이다.

  '상대가 덤벼들어 어쩔 줄 모르게 된다'라는 것은 실제로 폭력 행위를 당하는 것이 아니라, 상대방과 원만한 관계를 맺지 못하며 개선의 여지도 보이지 않는다는 것을 의미한다.

  혼자 있으면, 다른 모든 사람들은 '세상' 혹은 '사회'라는 커다란 하나의 덩어리가 된다. 그것은 좀더 강력한 힘으로 자신에게 달려든다.

  그래도, 눈앞에 있는 단 한 사람의 몰이해한 타인보다는 훨씬 나은 것이다.(가시라기 히로키)

안네(1929.6.12.~1945.3.)의 일기⁶¹⁾

① 1942.6.20.토요일 : 글을 쓴 지 며칠 됐다. 머릿속에 정리하고 싶은 것들이 몇
가지 있었다. 일기를 쓴다는 게 내겐 좀 낯설지만, 나는 일기장이 일어난 일들만
적어놓는 공간이 되는 건 바라지 않는다. 나는 일기장이 나의 가장 친한 친구가
돼주었으면 한다. 가족들도 있고 주변에 친구도 많은 내가 이런 소리를 하면 이
상하게 들릴 수도 있을 것 같다. 하지만 내 일기장은 일상적인 일들에 대해서만
말하는 공간이 되지 않았으면 좋겠다. 그래서 나는 내 일기장에 '키티'라는 이름
도 붙여주려고 한다. 이번이 우리가 처음 만나는 거니까, 너에게 나에 대한 소개
를 해야겠다.

   나는 1929년 6월 12일에 태어났단다. 나한테는 16살 된 언니 마르고가 있
어. 우리 가족은 유대인이기 때문에, 독일에서 반유대인 법이 발효됐을 때 네
덜란드로 이민을 왔어. 우리 아빠는 트레비스 N.V.라는 회사의 전무이사이셔.
1940년 5월 이후로 사는 게 더 어려워졌어. 독일군이 네덜란드에 진군했는데,
이때가 바로 유대인들이 진짜로 고통 받기 시작한 때거든…

② 1942.6.21.일요일 : 키티에게, 학교의 모든 학생들이 상당히 긴장하고 있어. 조
만간 지금 학년을 다시 다녀야할지 아니면 상급 학년으로 진급할 수 있을지 알게
될 거거든. 나는 여학생들은 전부 상급 학년으로 진급할 수 있을 거라고 확신해.
난 모든 선생님들과 사이가 좋아. 하지만 우리 수학 선생님은 내가 너무 말이 많
아서 어떤 때는 성가셔 하셔. 선생님께서는 나보고 '수다쟁이' 같은 글짓기를 하도
록 시키셨어. 또 '나불나불 부리 아줌마가 꽥꽥꽥하고 말씀하셨습니다'라는 제목
의 시도 한 편 쓰게 하셨어. 내가 너무 말이 많은 것에 대해 벌을 주시려는 게 목적
이셨지. 하지만 내가 글을 아주 잘 쓴 덕에 선생님께서 무척 즐거워하셨어. 그 뒤
로 선생님은 내가 말을 많이 한다고 한 번도 혼내지 않으셨단다. 안네.

③ 1942.6.24.수요일 : 키티에게, 요즘 날씨가 너무 덥지만, 나는 전차를 이용하
는 것 같은 사치를 누릴 수가 없단다. 유대인들에게는 전차 이용이 금지되었거
든. 이 말은 즉, 내가 어디를 가든 걸어다녀야 한다는 얘기이지. 우리가 유일하게

이용할 수 있는 건 나룻배뿐이란다. 나룻배를 모는 아저씨는 무척 친절하셔서 우리가 원하는 곳에 금방 데려다주셔. 유대인들이 더 이상 아무 일도 할 수 없게 된 건 네덜란드 사람들의 잘못은 아니니까.

④ 1943.1.13.수요일 : 키티에게, 삶이라는 게 끔찍할 정도로 고통스러워. 매일 많은 사람들이 잡혀가서 살해되는 걸 지켜보거나 혹은 그런 소식을 접하게 돼. 밤낮 할 것 없이 24시간 내내 사람들이 잡혀가고 있고 너무나 많은 가족들이 생이별을 겪고 있어. 심지어는 아들들을 독일에 보내 전쟁을 하게 해야 된다는 생각 때문에 네덜란드 사람들도 모두 두려워하고 있어. 밤에는 머리 위로 날아다니는 폭격기 소리를 들으면서 잠을 청하려고 노력해야 한단다. 매일 수천명이 목숨을 잃고 있어.

⑤ 1944.8.1.화요일 : 키티에게, 너도 이미 알다시피, 나는 서로 다른 두 개의 성격을 가지고 있잖아. 외면의 안네와 내면의 안네 말이야. 외면의 안네는 늘 수다를 떨고, 재미있는 걸 좋아하고, 아무 것에 대해서나 농담을 하는 명랑한 안네지. 나를 주도하고 있는 건 사실 이 안네야. 이 아이는 늘 속 깊고 생각 많은 조용한 성격의 안네를 밀어내고 있어. 내면의 안네는 외면의 안네보다 훨씬 나은 점이 많아. 하지만 안타깝게도 더 뛰어난 이 안네에 대해 아는 사람은 아무도 없어. 외면의 안네를 몰아내려고 아무리 열심히 노력해도 소용이 없는 것 같아. 아무리 해도 소용이 없어. 거기에는 이유가 하나 있어. 모두가 나를 재미있는 것만 좋아하는 안네로 알고 있기 때문이야. 재미있는 것만 밝히는 안네는 늘 웃음거리로 지내왔고, 진지하게 대접받지 못했어. 근데 걱정은 사람들이 나의 더 깊은 내면을 보게 되더라도 역시 웃게 될지도 모른다는 거야. 그러니 그냥 그 사람들이 아는 안네의 모습을 보여주는 게 훨씬 더 쉬워.

내가 내면의 안네의 모습을 보여줬던 적이 있기는 했어. 문제는 이게 너무 특별한 경우라는 거지. 모두가 내가 몸이 안 좋거나, 두통이 있다거나 그런 걸로 생각하지. 이렇게 사람들이 나를 이상하게 쳐다보기 때문에 나는 사람들한테 화를 내기 시작해.

그 결과, 더 착하고, 더 좋은 안네가 사람들 앞에 절대 모습을 드러내지 않게 되는 거야. 내면의 안네는 오직 고독 속에 숨어있을 때만 나타나. 사람들이 진실한 내 모습을 알 수 있다면 좋을 텐데. 모두가 나는 남자아이들 뒤꽁무니나 쫓아다니며 시시덕거리는 아이라고 생각해. 그 사람들은 내 내면의 진짜 감정과 생각들이 어떤 건지 전혀 알지 못해. 내 진짜 감정과 생각은 외면의 안네와는 정반대인데 말이야. 하지만 아무도 나를 진지하게 생각해주지 않기 때문에. 난 모든 걸 감추고 지내야만 해. 그래서 착한 안네는 안에서 지내고, 나쁜 안네는 밖에 있는 거지. 하지만 나는 내가 되고 싶은, 아니면 만약 이 세상에 다른 사람들이 없다면 어쩌면 될 수 있는 내 모습을 찾기 위해 계속 노력할 거야. 안네가.

난중일기[62]

① 임진년壬辰年1592년 정월 1일(임술) : 맑음. 새벽에 아우 여필汝弼과 조카 봉奉, 맏아들 회薈가 와서 이야기했다. 다만 어머니를 떠나 두 번이나 남쪽에서 설을 쇠니 간절한 회한을 이길 수 없다. 병사(兵使, **병마절도사**)의 군관(軍官) 이경신(李敬信)이 병마사의 편지와 설 선물, 그리고 장전(長箭), 편전(片箭) 등 여러 가지 물건을 가지고 와서 바쳤다.

2일(계해) : 맑음. 나라의 제삿날(인순왕후 심씨의 제사)이라 공무를 보지 않았다. 김인보(金仁甫)와 함께 이야기했다.

② 계사년癸巳年1593년 2월 계사년 2월은 대길하다. 1일(병술) : 종일 비가 내렸다. 발포 만호(황정록黃廷祿), 여도 권관(김인영), 순 천부사(권준)가 와서 모였다. 발포 진무(鎭撫) 최이(崔已)가 두 번이나 군법을 어긴 죄로 형벌을 내렸다.

③ 갑오년甲午年1594년 1월 1일(경진) : 비가 퍼붓듯이 내렸다. 어머니를 모시고 함께 한 살을 더하게 되니, 이는 난리 중에서도 다행한 일이다. 늦게 군사 훈련과 전쟁 준비 일로 본영으로 돌아오는데, 비가 그치지 않았다. 신사과(愼司果, 오위五衛의 정6품)에게 문안하였다.

2일(신사) : 비는 그쳤으나 흐렸다. 나라 제삿날(인순왕후 심씨의 제사)이라 공

---

62) 충무공 이순신(1545~1598)의 『난중일기』(임진년1592년 1월 1일부터 무술년1598년 11월 17일까지 7년 동안 부득이 출전한 날은 쓰지 못한 경우도 있지만, 날짜마다 간지 및 날씨를 빠드리지 않고 틈나는 대로 적었다)는 2013년 유네스코 세계기록유산에 등재되었다(이순신, 『난중일기』, 노승석 옮김, 여해, 2014).

무를 보지 않았다. 신 사과를 맞이하여 함께 이야기했다. 배 첨지(裵僉知), 배경남 裵慶男)도 왔다.

④ 을미년乙未年1595년 정월 1일(갑술) : 맑음. 촛불을 밝히고 혼자 앉아 나랏일을 생각하니 나도 모르게 눈물이 흐른다. 또 팔순의 병드신 어머니를 생각하며 초조한 마음으로 밤을 새웠다. 새벽에는 여러 장수들과 색군(色軍)들이 와서 새해인사를 했다. 원전(元㙉), 윤언심(尹彦諶), 고경운(高景雲) 등이 와서 만났다. 제색군(諸色軍, 여러 종류의 군사)들에게 술을 먹였다.

2일(을해) : 맑음. 나라 제삿날(인순왕후 심씨의 제사)이라 공무를 보지 않았다. 장계 초고를 수정했다.

⑤ 병신년丙申年1596년 1월 1일(무진) : 맑음. 사경(四更) 초에 어머님 앞에 들어가 배알하였다. 늦게 남양(南陽) 아저씨와 신 사과(申司果)가 와서 이야기했다. 저녁에 어머니께 하직하고 본영으로 돌아왔다. 마음이 몹시 심란하여 밤새도록 잠을 이루지 못했다.

2일(기사) : 맑음. 일찍 나가 병기를 점검했다. (덕은 몸을 윤택하게 한다德潤身) 이 날은 나라 제삿날(인순왕후의 제사)이다. 부장(部將) 이계(李繼)가 비변사의 공문을 가지고 왔다.

⑥ 정유년丁酉年1597년 4월 1일(신유) : 맑음. 옥문(獄門)을 나왔다. 남대문 밖 윤간(尹侃)의 종집에 이르니, 조카 봉(菶), 분(芬)과 아들 울(蔚)이 윤사행(尹士行), 원경(遠卿)과 더불어 한 방에 함께 앉아 오래도록 이야기했다. 윤지사(尹知事, 윤자신)가 와서 위로하고 비변랑(備邊郎, 비변사 낭청6품) 이순지(李純智)가 와서 만났다. 더하는 슬픈 마음을 이길 길이 없었다. 지사가 돌아갔다가 저녁밥을 먹은 뒤에 술을 갖고 다시 왔다. 윤기헌(尹耆獻)도 왔다. 정으로 권하며 위로하기에 사양할 수 없어 억지로 마시고서 몹시 취했다.…

⑦ 무술년戊戌年1598년 정월 1일(정해) : 맑음. 늦게 잠깐 눈이 내렸다. 경상 수사, 조방장 및 여러 장수들이 모두 와서 모였다.

2일(무자) : 맑음. 나라 제삿날(인순왕후의 제사)이라 공무를 보지 않았다. 이날 새로 만든 배에 흙덩이가 떨어졌다. 해남 현감(유형)이 와서 만나고 돌아갔다. 송대립, 송득운, 김붕만이 각 고을로 나갔다. 진도 군수(선의문)가 와서 보고 돌아갔다.

계암일록[63]

① 1606년(선조 39년) 2월 2일 : 류계화柳季華(류진)가 와서 대화를 나누었다. 그 편에 홍찰방(홍활)의 편지를 보았는데, 주상이 즉위한 지 40년이 되어 정월 15일에 조정 대신들의 진하陳賀를 받고 대사大赦를 내린다고 했다. 그리고 장차 증광시도 실시하기 위해 식년회시는 가을로 미루었다고 했다.

② 1610년(광해군 2년) 5월 6일 : 홍우형의 편지를 보니, 알성시가 이달 20일로 결정되었고 표문이나 사운四韻 중에 출제될 것이라고 했다. 서울에 올라 오라고 부르는데, 첫병을 앓고 있으니 어찌할까?

③ 1636년(인조 14년) 11월 25일 : 둘째아이는 17~18세부터 혼사를 의논한 집이 한두 곳이 아니었다. 모두 장가들만 했는데도 곧바로 정하지 못하고 고른 것이 너무 심했다. 지금 와서 생각해보니 역시 나의 잘못이다. 살림이 넉넉한 집이 종종 있었지만 또한 마음에 들지 않았다. 세월이 흘러 여기까지 이르렀으니 혼인의 큰일을 어찌 인위적으로 할 수 있겠는가? 지금 이 어씨 집안이 타향살이에 춥고 가난하다는 것을 알고 있으나 가세를 취한 것이다. 나머지는 헤아릴 것이 없다.

④ 1638년(인조 16년) 3월 5일 : 아침에 강흡姜恰 군이 금람琴攬과 함께 왔다. 그의 아버지는 찰방을 역임했는데 이름은 윤조胤祖이다. 병을 무릅쓰고 만나 보았

---

63) 『계암일록』은 계암 김령(1577~1641)의 일기다. 현재 일기는 1603년(선조 36년) 7월 1일부터 1641년(인조 19년) 3월 12일까지 39년 정도의 분량이 남아 있다. 김령은 선조 10년 서울의 주자동에서 광산김씨 김부륜의 아들로 태어났다. 김부륜은 경상도 예안현 오천리 출신이었는데, 이즈음 오천의 광산김씨 가문은 예안의 사족 사회의 중심으로 자리 잡고 있었다. 광산김씨 가문은 입향조入鄕祖부터 4대로 이어지면서 지주로서의 경제적 성장과 양반 사족으로서의 사회적 성취를 이루었고, 이황의 직전直傳제자라는 학문적 자부심을 바탕으로 예안의 또 다른 명문 사족 가문인 온계溫溪의 진성眞城이씨 가문, 분천汾川의 영천永川이씨 가문 등과 혼인 관계를 맺고 있었다(국학자료 심층연구 총서 06, 『일기를 통해 본 조선후기사회사』, 새물결, 2014, 17~47쪽).

다. 술 몇 잔을 마시고 그쳤다. 손님이 마시지 않아서였다. 그는 혼사 때문에 왔는데, 거절할 수 없어서 어렴풋이 허락하는 뜻을 보여 주었다. 밥을 먹은 뒤에 손님이 돌아갔다. 대체로 혼사는 막중해 모두 하늘이 하기에 달린 것이고 또한 그가 어떤 사람인지를 관찰할 뿐이다.

⑤ 1632년(인조 10년) 3월 24일 : 예안현감(김성현)이 편지를 전해 문안했는데, 말이 매우 거만해 비록 '복僕'이라 칭했지만 끝부분에는 다만 이름과 '돈頓'이라고만 썼다. 이 사람이 일찍이 도산서운에 재생齋生으로 있었을 때 나는 원임院任으로 여러 달을 서로 보며 지냈는데, 그때는 심히 자신을 낮추고 공손했었다. 그리고 갑자년(1624년) 겨울, 나를 성남(남대문 밖) 거처로 보러 왔을 때도 전과 같았으나, 때때로 부복俯伏하기도 했었다. 그런데 김상용 현제에게 붙어 이에 이르게 되자 곧 기세를 부리니, 세태가 진실로 이와 같다.

아버지의 일기(1932.9.7.~2001.2.3)[64]

① 1998.1.1(음 12.3) 목요일 戊申

오늘이 西曆 1998년 초하로이다. 新年賀禮라해도 순애는 오는지 가는지 그저 덤덤하다.

② 1998.1.3(음 12.5) 토요일 庚戌 晴

조반을 먹고 잇노라니 내촌 동서로부터 전화가 걸려왔다. 오후에 집에 놀러 온다는 연락이였다. 12시 반경에 집에 왔다. 그의 考古 이장을 명년에 하라고 전일 말했더니 금년내로 한다고 해서 자리를 다시 확인하기에 가서 보자해서 택시 불어타고 식구대로 가서 나는 산에 가보고 동서집에 가서 놀다 오후 7시에 택시 불러타고 집에 왔다.

③ 1998.1.8(음 12.10) 목요일 乙酉 雨

밤 9시경부터 내린 비가 종일 내렸다. 웃녘에는 눈이 많이 왔다고 하였다. 어

---

64) 필자의 아버님께서 평생 쓰셨던 일기에서 일부 포함한다. 당시의 농촌풍경과 사회상을 만날 수 있다. 명절이면 민족의 대이동에 끼어서 귀향해야만 하는 행사는 무척 복잡한 스트레스였다. 이제 사라져가는 고향 앞에 서서 원형의 고향처럼 아버지가 몹시 그립다. 너무 늦은 그리움이 아닐까 한다.

제 오후에 이장방송에 농협 물품 구매권 계산해서 아침까지 이장에게 가저오라 했는데 밤에 계산해 할려고 보니 눈이 침침해서 못하고 조반먹고 돋보기 쓰고 겨우 계산해서 직접 농협으로 가지고 갔더니 금계마을 전체 안드러왔다해서 이장집에 갖다줬다.

④ 1998.1.13(음 12.15) 화요일 庚申 曇

아침 일즉 과역 노일 동서집에 갈려고 하는데 또 전화가 걸여왔다. 조반을 먹는둥 만둥하고 택시 불러타고 가보니 포크레인 기사와 동서가 산지에 나와 있었다. 묘 두봉짓고 상석 마저 놓고 무사히 일을 맞히고 택시 불러 태워줘서 무사히 집에 와보니 영식이 모는 바다 고막 잡으로 가서 아직 오지 않았다. 오후 7시에야 돌아왔다.

⑤ 1998.1.14(음 12.16) 수요일 辛酉 曇 雨

오늘 면 회의실에서 영농교육이 있었는데 몸이 피로해서 불참했다. 오후 늦게 비가 내리기 시작했다.

⑥ 1998.1.16(음 12.18) 금요일 癸亥 晴

오후에 영식이 모는 대밭에 드러가 솜대 정리하고 枯死한 대도 제거 시작을 했다.

⑦ 1998.1.21(음 12.23) 수요일 戊辰 晴

계속 추운 날씨가 오늘도 매우 찼다. 조반먹고 서신가서 장사를 무사히 거짐 된 것 보고 집에 왔다. 오후 5시경에 마을 이장이 와서 금년부터 나도 정부에서 교통수당이 나온다고 내 통장계좌번호와 주민등록번호를 적어갔다. 발써 나도 늙은이 축으로 들어간다 생각하니 퍽 서글펐다.

⑧ 1998.1.22(음 12.24) 목요일 己巳 曇

오늘 외채상환 금 모으기 운동이 두원 농협에서 실행하는데 우리도 내 지환 그리고 영식이 모 가락지를 가지고 영식이 모가 농협에 가서 동참했다.

⑨ 1998.1.24(음 12.26) 토요일 辛未 雪

아침에 일어나니 백설이 대지를 덮었다. 많은 양은 아니였으나 간신이 대지를 가렸다. 웃녘에는 요지음 계속 눈이 쌓였다 하는데 이곳에는 첫 눈인 것 같다. 오늘 굴개 개통했다 하더니 날씨가 치운관계로 26일로 연기했다고 방송했다.

⑩ 1998.1.25(음 12.27) 일요일 壬申 晴

오늘도 매우 추워서 아침에 부엌방에 수도가 얼었다.

⑪ 1998.1.28(음 戊寅년 1.1) 수요일 乙亥 晴

오늘이 무인년 元旦 아침에 기상하여 나가보니 무척 상쾌한 날씨에 어느날 아침보다 고요했다.

⑫ 1998.2.25(음 1.29) 수요일 癸酉 曇 晴

오늘이 15대 대통령 김대중씨 취임일이다. 야당으로 수10년 고배타가 이제 뜻을 이루었으나 국가가 어려운 시기에 임할 때라 힘이 무거울 것이라 생각된다. 그러나 소원 풀이하였으며 호남사람들의 소원이라고도 볼 수 있다. TV를 보니 온 국민이 축하한 것 같다.

⑬ 1998.3.1(음 2.3) 일요일 丁未 晴

오늘 아침에 물통에 살어름이 어렸다. 오늘이 3.1절 아침 일즉 태극기를 게양했다. 영식이 모는 내일 모레 3일 날 고흥 처남댁이 그의 부친제사에 가는데 쑥떡을 해 가지고 갈 것인데 쑥 걱정을 하더라고 종일 쑥 뜯어왔다.

⑭ 1998.3.2(음 2.4) 월요일 戊申 晴

오늘이 조모기일인데 조고와 합제를 하기 때문에 마음속으로만이 사모한다. 오늘 오후에 지북 식당에서 문답논 환지회가 있어 참석했는데 약 300평 감면적이였다.

⑮ 1998.3.3(음 2.6) 수요일 庚戌 曇

오늘부터 밭에 나가 작업을 시작했다. 아침 9시에 나가 밭에 가서 과수전정하다보니 어느새 12시가 되어 집에 왔다. 갑자기 일을 하고 보니 피로가 빠르게 와서 점심식사 후 그대로 떠러저 한심 잤다.

⑯ 2001.1.1(음 12.6) 일요일 甲子 晴

오늘이 21세기 첫날인데 날씨가 약간 쌀쌀하나 매우 맑았다. 따라서 기분도 좋았다.

⑰ 2001.1.3(음 12.8) 丙寅 晴

오늘 국민연금 처음 차저 왔다. 95년 12월부터 연금을 납부하여 99년 11월까지 60개월 납부하여 12월부터 받은 것이다.

⑱ 2001.1.5(음 12.11) 戊辰 晴

오늘 보건소에 가서 9일분 약 타 왔다. 거년 11월 10일경부터 혈담약을 복용했다.

⑲ 2001.1.6(음 12.12) 己巳 晴 曇 雪

오후에는 날씨가 맑더니 점점   어 밤이되니 눈이 내리기 시작했다.

⑳ 2001.1.13.(음 12.19) 토요일 丙午 雪

아침에 일어나 창문을 여니 소리없이 내린 백설이 대지를 더퍼 있었다. 아침 뉴스를 들으니 호남지방에 대설 주의보가 내렸다고 하였다. 오후가 되어 날씨가 맑가 눈이 대부분 녹았다. 그러나 기온이 계속 내러가 내일 아침에는 강원도 철원에 영하 27℃가 되며 이 지방에도 영하 10℃ 정도 하강한다고 하였다.

2. 편지

일기 못지 않게 편지가 르네상스의 확산에 기여한 흔적을 보자. 특별한 일이 있을 때만 편지를 교환하다가 특별한 일이 없어도 거의 매일 단지 서로 이야기를 나누려고 편지를 쓰겠다는 욕구는 18세기에 들어와서 광범위한 층으로 확산되었다. 이것은 우 편통신망이 확장되면서 가능해졌고 시민계층의 이동성이 증가하면서 어느 정도는 강 요된 것이기도 했다. '시민계층은 자신들이 정신의 전위부대'라고 생각했고, 그럼으로 써 많은 사람들에게 편지를 쓰는 일이 당연하게 되었다. …자서전이나 일기를 쓴 작가 와 비교해 보면 편지를 쓴 사람이 수적으로 훨씬 많았다. 편지를 많이 교환한 이유는 글 쓰는 능력이 확산된 데에도 있지만, 의사소통 구조가 변한 데에도 있었다.[65]

이와 같은 편지의 발전은 네 단계로 나누어 볼 수 있다.

첫째, 위대한 인물들이 주고받은 서신들은 인문주의와 종교개혁 시기부터 처음 전 해 내려온다. 대개 종교개혁이나 학문 개혁을 위해 혹은 광범위한 정보나 학문 연구 결과를 교환하기 위해 학자나 철학가 성직자들이 서신을 교환했다.

둘째, '사적' 편지 교환이 생겨난 것인데 17세기부터 강화되었다.[66] 이를 가족의 편지 교환이라고 부를 수도 있는데, 가족의 삶과 개인 삶의 정보들이 교환되었기 때

---

65) 리하르트 반 뒬멘, 앞의 책, 207쪽.

66) 이에 대한 증거를 다음의 글에서도 확인할 수 있다. "세비네 부인Marquise de Sévigné(1626~1696)은 귀족 출신으로 17세기 서간 문학의 최고봉으로 꼽히는 편지들을 남겼다(『서간집』, 1726). 1651 년 남편이 결투로 죽자 일남일녀의 양육을 담당했는데, 사랑하는 딸이 결혼하여 프로방스 지방으로 떠나자 25년 동안 애정 넘친 편지를 써 보냈다. 이 편지들은 섬세하고 인상적인 필치로 고전주의 정 신을 반영하며, 지성과 상상력 넘치는 모성애의 기록인 동시에 17세기 후반 프랑스 사회의 충실한 거울이기도 하다."(마르셀 프루스트, 앞의 책, 45쪽).

문이다.…16세기 사람들이 글을 말하는 것처럼 썼다면 17세기에는 형식을 갖춘 표준어가 발전했다. 계급 간의 차이가 강조되고 '당신'이라는 존칭이 도입되었으며 호칭의 비중이 커지고 편지를 쓰는 사람은 자신을 지나치게 낮추었다. 자신의 본심을 감추는 이러한 인위적인 양식은 바로 '궁정식' 사교방식을 따른 것이다.

셋째, 경건주의, 얀센주의, 청교도주의, 초기 계몽주의 대표자들이 편지를 쓴 시기다.…이 시기는 '도덕 주간지'의 시대였는데, 여기에 실린 글들도 많은 경우 편지 형식으로 쓰였다.…편지는 일상의 문제보다는 도덕과 삶의 일반 문제를 다루었다. 편지 저자들은 인간의 개선 가능성을 믿고 인간의 이성과 영혼을 교육하고자 노력한 사람들인데, 이들은 바로 처음으로 자신들과 자신들의 관심사를 주제로 다룬 학자, 교양인, 일반인 세대들이었다.

18세기 중반에는 작가들이 편지를 써서 편지 교류의 새로운 역사를 이끌어내었다. '계몽주의는 편지의 시대라 할 수 있다.' 자연스럽고 개인적인 편지 양식이 도입되고 전통과 단절을 고했지만,…편지는 무엇보다도 새로운 삶의 감정 속에 나타나는 새로운 개인적 삶의 양식과 방식을 표현하는 수단이 되었다. 이러한 편지교환은 모든 전통적인 인습과 단절을 시도한 감상주의 시대에 와서 절정에 이르렀다. 편지를 통해 '주관적 의견'이 교환되었고 감정, 특히 사랑을 양식화하고 설명하는 것이 중요해졌다. 1770년대부터 현대적 양식으로 우정의 편지나 사랑의 편지가 쓰였다.

'편지 숭배'는 남성들이나 여성들에게 자의식과 개인적 삶에 대한 의지를 강화시켰다. 주관성은 속박에서 풀려났다. 질풍노도기에 각자 보잘것없는 자신이라도 엄청나게 중요하게 여기고 자신의 성향이나 자의적인 기분에 물꼬를 막지 않고 터놓아 주었지만, 점차 이러한 무절제한 과장들은 줄어들었고, 그럼에도 불구하고 모든 개인이 개성을 자유롭게 발전시키는 법을 배운 것은 계속 남게 되었다. '개인들은 편지를 쓰면서 자신의 주관성 속에 자기 자신을 펼쳐놓았다(위르겐 하버마스).' 18세기에 자기 자신을 주제로 삼은 사람들, 문학을 통해 자기 자신을 무대에 올리는 사람들의 그룹들이 사회운동으로까지 성장했다.[67]

---

67) 리하르트 반 뒬멘, 앞의 책, 207~213쪽.

조선시대의 한글편지도 르네상스를 활성화시킨 편지쓰기 못지 않게 한글의 활성화를 비롯한 근대적 인식의 활성화에 크게 기여했다. "조선시대의 한글편지는 위로는 왕으로부터 아래로는 서민에 이르기까지 폭넓게 실용된 까닭에 우리의 말과 글을 지키고 가꾸는 귀중한 토양이 되었다. 그뿐만 아니라 한글편지는 개인의 생활감정을 진솔한 육필로 기록한 자료이기에 그 사연 속에는 당시 개인이나 사회의 생생한 실상을 가감없이 그대로 담고 있다."(김장윤)는 지적처럼 이에 대한 자료를 『조선시대 한글편지 판독자료집1.2.3』[68]에서 확인할 수 있다.

편지는 수신자가 누구냐에 따라서 공적인 글쓰기도 사적인 글쓰기도 될 수 있으나, 본 단원에서는 '내 마음을 담은 편지', 곧 사적인 글쓰기로 편지를 예시한다. 일기만큼 솔직하거나 성찰적 글쓰기라고 할 수는 없어도, 수신자가 누구냐에 따라서 편지도 일기 못지 않게 솔직한 성찰적 글쓰기다. 물론 안부를 주고받는 편지일 수도 있으나, 특히 편지는 상담을 비롯하여 자신의 문제해결을 목적한 글쓰기라는 점에서 일기와 다르다. 릴케는 통신 기술이 발달하여 빠른 의사소통이 가능해진 시대에도 편지를 써서 수많은 사람과 내밀한 교류를 가졌다. 그는 리자 하이제란 부인에게 보낸 편지에 "아직도 편지가 가장 아름다운 교제 수단 중 하나라고 생각합니다"라고 썼다.

카프카의 편지[69]

① 〈거인 같은 아버지〉 - 아버지는 안락의자에 앉아 세계를 지배하던 사람이었습니다. 아버지의 의견은 절대로 옳았고 그밖의 다른 것들은 말이 안 되는 의견이었습니다. 더구나 아버지의 의견은 꼭 앞뒤가 맞아야 된다는 법도 없었습니다. 모든 것이 절대적인 자신감에서 나온 것이었으니까요. 앞뒤가 안 맞는 한이 있어도 절대 의견의 양보는 없었습니다. 때로는 어떤 사안에 대해 특별한 의견이 없을 때도 있었지만, 그럴 때는 다른 의견이 몽땅 쓸모없는 것으로 간주되었습니다. 체코사람을 매도하고, 독일사람, 더 나아가 유대인을 매도합니다. 그것도 아주 철저하게 그렇게 해서 가장 마지막으로 남는 것은 아버지 한 사람뿐입

68) 황문환. 임치균. 전경목. 조정아. 황은영 편, 『조선시대 한글편지 판독자료집1.2.3』, 역락, 2013(『조선시대 한글편지 어휘사전 세트』도 한글편지의 이해에 귀중한 자료이다).
69) 프란츠 카프카, 앞의 책.

니다. 아버지는 모든 폭군들이 지녔던 풀리지 않는 수수께끼 같은 것을 가진 사람이었습니다.(아버지께 드리는 편지 - 카프카)

카프카의 아버지 헤르만은 아주 가난한 집안에서 태어나 어렸을 때부터 굶주림과 추위에 떨며 일했던 사람이다. 그러나 그는 강한 체력과 승부 근성, 그리고 장사 수완을 갖고 있어서 스스로 사업을 일으키고 크게 번성시켰다. 즉 맨몸으로 자수성가한 사람이다. 그런 만큼 자신감과 자부심을 가지고 있었다. 그러나 한편으로는 충분한 교육을 받지 못한 탓에 독일어를 완벽하게 구사하지 못했다.

성공 체험과 콤플렉스가 공존하는 사람은 공격적이고 독선적이 되기 쉽다. 콤플렉스 때문에 타인을 부정하고 자신감이 있는 만큼 절대 흔들리는 일이 없다. 카프카의 아버지가 바로 그런 사람이었다. 카프카의 친구 브로트는 그의 아버지에 대해 이렇게 썼다. '그는 거인이었다. 프란츠 카프카는 평생 보통 인간이라고 할 수 없는 이 거대하고 강력한 아버지의 그늘에 짓눌려 살았다.' 실제로 카프카는 아버지가 두려워 그 앞에만 서면 말을 더듬곤 했다.(가시라기 히로키)

② 〈혼자 있으면 아무 일도 일어나지 않는다〉 - 나는 방에 혼자 있어야 합니다. 바닥에서 자면 침대에서 떨어질 염려가 없는 것처럼 혼자 있으면 아무 일도 일어나지 않습니다.(펠리체에게 보내는 편지 - 카프카)

그야말로 은둔형 외톨이가 할 법한 발언이다. 처음부터 바닥에서 잔다면, 당연히 침대에서 떨어져서 다칠 일도 없고 놀랄 일도 없다. 그러나 동시에 침대에서 잘 때의 안락함을 포기하는 꼴이다. 아무 일도 일어나지 않도록 방에서 혼자 지내는 것도 마찬가지다. 불쾌한 일이 일어나지 않는 대신 좋은 일도 일어나지 않는다. 은둔형 외톨이까지는 아니더라도, 거절당하는 것이 무서워 사랑하는 사람에게 고백을 못한다든가, 상처받지 않으려고 연애 따위는 아예 시작도 하지 않는 것도 다 같은 심리라고 할 수 있다. 세상에는 불행과 동시에 행복도 포기하는 사람이 적지 않은 것 같다.(가시라기 히로키)

③ 〈좋아하는 일을 직업으로 삼지 못하는 이유〉 - 당신도 소문을 듣게 될지 모르겠군요. 왜 내가 회사를 그만두지 않는지. 왜 문학을 직업으로 삼지 않는지. 거기에 대해 나는 다음과 같은 한심한 답변밖에 드릴 수가 없습니다. 내게는

그러한 능력이 없습니다. 아마, 지금의 직업은 나를 망치고 말 것입니다. 그것도 아주 빠른 시일 내에 그렇게 되리라 생각합니다.(펠리체의 아버지에게 보내는 편지 - 카프카)

'그렇게 일이 싫다면 그만두면 될 것 아닌가?'라는 생각이 드는 사람도 적지 않을 것이다. 그러나 카프카에게는 문학으로 생활비를 벌 자신이 없었다. 그 점에서도 절망하고 있었던 것이다. 또한, 지금처럼 아르바이트로 생계를 유지할 수 있는 시대도 아니었다. 그래서 '빵을 위한 직업'으로 인해 자신이 망가져 가고 있다는 것을 알고 있으면서도 그 일을 그만두지도 못하고 계속할 수밖에 없었다.

이것은 약혼자인 펠리체의 아버지에게 보낸 편지다. 약혼자의 아버지에게 '나는 지금의 직업 때문에 머지않아 망가지고 말 것입니다'라는 편지를 쓰다니…역시 카프카다. 펠리체는 당연히 이 편지를 아버지에게 전달하지 않았다.(가시라기 히로키)

④ 〈세 번의 약혼〉 - 세 번의 약혼이 갖는 공통점은 모든 책임이 내게 있고, 모든 것이 내 잘못이었다는 것입니다. 두 사람을 불행하게 만든 것은 바로 나입니다. 절망적인 마음으로 그들을 사랑했지만 내게는 결혼할 능력이 없었습니다. 다른 문제로 이만큼 노력해 본 적은 없었지만 말입니다.(밀레나에게 보내는 편지 - 카프카)

펠리체와의 두 번의 약혼과 두 번의 파혼 후, 카프카는 또 다른 여자와 다시 약혼한다. 율리에라는 여자였다. 그러나 결국 그녀와도 결혼까지 이르지 못했다. 결혼을 그토록 갈망했고, 약혼까지 간 상대가 있었는데도 카프카는 결국 결혼이라는 관문에 이르지 못했다.(가시라기 히로키)

릴케(1875~1926)의 젊은 시인에게 보내는 편지[70]

① 젊은 시인에게 - 1903년 2월 17일, 파리에서

보내 주신 편지는 며칠 전에야 받았습니다. 편지의 내용에 포함된 커다란 친절에, 뭐라 감사 이상의 다른 말은 표현할 길이 없습니다. 그러나 나는 당신의

---

70) 라이너 마리아 릴케, 『젊은 시인에게 보내는 편지』, 붉은여우 옮김, 김욱동 해설, 지식의숲, 2013.

시(詩) 안으로 들어갈 수 없습니다. 나는 비평적인 어떤 의견도 중요하다고 생각하지 않기 때문입니다.

비평을 통해서는 예술 작품에 다가가기가 매우 어렵습니다. 어떤 식으로든 비평을 하게 되면, 다소의 오해가 생기게 마련이지요. 모든 사물은 우리가 믿고 싶어 하는 것 이상으로 이해할 수도, 말로 표현할 수도 없습니다. 대부분의 모든 사건은 말로는 표현할 수 없는 영역 안에서 발생하며, 무엇보다 예술 작품이 비판의 대상이 될 수는 없기 때문입니다. 예술 작품은 우리의 목숨과 달리 영원한 것입니다.

당신에게 나는, 이 한 가지만은 꼭 말하고 싶군요. 당신의 시에는 은밀하게 숨어 있는 개성적인 싹은 있지만, 독자적인 양식은 없는 것 같습니다. 특히 마지막의 〈나의 영혼 속에서〉라는 시에서 그 점을 확실하게 느낄 수 있었습니다. 그 시에는 언어와 운율로 독자적인 무언가가 나타나고 있으며, 〈레오파르디에게 부치는 헌시〉라는 시 속에도 그 위대하고 고독했던 분과의 친근감이 나타나 있는 것 또한 사실입니다. 그런데도 그 시들은 자체적으로 독자적이지 못합니다. 〈나의 영혼 속에서〉나 〈레오파르디에게 부치는 헌시〉도 그 점에서는 마찬가지입니다. 그렇지만 동봉해 주신 편지는 당신의 시를 읽으면서 느낀 막연함을 이해하는 데 큰 도움이 되었습니다.

당신은 내게 자신의 시가 어떠냐고 묻고 있습니다. 다른 사람에게도 이미 물어 보았겠지요. 잡지사에 보내거나 다른 사람들의 시와 비교도 해 보았을 것입니다. 어떤 편집자가 당신의 작품을 되돌려 주면 분명 불안감도 느꼈겠지요. 내게 충고를 해도 좋다고 했으므로 감히 말하는데, 제발 그런 일은 되도록 하지 마십시오. 당신은 자신의 내면이 아닌 바깥을 보고 있습니다. 그러니 지금부터라도 그러지 마세요. 어느 누구도 당신에게 충고를 해 주거나 도울 수는 없기 때문입니다. 그런 사람은 아무도 없습니다. 단 한 가지 방법밖에는 없습니다. 자기 자신 속으로 파고들어 가 보세요. 그럼으로써 당신에게 자꾸 쓰라는 명령을 내리는 그 근거를 한번 캐 보세요. 그런 다음 쓰고 싶은 욕구가 당신의 가슴 깊숙한 곳으로부터 뿌리가 뻗어 나오고 있다면, 또 쓰는 일을 그만두기보다는 차라리 죽음을 택할 수 있는지 본인 스스로에게 물어보세요. 그리고 조용한 밤중에, 정말 글을 쓰지 않으면 안 될 것인가를 스스로에게 확인해 보십시오. 마음속 깊은 곳에서 울리는 소리에 귀를 기울이십시오. 만일 그 대답이, 글을 쓰지 않으면 차라리 죽을 수밖에 없다는 그 진지한 의문에 대해 명확한 답을 내릴 수 있다면, 당신은 당신의 생애를 그 필연에 의해 만들어 가십시오. 당신의 일상에서 비록 쓸모없는 순간이라 하더라도, 그 절실한 충동에 대한 증거가 되어야만 합니다. 그리고 자연을 가까이 하십시오. 그런 다음에 보고, 경험하고, 사랑하고, 그리고 잃게 될 것을 모방만 하지 말고 말로 직접 표현해 보세요.

② 1903년 7월 16일, 브레멘 근교의 봅스베데에서

장차 많은 사람에게 가능할지도 모르는 모든 것에 대해, 고독한 사람은 일찍부터 미리 준비하며 실수가 없는 손으로 세워 나갈 수 있습니다. 그러므로 당신 또한 고독을 사랑하고 당신에게 부닥쳐 올 고통을 아름다운 음조로 참고 견뎌내십시오. 당신이 편지에 쓴 내용에 의하면, 평소 가까이 지내던 사람들이 멀어져 간다고 하셨는데 그것은 당신의 주변이 넓어지기 시작했다는 증거입니다. 그러니 아무도 함께 갈 수 없는 당신의 성장을 오히려 기뻐하십시오. 그리고 처져 있는 사람들에게는 관대하게 대하고, 그들 앞에서 확고하고 침착한 태도를 취할 것이며, 당신의 회의로 그들을 괴롭히지 않아야 하고, 그들로서는 이해할 수 없는 당신의 확신이나 즐거움으로 그들을 놀라게 하지 마십시오.

③ 1903년 12월 23일, 로마에서(II) - 친애하는 카프스 씨!

고독이란 단 하나뿐이며 그것은 크고도 참기 어렵습니다. 그리고 누구에게나 그런 시간이 오게 마련입니다. 비록 부질없고 싸구려 연대감이지만 고독을 그것과 바꾸고 싶을 때도 있고, 형편없고 보잘 것 없는 사람이라도 좋으니 겉치레라도 그들과 함께 고독을 나누고 싶을 때가 있는 법입니다. 그러나 아마도 그런 시간들이 바로 고독이 자라나는 때일지도 모릅니다. 고독이 자라나는 것은 소년이 성장하듯 고통스러우며, 봄이 시작되듯 슬프기 때문입니다. 그러니 당신은 착각하면 안 됩니다. 반드시 있어야 할 것은, 이것 하나뿐입니다. 고독, 크고도 내적인 그 고독뿐입니다. 자기 속으로 몰입하여 아무와도 만나지 않는 것, 그런 것에 도달할 수 있어야 합니다.

정약용(1762~1836)의 유배지에서 보낸 편지[71]

① 귀양길에 올라서 - 寄二兒 - 1801년 3월 초이틀 하담(荷潭)에 도착해서 쓰다.

어머니를 잘 보살펴드려라 - 이별할 때의 회포야 말해서 무엇하랴. 언제 네 어머니를 모시고 시골로 갔는지? 아무쪼록 곧 돌아가서 조용히 지내기 바란다.

나는 길 떠난 후 나날이 몸과 기운이 좋아지고 있다. 그믐날은 죽산(竹山)에서 잠을 자고 초하룻날에는 가흥(嘉興)에서 묵었고 이제 막 아버님 묘소에 도착해서 걷잡을 수 없는 눈물을 한바탕 뿌렸구나. 귀양을 보내도 아버님 묘소가 있는 곳을 지나게 해주시니 어딘들 임금의 은혜가 미치지 않는 곳이 있겠느냐? 감사하고 감사할 뿐이다.

떠나올 때 보니 너희 어머니 얼굴이 몹시 안 됐더라. 늘 잊지 말고 음식 대접과 약시중 잘 해드리거라. 이만 줄인다(초아흐렛날에야 유배지인 경상도 장기長鬐에 도착하다-지은이).

② 가신 이에 대한 그리움 - 무척 애타게 기다리다 너희들 편지를 받으니 한결 마음이 놓이는구나. 무장(武牂)의 병이 아직 덜 나았고 어린 딸애의 병세가 악화되어간다니 크게 걱정이 된다. 내 병은 약을 먹고부터는 그런대로 나아지는 듯하고 공포증과 몸을 반듯이 세울 수 없던 증세 등도 호전되었다. 다만 왼쪽 팔의 통증이 아직 정상으로 돌아가지는 못했어도 점점 차도가 있는 것 같다.

이달에 들어서는 공사(公私)간에 슬픔이 크고 밤낮으로 가신이에 대한 그리움을 견딜 수 없으니 이 어인 신세인가. 더 말하지 말기로 하자(6월 17일 - 지은이).

③ 선비의 마음씨를 가져라 - 날짜를 헤아려봤더니 지난번 편지를 받은 지 82일 만에 너희들 편지를 받았더구나. 그사이에 내 턱밑에 준치 가시 같은 하얀 수염 일고여덟개가 자라났다. 네 어머니가 병이 난 것은 그렇다손 치더라도 큰며느리까지 학질을 앓았다니 더욱 초췌해졌을 얼굴을 생각하면 애가 타 견딜 수 없구나. 더구나 신지도(薪智島)에서 귀양살이하는 형님(丁若銓)의 일을 생각하면 마음이 미어진다. 반년간이나 소식이 깜깜하니 어디 한세상에 같이 살아 있다고 하겠느냐. 나는 육지에서 생활해도 괴로움이 이러한데 머나먼 섬생활이야 오죽

71) 정약용, 『유배지에서 보낸 편지』, 박석무 편역, 창비, 2009.

할까. 형수님의 정경 또한 측은하기만 하구나. 너희는 그분을 어머니같이 섬기고 사촌동생 육가(六哥)를 친동생처럼 지극한 마음으로 보살피는 것이 옳은 일이다.

내가 밤낮으로 빌고 원하는 것은 오직 문장(文牂)이 열심히 독서하는 일뿐이다. 문장이 능히 선비의 마음씨를 갖게 된다면야 내가 다시 무슨 한이 있겠느냐? 이른 새벽부터 밤늦게까지 부지런히 책을 읽어 이 아비의 간절한 소망을 저버리지 말아다오. 어깨가 저려서 다 쓰지 못하고 이만 줄인다(9월 3일 - 지은이).

④ 꼭 읽어야 할 책 - 너희들은 도(道)와 덕(德)이 완성되고 세워졌다고 여겨서 다시는 책을 읽지 않으려 하느냐. 금년 겨울에는 반드시 『서경(書經)』과 『예기(禮記)』중에서 아직 읽지 못한 부분을 다시 읽는 것이 좋겠다. 또한 사서(四書)와 『사기(史記)』도 반드시 익숙하게 읽는 것이 옳다. 역사책을 읽고 자신의 견해를 적는 '사론(史論)'은 그동안 몇편이나 지었느냐? 근본을 두텁게 배양하기만 하고, 얄팍한 자기 지식은 마음속 깊이 감추어두기를 간저히 바라고 바란다.

내가 저술에 마음을 두고 있음은 당장의 근심을 잊고자 해서만이 아니다. 사람의 아버지나 형이 되어 귀양살이하는 지경에 이르러서 저술이라도 남겨 나의 허물을 벗고자 하는 것이니, 어찌 그 뜻이 깊다고 하지 않겠느냐? 예(禮)에 관한 학설들은 유의하지 않을 수 없는 것이다.

신영복(1941.8.23.~2016.1.15.)의 엽서[72]

① 아버님 전상서 - 어제 아버님의 서신 받았습니다. 그리고 우송해주신 신문은 다행히 열독이 허가되면 아버님의 글을 읽어 보겠습니다. 무엇보다 아버님께서 몹시 바쁘시다니 참 다행스럽게 생각됩니다.

사명당관계 자료는 계속 모우고 계시리라 믿습니다만 특히 金応瑞장군에 관한 것을 자세히 수집할 필요가 있으리라 믿습니다. 김응서는 日兵의 한국 高僧에 대해 畏敬을 이용하여 僧兵의 궐기가 크게 효과 있으리라는 것을 먼저 주장하였을 뿐 아니라 행주대첩, 평양탈환 등의 군사적인 역할을 비롯하여, 少西行

---

72) 신영복의 『엽서』(돌베개, 2003)는 영인본 초판이 1993년에 출간되었다. 신영복이 옥고를 치른 1969년부터 1988년까지 20년 동안의 기록이 총망라되어있다. 엽서에는 '검열필'이 찍혀있는데, 이를 제1장의 〈글쓰기는 자가검열이다〉에서 확인할 수 있다.

長과 加藤淸正 間의 알력을 이용하여 적의 내부를 전략적으로 약화시키는가 하면, 壬亂 後에는 滿浦鎭의 萬戶로 있으면서 中國의 정세, 특히 明, 靑에 대한 정확한 정세를 보고하여 광해군의 外交정책을 성공적으로 이끌었던 점 등 그의 역량과 역할은 多大하였던 것으로 연구되고 있습니다. 특히 사명당에게 대하여는 항상 그 전략적 지침을 제시한 것으로도 알려지고 있습니다.

아직 原文解說에는 부족을 느끼고 있습니다만, 中國哲學史는 꾸준히 읽고 있습니다. 비록 그 表現이 單調하기는 하지만 近代思想의 萌芽와 그 뿌리가 역력히 보이는 듯 합니다.

아버님께 부탁드린 小事典은 천천히 구하시는대로 보내주시기 바랍니다. 전에도 말씀드린바와 같이 저는 많은 것을 읽으려고 하지는 않습니다. 오히려 많은 것을 버리려고 하고 있습니다.

어머님께서도 평안하시길 빕니다. 형님, 영석이 모두 건강하리라 믿습니다. 오늘은 이만 그치겠습니다.

- 5. 25. 영복 올림(대전교도소 1973년5월25일)

② 아버님 전상서 - 五月의 金요일을 기억하며 - 五月의 金요일. 오랜만의 자리였습니다. 아버님 어머님 곁의 그 자상하신 배려 속에 앉았던 기억이 지금도 신선하게 남아 있습니다. 이 기억은, 아버님의 서한을 받고, 매번 겉봉에 쓰신 붓글씨의 제 이름을 읽을 때의 느낌과 함께, 제 자신의 成長을 위하여 자칫 결여되기 쉬운 人間的 眞實을 그 바닥에 깔아 주고 있습니다.

雜草를 뜯어서 젖을 만드는 소처럼 저는 간고한 경험일수록 그것을 成長의 자양으로 삼으려 합니다.

生日宴을 다녀가신 뒤 우송해 주신 필묵과 샤쓰, 그리고 서신 받았습니다. 그 날 말씀드린 岩波新書,…

여름 더위 속에서는 책도 힘들어집니다. 여름은 역시 〈避暑〉의 계절입니다.

어머님의 건강과 부근의 누님께도 평안하시길 빌면서 이만 그칩니다.

- 5월 31일 영복 올림(대전교도소 1976년5월31일)

르네상스와 개인〈사적 글과 개인읽기

정조(1752.9.22.음력~1800.6.28.음력)의 비밀편지[73]

① 1799.8.24. : 김례(金隷)를 쓰지 못하여 편지를 보낼 길이 막혔으므로 답답하기가 이루 말할 수 없다. … 이교(李校)가 구두로 전하는 말이 있을 텐데, 김례가 나가 있는 동안은 이렇게 하는 것이 어떠한가?

② 1797.12.17. : 여기에 가는 놈은 잘 걷고 근실하니 모름지기 잘 대해주어라. 이 뒤로는 이 놈을 번갈아 보내겠다. 다가오는 선혜청宣惠廳 행하行下에 넉넉히 주는 것이 어떠한가?

③ 1798.11.18. : 요사이 오랫동안 소식이 없는데, 어째서 정승에 임명하기 전보다도 더 뜸한가? 나의 하례는 사람들의 이목을 번거롭게 할 것 같아 낮에는 정말 보내기 어렵다. 이후로는 이러한 사정을 알고 그대의 겸인을 자주 보내도록 하라! 그런데 겸인 중에 잡류가 많다고 하니, 솎아낼 방도를 생각하여 더욱 치밀하게 하는 노력이 필요하다.

④ 1799.4.10. : 이렇게 편지를 주고받는 듯하다는 말이 나온 이유는 경이 낯빛을 조심하지 않아 다른 사람들이 그 낌새를 알아차렸기 때문이다. 요사이 얻어들은 이야기가 많다. 경과 절친하다는 자가 또다시 경과 절친한 남에게 말을 전하는 일이 없겠는가? 이러한 사리와 분수를 왜 간파하지 못하는가?

⑤ 1798.12.10. : 숙직하는 긴긴 밤을 종알종알 떠드는 자들과 맞대고 있을 테니 기분 돋을 일이 뭐가 있겠는가? 민요에 "소녀들이 별을 세며, 별 하나 나 하나!"라고 하던데 이 세찬을 앞에 놓고 병조판서가 한 해를 보낸다면, 나와 함께하는 것이므로 민요에서 말한 것과 정말 똑 같으리라. 이만 줄인다.[74]

---

73) 『정조어찰첩』(1796.8.20.~1800.6.15.)에 수록된 정조의 비밀편지는 4년여 동안 심환지 한 개인에게 보낸 것이다(안대회, 『정조의 비밀편지』, 문학동네, 2010).

74) ⑤번은 숙직하는 병조판서에게 세찬을 하사할 때 보낸 어찰이다. 『어찰등초』에 실려 있다(안대회, 앞의 책, 87쪽에서 재인용).

3. 자서전

16세기부터 18세기까지 변혁의 특징 중 하나는 자서전이 생겨나고 계속적으로 증가한 현상이다. 글을 통한 표현은 중세 후기에도 이미 전반적으로 널리 퍼져 있었지만, 16세기부터 생긴 자기 자신을 글로 주제화하는 형식은 질적으로 완전히 상이하다고 말할 수 있다. 자서전의 첫 정점은 16세기 후반이며, 다음 정점은 18세기 말 계몽주의 시기다. 자서전을 쓰게 된 동기들은 다양했다. 특히 16, 17세기에는 많은 사람들이 가족과 후손들을 위해 자서전을 썼다.

자서전 작가 중에는 귀족이나 도시귀족 출신들도 있었지만, 대개의 작가들은 주로 도시 시민계층 출신이었다.…16세기에 주로 도시의 시민들과 귀족들이 자서전을 썼다면 17세기에는 성직자가 주도적이었다. 18세기에는 주로 시민계층 출신 작가들이 많았고 부분적으로는 하위계층 출신도 있었다. 이들의 공통점은 신분 상승 의지가 강했다는 것이었다. 자서전 텍스트들은 시민 해방에 대한 증언만 하는 것이 아니라 시민들이 해방되는 과정 자체에 대한 표현이라고 할 수 있다.[75]

혜경궁 홍씨(1735.6.18~1815.12.15.)의 「**한중록**」[76]

① 내 열 살 어린 나이에 궁궐에 들어와 아침저녁으로 친정집과 편지를 주고받으니, 집에 편지가 많을 것이라. 하지만 입궐한 후 아버지께서 가르치시기를 "바깥의 글이 궁중에 들어가 돌아다닐 일이 아니요, 안부를 묻는 것 외에 편지에다

---

75) 리하르트 반 뒬멘, 앞의 책, 164~168쪽.
76) 혜경궁 홍씨, 『한중록』, 정병설 옮김, 문학동네, 2010.

사연을 많이 적어 보내는 것이 궁중을 공경하는 도리에 마땅치 않으니, 아침저녁으로 편지하거든 집 소식만 알고 그 종잇머리에다 간단히 답장을 써 보내라" 하시니라. … 조카 수영이가 매양 내게 "본집에 고모님 글씨 남은 것이 없어 후손에게 전해줄 것이 없으니, 한번 친히 써 내리시면 가보로 간직하겠습니다" 하니, 그 말이 옳으니 써주고자 하되 베풀어 써주질 못했더라. 그러다 이제 내 나이 환갑을 당하니 남은 날이 적고, 또 올해는 살아 계시면 경모궁 또한 환갑이라, 추모가 더욱 심하니라. 세월이 더 가면 내 정신과 근력이 지금만도 못할 듯하여, 조카의 청을 따라 내 겪은 것을 알게 하니, 감격하여 쓰긴 하지만, 내 쇠약한 정신이 지난 일을 다 기록하지 못하고, 그저 생각나는 대목만 쓰노라.[77]

② 내 어린 나이에 입궐하여 이제 거의 육십 년이라. 운명이 험하고 겪은 바가 무궁하여 만고에 없는 고통을 지낸 것 외에도, 억만 가지 큰 변을 다 겪었으니 더 살고 싶지 않되, 정조의 지극한 효성으로 차마 목숨을 끊지 못하여 오늘날까지 이르니라. 그런데 하늘이 갈수록 날 미워하시어 차마 감당치 못할 혹독한 화를 겪으니, 바로 죽어 정조의 죽음을 따르는 것이 당연하되, 끈질긴 목숨이 목석木石 같아서 능히 자결치 못하니라. 또 어린 주상(순조)을 아끼고 연연하여 지금까지 실오라기 같은 목숨을 지탱하니, 이 어찌 사람이 차마 견딜 바리오. … 내 이 글에서 한 터럭이라도 꾸미거나 과장한 것이 있으면, 이는 위로는 정조를 무함한 것이고, 가운데로는 내 마음은 물론 새 임금까지 속인 것이고, 아래로는 사사로이 우리 집만 두둔한 것이니, 내 어찌 하늘의 재앙이 무섭지 않으리오. 내 평생 겪은 바가 무수하고, 선왕(정조)과 나눈 말씀이 몇천만 마디인 줄 모르되, 내 쇠약해진 기억으로 만에 하나를 생각하지 못하니라. 또 나라의 큰일과 관계되지 않은 것은 자잘하고 번거로워 다 올리지 않았느니라. 큰 마디만 기록하다 보니, 오히려 자세하지 못하도다.[78]

③ 1762년 경모궁(사도세자)의 죽음은 천고에 없는 변이라. 정조께서 1776년 즉위 직전에 영조께 상소하시어 "승정원에 있는 그날의 기록을 없애소서" 하여 그 기록

77) 1795년, 정조 19년에 쓴 글임(혜경궁 홍씨, 「나의 일생-집필 동기」, 앞의 책, 160쪽).
78) 1802년, 순조2년 7월 아무 날 쓰다(혜경궁 홍씨, 「친정을 위한 변명/읍혈록泣血錄-글 쓴 경위」, 앞의 책, 295쪽).

을 없앴으니, 이는 정조의 효성으로 그날 일을 여러 사람이 아니 보는 이 없이 함부로 보는 것을 서러워하심이라. … 영조께서 경모궁께 자애를 베풀지 않으시어, 경모궁께서 병환이 생겼으나 그후는 영조께서도 어쩔 수 없는 일이라. 또 경모궁께서도 타고난 본성은 어질고 너르시나, 병환이 만만萬萬 망극하서 종묘와 사직이 위태로우니, 끝내 어쩔 수 없이 일을 당하시니라, 나나 정조나 경모궁의 아내와 자식으로 그 망극한 변고를 당하고도 능히 죽지 못하고 살아난 것은 '애통은 애통이고 의리는 의리라'는 논리 때문이라. 경모궁 돌아가신 일이 슬프긴 하지만 또한 그 일이 영조께서 종사를 지키기 위해 어쩔 수 없이 내린 결단임을 인정함이니, 이는 곧 정조의 말씀이라. 그 내막을 주상에게 자세히 알리고자 하노라. … 내 1802년 봄에 이 글의 초고를 만들어놓고도 미처 주상에게 보이지 못했는데, 최근 내 살아온 이야기를 나누다가 가순궁(순조의 생모)이 '자손이 알게 하는 것이 옳으니 써내라' 청하여 비로소 가까스로 써 주상께 보이니, 내 심혈이 이 기록에 다 있는지라. 새로이 심혼이 놀라 뛰고 간장이 무너져 글자마다 눈물져 글씨를 이루지 못하니, 세상에 나 같은 사람이 다시 어이 있으리오. 원통코 원통토다.[79]

괴테의 「시와 진실」[80]

루소와 괴테에 이르러 자서전 기록은 종교적 연관관계 속에서 완전히 해방되었다.…자기 자신을 책임지고 세계와 씨름하면서 자기만의 개인적 길을 발견하는 것이 중요해졌다. 교육과 교양은 '시민' 삶을 재는 척도가 되었으며, 괴테는 사회사를 자아와 세계의 상호작용의 패러다임으로 이해했다.[81]

「시와 진실」의 서문에는 "왜냐하면 이런 것이 전기의 주요 과제로 보이기 때문이다. 즉 한 인간을 시대관계 속에서 서술하는 것, 그리고 어느 정도로 전체가 그에게 불리하게 작용했는지, 어느 정도로 그에게 유리하게 작용했고, 그 속에서 어떻게 그가 세계관과 인간관을 형성했으며, 또 그가 만약 예술가나, 작가, 시인이라면 어떻게 이를 다시금 외부세계로 묘사해 내는가 말이다. 그러나 이는 거의 불가능한 요구다. 개

---

79) 1805년(순조5년) 4월(혜경궁 홍씨, 「내 남편 사도세자 - 서문」, 앞의 책, 19~21쪽).
80) 요한 볼프강 폰 괴테(1749~1832), 『시와 진실』(1811~23), 김훈 옮김, 혜원출판사, 1992.
81) 요한 볼프강 폰 괴테, 앞의 책, 서문.

인이 자기 자신과 자신의 시대를 알아야 하기 때문이다. 여하한 환경에서도 자기 자신으로 남는 개인도 알아야 하고, 십 년쯤 일찍 태어나거나 늦게 태어났으면 자신의 교양이나 외부에 주는 영향으로 볼 때 전혀 다른 사람이 되었을 거라고 말할 수 있을 정도로 원하든 원하지 않든 자기의 물결로 사람을 휩쓸어가고 규정하고 형성하는 시대도 인식하라고 요구하기 때문"이라고 되어 있다.

내가 탄생한 시대의 문학적 시기는 그 전시대부터 반항에 의해서 발전해 왔다. 오랫동안 외래 민족들이 범람하고, 다른 국민에게 침해되고, 학술상이나 외교상의 회의는 외국어에 의뢰해 왔던 도이치는, 자기 나라 말을 발전시킬 수 없었다. 많은 새로운 개념과 함께 수없는 외국어가 필요 여하를 막론하고 도이치 어 속에 침입했다. 그리고 이미 알려져 있는 대상물에까지 외국적 표현이나 화법을 쓰지 않을 수 없게 되었다. 거의 2백년간이나 불행한 혼란 상태에서 황폐한 도이치인은 프랑스인에게서 사교적 예법을 배웠고, 로마인에게서 훌륭한 표현방법을 배웠다. 그래서 이 현상은 모국어 속에도 나타나야 했다. 왜냐하면 프랑스어나 라틴어를 직접 그대로 쓴다든가 절반 도이치어화하는 것은 사교상이나 사무상 문체를 우스꽝스럽게 만들었기 때문이다. 게다가 사람들은 남방 언어의 비유적 표현을 절제 없이 받아들여, 극단적으로 과도하게 그것을 사용하고 있었다. 그와 마찬가지로 왕족과 같은 로마 시민의 귀족적인 위엄이 도이치의 작은 도시의 지식 계급에 수입되었고, 어디를 가도 비참한 상태였고, 특히 자기 집에서는 더욱 심했다.

그러나 이 시기에 가장 천재적 작품이 나타났던 것과 같이, 이때 도이치적 자유와 쾌활의 정신이 일어나고 있었다. 성실한 위엄성이 있는 이 정신은 순수하고 자연적이며 외국어를 섞지 않고 일반적으로 알기 쉽게 쓰는 것을 요구했다. 그러나 이와 같은 찬양해야 할 노력을 통해서 도이치적인 전반적 폐단인 '평범'이라는 것이 흘러 들어왔던 것이다. 흘러 들어왔다기보다 제방이 터져서 그 속에서 이내 홍수가 밀려 들어와야 했던 것이다. 그간에도 고루한 학문적인 것이 대학의 4학부 속에 오랫동안 남아 있었고, 훨씬 후일에서야 드디어 그것이 한 학부에서 다른 학부로 옮겨가 버렸다. -중략-

도이치 문학에서 부족했던 것이 무엇이었는가를 세밀히 관찰해 본다면, 그것은 내용인 것이다. 그것도 국민성을 나타내는 내용이었다. 재능이 있는 인물들은 결코 부족하지 않았다. 여기서는 귄터만 예로 들기로 하겠다. 그는 완전한 의미에 있어서 시인이라고 부를 수 있는 사람이었다. 감각성과 상상력과 기억력과 이해와 표현의 재능이 있고, 극히 타산적이고 운율을 유창하게 사용했고, 다감하고 재기가 있고 동시에 다방면으로 박식했던 틀림없는 천재였다. 요컨대 그는 생활 속에서, 그것도 비근한 현실 생활 속에서 시를 통해 제2의 인생을 창조해 내는 데에 필요한 모든 요소를 구비하고 있었다. 우리들은 그가 즉흥시에 있어서 모든 상태를 감정을 통해서 양양시키고, 적절한 기분과 형상으로, 또 역사적.전설적 전승으로 미화시키는 일을 매우 용이하게 해 내는 것에 대해서 경탄한다. 그의 시에서 볼 수 있는 굳은 맛과 야생적인 점은 그 원인이 그의 시대, 그의 생활 상태, 특히 그의 성격 혹은 무성격이라고 부를 수 있는 그런 것들에 있는 것이다. 그는 억제할 줄 몰랐다. 그래서 그의 생활도 시작도 소멸되고 말았다.

김대중(1924.1.6.~2009.8.18.)의 「자서전」[82]

① 생의 끄트머리에서 : 황혼이 찾아왔고 사위는 고요하다. 내가 살아온 이야기를 남기려 한다. 내 삶을 국민에게 고하고, 역사에 바치는 마지막 의식으로 알고 지난 세월을 경건하게 풀어보겠다. 막상 마지막이라니 후회 없는 삶이었는지 돌아보게 된다. 나는 내 일생이 고난에 찼지만 결코 불행했다고 생각하지 않는다. 무엇을 성취해서가 아니라 바르게 살려고 나름대로 노력했기 때문이다.

② 섬마을 소년(1924~1936) : 나는 전라남도 무안군(현 신안군) 하의면 후광리에서 1924년 1월 6일 태어났다. 아버지는 부인이 두 사람이었고, 내 어머니는 둘째 부인이었다. 아버지는 첫 부인과는 1남3녀를, 둘째 부인과는 3남1녀를 두셨다. 그러니까 나는 어머니의 장남이자 아버지의 차남이었다. 어머니는 큰집에 들어가지 않고 따로 살았다. 그 삶이 곤궁하였다. 나는 큰집과 어머니 집을 오가며 자랐다.

나는 오랫동안 정치를 하면서 내 출생과 어머니에 관해서 일체 말하지 않았다. 많은 공격과 시달림을 받았지만 '침묵'했다. 당시에는 남자가 둘째, 셋째 부인을 두는 경우가 많았지만 평생 작은댁으로 사신 어머니의 명예를 지켜드리고 싶었기 때문이다. 내 생을 정리하는 자서전에 이런 이야기를 써야 할지 많은 고

---

82) 김대중, 『자서전』, 삼인, 2011.

민을 했다. 그러나 사실을 감춘다 해서 어머니의 명예를 지키는 것이 아니라는 생각을 했다. 어머니는 어려운 여건 속에서도 나를 남부럽지 않게 키우셨고, 나 또한 누구보다 어머니를 사랑했기 때문이다. 하늘에 계신 어머니는 당신이 이 세상에서 맺었던 모든 인연과 화해하셨을 것이다.

③ 무너진 이승만 정권(1959~1960.4.19.) : 자유당은 돌연 제4대 대통령 선거를 1960년 3월 15일에 실시한다고 발표했다. 건국 이래 굳어진 '5월 선거'를 깬 파격이었다. 뒤에는 물론 정략이 숨어 있었다. 당시 야당인 민주당은 대통령 후보 선출을 둘러싸고 파벌 싸움을 치열하게 벌이고 있었다. … 1959년 11월, 민주당 대통령 후보 지명 선거에서 구파의 조병옥 당수가 뽑혔다. 장면 박사와는 불과 세 표 차였다. 다음 날 치러진 대표최고위원 선거에서는 거꾸로 장면 박사가 압도적으로 이겼다. 장면 박사의 강원도당 책임자였던 나는 전력을 다해 장 박사를 도왔다.

④ 병영 국가의 금기를 깨다(1970~1971) : 1970년 10월 16일, 나는 대통령 후보로서 기자 회견을 가졌다. 선거 운동에 앞서 준비한 정책들을 국민들에게 선보였다. 그동안 한국의 야당은 정부의 실정이나 비리 등에 대해서 공격만 퍼부었지 야당 나름의 정책이나 비전은 제시하지 못했다. 그래서 국민에게 믿음을 주지 못한 측면이 있었다. 나는 이번 선거만큼은 정책 대결을 통해 우리 신민당이 수권 정당임을 확실히 보여줘야겠다고 다짐했다. 하지만 비판은 쉽지만 국민이 공감하는 정책을 제시한다는 것은 어려웠다.

⑤ 예수님이 나타났다(1973) : 불온한 기운이 곳곳에서 감지되었다. 그럴수록 내 신변에 대한 걱정들이 쏟아졌다. 1973년 7월 10일, 미국에서 일본으로 재입국했을 때다. 공항에 마중 나온 동지들이 수심 어린 표정으로 은밀하게 말했다.

"재일 한국인 야쿠자들의 움직임이 수상합니다. 뭔가 음모가 있는 것 같습니다. 일본에 계시는 동안 몸조심하십시오."

누군가 나를 노리고 있는 게 분명했다. 조직적인 움직임이 포착되었다. 고국에서 아내가 먼저 수시로 그런 느낌을 편지로 전해 왔다. …

"이만하면 바다에 던지더라도 풀리지 않겠지?"

"이불로 싸서던지면 떠오르지 않는다는구먼. 솜이 물을 먹어서." …

'아니다. 살고 싶다. 살아야 한다. 아직 할 일이 너무 많다. 상어에게 하반신을 뜯어 먹혀도 상반신만으로라도 살고 싶다.' 그런 생각을 하며 팔목에 힘을 주었다. 하지만 양 손목을 묶고 있는 밧줄은 꼼짝도 하지 않았다. 모든 것이 소용없었다. 눈앞이 깜깜했다. 그때, 바로 그때 예수님이 나타나셨다. 나는 기도드릴 엄두도 못 내고 죽음 앞에 떨고 있는데 예수님이 바로 앞에 서 계셨다. "살려 주십시오. 아직 제게는 할 일이 남아 있습니다. 우리 국민들을 위해 해야 할 일들이 있습니다. 저를 구해 주십시오."

나는 세례를 받은 후 처음으로 예수님께 살려 달라, 구해 달라고 매달렸다.

……

⑥ 순결한 '5월 광주'(1980) : 토요일 밤 8시, 응접실에 앉아 있었다. 김옥두 비서가 급히 들어왔다. 지금 "천지개벽이 되었으니 피하라는 제보가 들어왔다"고 보고했다. 10분쯤 있다가 이번에는 조세형 의원이 신변을 조심하라는 전화가 왔다고 전했다. 올 것이 오고 있었다. 어쩌면 예상했던 일이었다.

10시가 넘어 초인종이 울렸다. 정승희 경호원이 조심스럽게 문을 열었다. 검은 그림자들이 문을 밀치고 쏟아져 들어왔다. 다짜고짜 M16 소총 개머리판으로 경호원의 머리를 후려쳤다. 경호원이 쓰러졌다. 다시 이세웅 경호원이 그들을 막아서자 역시 개머리판을 휘둘렀다. 총마다 검이 꽂혀 있었다. 비서들이 놀라 뛰어나갔다.

"이 새끼들 까불면 다 죽여 버리겠어!"

⑦ 대통령 김대중(1997) : 사람들은 나를 '인동초'라 불렀다. 인동초는 가을에 익은 열매가 겨울 눈속에서 더욱 붉었다. 가녀린 인동초가 겨울을 버티는 것은 머지않아 봄이 온다는 믿음 때문 아니겠는가. 그러나 그 모습은 왠지 슬프다. 처연한 아름다움, 인동초에는 눈물이 깃들어 있었다. 맞다. 지지자들이 나를 바라보며 흘린 눈물, 그 눈물이 모여 강물을 이루었고 나는 그 강물을 타고 거슬러 올라가 마침내 대통령이 되었다.

돌아보면 많은 사람들을 울렸다. 나 또한 많이 울었다. 그런 내가 눈물 나게 대통령이 되었다. 이제 내가 저들의 눈물을 닦아 줘야 했다. 지난 겨울이 혹독했던 만큼 내일의 봄날은 아름다워야 했다.

4. 에세이

몽테뉴(1533.2.28.~1592.9.13.)의 「수상록」[83]

① 거짓말에 대하여 : 우리나라는 옛날부터 이 악덕 때문에 비난받고 있다. 사실 발렌티니아누스 황제 시대 사람인 마시리아의 살비아누스는 "프랑스 사람에게는 거짓말을 하는 것과 허위의 약속을 하는 것은 악덕이 아니라 일종의 화법이다"라고 말하고 있다. 이 증언을 더 극단적으로 말한다면 '이제는 그것이 그들에게는 미덕인 것이다'라고 할 수도 있다. 우리들은 어떤 훌륭한 수련이라도 하는 것처럼 그것으로 자기를 훈련하고 단련한다. 실제로 위장은 오늘날 가장 두드러진 특징의 하나이다.

② 나태에 대하여 : 우리가 보는 바와 같이 토지가 아무리 풍요하고 비옥하다 하더라도 그대로 놀려 두면 여러 종류의 무익한 잡초들이 무성해지기 때문에 그것을 우리에게 유익하게 활용하기 위해서는 질서정연하게 무엇이건 씨앗을 뿌려야 하는 것처럼, 또한 여자가 혼자서 무형(無形)의 육괴(肉塊)를 낳을 수는 있지만 훌륭하고 자연스런 아기를 낳기 위해서는 다른 씨앗을 심어야만 하는 것처럼, 정신에 대해서도 같은 말을 할 수 있다. 만일 정신이 그것을 속박하고 구속하는 그 어떤 것에 몰두하지 않으면 그것은 이리저리 망막한 상상의 들판을 맥없이 헤매게 된다. … 뚜렷한 목적을 갖지 않는 영혼은 갈피를 잡지 못한다. 왜냐하면 사람들이 말하는 것처럼 어디에나 있다는 것은 곧 아무 데도 없다는 것과 같

---

83) 미셸 드 몽테뉴, 『몽테뉴 수상록』, 손석린 옮김, 범우사, 1976(몽테뉴는 1572년부터 수상록을 쓰기 시작해서 1592년 숨을 거둘 때까지 수상록의 개정증보에만 전심전력했다. 몽테뉴의 수상록은 한 마디로 그의 은둔 생활에서 탄생한 결실이라고 할 수 있다).

기 때문이다.

"막시무스여, 어디에나 있는 자는 아무 데에도 없는 자이다." - 마르티알리스
〈풍자시〉

③ 철학을 공부하는 것은 죽기를 공부하는 것 : 키케로는 철학을 공부하는 것은
죽음에 대비하는 것에 불과하다고 말했다. 그것은 연구와 명상이 우리의 영혼을
우리들 밖으로 끌어내어 육체와 분리시켜 일하게 하는 것으로, 말하자면 죽음
의 연습과 같은 것이기 때문이다. 또는 세상의 모든 지혜와 이론은 결국 우리에
게 죽음을 조금도 두려워하지 않도록 가르쳐 준다는 일점에 귀착되기 때문이다.
진실로 이성은 시시덕거리는 농지거리이거나, 아니면 우리의 만족만을 목표로
하고 있거나 둘 중의 하나임에 틀림없다. 그리고 그 노력은 성서에서 말하는 것
처럼(구약성서, 전도서 제3장 12절) 결국 우리에게 편안히 살게 하는 길을 찾아 주
는 일임에 틀림없다. 세상의 모든 의견은, 그 방법은 여러 가지 있겠지만 쾌락이
야말로 우리의 목적이라는 이 일점에 귀착한다. 그렇지 않다면 우리는 처음부터
이런 의견을 배척했을 것이다. 그 누가 고통과 불안을 목표로 하는 자의 말을 들
을 것인가? …

그러니 힘이라는 낱말에서 도덕이라는 낱말을 만들었지만 (키케로는 〈투스쿨
라나눔 논의〉에서 덕은 힘에서 나왔다고 했다.), 그보다 더 적합하고 상냥하며 자
연스러운 쾌락이라는 이름으로 이 도덕을 말해야만 할 것이다. 이보다도 더 천
박한 다른 종류의 쾌락이 이 아름다운 이름을 받을 값어치가 있다고 해도 그것
은 특권으로서가 아니라 경쟁으로 얻은 이름이라야 할 것이다.…

"갓 태어난 어린애의 울음 소리에 섞여서, 죽음과 침울한 장렬(葬列)에 따르
는 신음과 울음 소리를 들음이 없이 밤에 낮이 이어 오거나 새벽이 밤에 이어
오는 일은 없다." - 루크레티우스 〈사물의 본성에 대하여〉 …

인간도 생명을 자로 재지는 못한다. 케이론(그리스 신화에 나오는 반인반마의
괴물)은 시간과 지속의 신인 그의 아버지 크로노스에게서 영생에 대해서 듣고
그것을 거절했다. 영원한 생명을 상상해 보라. 인간에게는 내가 그에게 준 생명
보다 더 참을 수 없고 더 괴로운 것이다. 그대에게 죽음이 없었다면 그대는 내

가 그것을 주지 않았다고 끊임없이 나를 저주했을 것이다. 나는 이 죽음의 효용으로 인하여 그대가 죽음을 찾으러 천방지축으로 날뛰지 않도록 거기에 조금 쓴 맛을 섞었다. 나는 생을 피하지도 않고 죽음에서 도망치지도 않는다는 중용 속에 너를 머무르게 하고자 생과 사의 단맛과 쓴맛을 안배해 놓았다.

나는 그대들 중에서 가장 현명한 탈레스에게 삶과 죽음은 다 같은 것이라고 가르쳐 주었다. 그래서 누군가가 그에게 "글쎄 어째서 죽지 않았느냐?"고 물으니, 그는 "어느 것이나 마찬가지이니까"라고 매우 현명하게 대답하였다(디오게네스 라에르티오스 〈탈레스 편〉).

④ 분노에 대하여 : 국가의 모든 것이 어린이의 교육과 양육 여하에 달려 있다는 것을 모르는 사람이 있을까? 그럼에도 불구하고 사람들은 이것을 분별 없이 어버이들의 변덕에 맡겨 두고 있는 것이다. 어버이들이 아무리 어리석고 나쁜 사람이라 하더라도 상관하지 않는다. 특히 나는 길을 걸으면서 화가 몹시 나 있는 아버지와 어머니에게 살가죽이 벗겨지도록 얻어맞아서 상처를 입거나 하는 어린이들을 볼 때, 그들의 복수를 위하여 이 어버이들을 웃음거리로 만들어주고 싶다는 생각을 한 적이 한 두 번이 아니다. 보아라, 어버이들의 눈에서는 분노의 불꽃이 솟아오르고 있지 않은가.

"그들은 분노로 가슴을 태우고, 마치 지주를 잃은 커다란 바위가 산꼭대기에서 떨어지듯이 덤벼든다." - 주베날리스『풍자시집』

아우렐리우스의 「명상록」[84]

①

나는 이 세상에 태어나 반드시 해야 할 일이 있다

이 세상을 살아가는 나는 모래알과도 같은 존재다

자연의 목적에 따라 모든 사물이 생겨났다 사라진다

---

84) 마르쿠스 아우렐리우스(161~180까지 로마제국을 다스렸던 16대 황제로 로마제국의 중흥시대를 이끌었던 5형제의 마지막 황제), 『아우렐리우스의 명상록』(원래는 To Himself라는 제목으로 아우렐리우스가 진중에서 그리스어로 쓴 글들을 모은 일종의 수기), 이현우. 이현준 편역, 소울메이트, 2013.

⋮

나는 끊임없이 변화를 경험하면서 비로소 존재한다

이 세상에 정지해 있는 사물은 아무것도 없다

아무런 목적 없이 사는 것은 우주의 목적에 어긋난다

모든 활동의 적당한 때를 정하는 것은 자연의 몫이다

②

어떤 존재라 할지라도 죽는다는 데는 예외가 없다

생이 마치 천 년이나 남아 있는 것처럼 살지 마라

내게 죽음의 순간이 언제 닥칠지 전혀 개의치 마라

⋮

나는 목숨이 다할 그 순간까지 자연의 길을 따라가리라

세상과의 작별에 그 어떤 주저함도 없는 삶을 살라

내일부터의 인생을 특별 보너스라 여기면서 살아라

살아생전의 명성은 신기루마냥 헛된 일에 불과하다

사후의 평가에 집착하는 인생은 너무나도 덧없다

③

내면의 움직임에 끊임없이 주의를 기울여라

내 영혼 속보다 더 조용하고 평온한 은신처는 없다

⋮

타인의 가식적인 찬사에 영혼이 병들게 하지 마라

내 인생의 동력 장치는 육체가 아닌 내면에 숨겨져 있다

외부적인 원인에 의해 일어나는 일들에 동요되지 마라

내 영혼의 능력을 어디에 사용하고 있는지 자문하라

인생의 참된 기쁨은 자연이 준 본분을 다하는 데 있다

행동을 할 때 그 목적에 대해 자문하는 습관을 들여라

자연은 나의 정신과 몸을 뒤엉키게 섞어 놓지 않았다

④

인생의 길에서 내 영혼이 비틀거리게 하지 마라

나에겐 어떤 어려움이라도 극복할 힘이 있다

나를 괴롭히는 고민의 대부분은 내가 빚어낸 것들이다

사람들이 비난을 퍼부어도 순수한 마음은 바뀌지 않는다

쾌락과 욕망의 꼭두각시 노릇을 지금 당장 멈춰라

가지지 못한 것들 대신 내가 가진 축복들을 헤아려보라

올바르지 않으면 행하지 말고, 진리가 아니면 말하지 마라

허세야말로 인생을 좀먹는 가장 간교한 사기꾼이다

남의 평가보다는 스스로의 자신에 대한 평가가 소중하다

내일의 명성에 연연하지 말고 오늘에 최선을 다하라

　　　　⋮

⑤

용서하고 화해하는 것은 인생의 소중한 의무다

서로를 개선해가든지 아니면 내가 포용하든지 하라

내 이해관계의 척도로 누군가의 선악을 논하지 마라

다른 사람의 악행은 그냥 그곳에만 머물게 하라

소문이 나를 어떻게 비방해도 나의 본질은 변함없다

비난을 퍼붓는 사람들에게마저 친절히 대하라

한 점에 불과한 우리가 화해하지 못하는 것은 덧없다

그와 똑 같아지지 않는 것이 가장 고상한 형태의 복수다

상대의 잔인함에는 온유로, 악행에는 치유책으로 맞서라

황당하고 분하더라도 그를 용서하는 것은 나의 의무다

누군가에게 상처를 받았다면 내 탓이라고 생각하자

　　　　⋮

⑥

정의를 성취하는 것이야말로 최고의 성공이다

선한 삶을 살 수 있는 능력이 있는지 스스로 시험해보라

선행을 하는 데 있어 어떤 보상이나 평판도 바라지 마라

사회 전체의 완성을 위해 내가 맡은 역할을 감당하라

공공의 이익을 항상 염두에 두면서 생각하고 행동하라

공공의 이익에 위배되지 않는다면 타인의 일에 관여 마라

사회에 봉사하는 일은 혼신의 힘을 다할 가치가 있다

⋮

그 누구에게도 거칠게 말하거나 부당하게 행동하지 마라

사람으로 태어나 해야 할 일을 하지 않는 것은 잘못이다

르네상스와 개인(사적 글과 개인읽기

근대와
인물유형과 인간읽기

"18세기 소설의 주제는 한 개인이었다. 18세기는 남성 시민이 계몽주의 정신에 입각해 처음으로 자기생각, 자기행동과 자기규정을 호소한 세기였을 뿐만 아니라 한 개인의 인생 여정이 문학에서 모범으로 다루어지고 선전된 세기라 할 수 있다. 한 개인의 삶을 사실적으로 묘사하고 계몽주의의 이성이라는 계율을 좇는 교양소설이라는 장르도 생겨났다."[85] 이렇듯 르네상스 정신이 만개한 근대는 '개인의 인생 여정이 소설이 된 시대'로, 고전명작에 등장한 인물들을 만나는 일은 단지 허구적 인물을 만나는 것이 아니라 '소설이 된 개인 혹은 소설이 된 사실'을 만나는 일이다. 그러면서도 근대는 과학기술자본산업주의의 도래로 인해 인문주의를 소외시킨 이율배반의 시대이다. 비극성으로 점철된 한국의 20세기 문학이 이를 방증한다.

역사읽기와 인간읽기를 위해 작품의 인물들을 시대별·유형별로 분류하여 분석하고 평가하였다. 고대 소포클레스의 작품을 필두로 르네상스의 작품들, 그리고 20세기 마지막 연대에 작고한 김소진의 작품을 아울렀다. 인생살이가 바다 위의 부표에 비유되듯이 험난한 인생의 항해에서 견고히 붙잡고 의지할 수 있는 것은 역설적이게도 '나' 자신뿐임을 확인하게 하는 일이 글쓰기다. 글쓰기는 '나'를 탐색하는 일이자 '나의 실존'을 지탱하는 기둥인 것이다. 진 웹스터도 '자신이 꿈꾸던 자화상을 「키다리 아저씨」의 주인공인 주디에게 투영했다'고 하듯이 문학작품 속의 주인공들은 작가가 꿈꾸는 인물이 투영된 경우가 많다. 그러므로 작품 속의 인물을 만나는 것은 실재했던 인물을 만나는 것과도 같다.

---

85) 리하르트 반 뒬멘, 앞의 책, 260쪽.

1. 영웅적 인물

영웅이란 문학비평용어사전에 의하면 '비범하고 초월적인 능력을 소유한 인물'이다. 영웅소설의 근원이 신화, 전설, 민담 등에 있듯 과거 집단적인 공동체 사회에서 영웅은 '집단의 지배적인 이념을 대표하는 인물'이기도 했다. '자신이 소유한 초자연적이고 경이적인 힘으로 집단의 이념에 위해를 가하는 적대적인 세력과 대결하여 승리를 거두는 인물'이었다. 용감하고 계략에 능함으로써 자신에게 닥치는 모든 난관을 헤치고 나아가며 모험을 두려워하지 않는 인물로, 비상한 정신과 육체적 능력을 지님으로써 인류의 역사 속에서 찬탄과 숭배의 대상이 된 대표적인 인물유형이다.

신화에서 추출된 영웅들의 일생은 ① 고귀한 혈통 ② 비정상적 출생 ③ 시련 ④ 구출자에 의해 양육되고 ⑤ 투쟁으로 위업을 이루며 ⑥ 고향으로의 개선과 고귀한 지위를 획득하며 ⑦ 신비한 죽음으로 요약된다.[86] 이때 인물을 영웅으로 만드는 주요한 요소는 '시련'과 '모험'인데, 영웅적인 능력을 발휘할 수 있는 혹은 발휘해야 하는 시련과 모험이 영웅적 인물의 필수 배경이다. 한국의 고전영웅소설은 국가 차원의 가치와 가정 차원의 가치를 아울러 실현하는 주인공의 활약으로 특화된다.

물론 영웅적 인물이 시대에 따라 다를 것은 자명하다. "온갖 불완전한 사회상태의 조건 속에서 힘차고 고귀한 충동으로 고군분투한 결과가 그것을 에워싼 외부 환경에 큰 영향을 받지 않는 존재는 없기 때문"[87]이라는 말처럼 인간이 역사적 존재이므로, 영웅도 고대의 영웅, 중세의 영웅, 근대의 영웅이 같을 수 없다.

---

86) 『한국민족문화대백과』, 웅진출판사, 1991.
87) 조지 엘리엇, 『미들마치』, 한애경 옮김, 지식을만드는 지식, 2011, 166쪽.

①「로빈 후드Robin Hood」

로빈 후드는 11세기 영국 셔우드 숲을 근거지로 활동했다는 전설적인 의적과 그 일당에 관한 이야기다. '그들이 무리를 이루어 당시 지배층이던 잔인한 관리, 탐욕스러운 귀족, 부패한 성직자들의 재물을 빼앗아 가난한 사람들을 돕는다'는 영웅담이다. 로빈 후드 이야기는 14세기 후반에 등장한 것이 가장 오래된 것으로, 15세기 후반 이후에 로빈 후드는 대중에게 많은 사랑을 받으며 의적 이야기의 전형적인 인물이 되었다. 이는 우리나라의 「홍길동전」이나 「전우치전」과도 흡사한 설정과 구조이다. 주인공인 '로빈 후드가 원래는 귀족 출신이지만 모함을 받아 관직과 재산을 모두 빼앗긴 후에 힘없는 서민을 돕는 의적이 된다'는 설정이 영웅담의 기본적인 요소를 갖추기에 충분했다. 또한, 신기에 가까운 활솜씨를 지녔다는 점 때문에 그의 매력은 더욱 극대화되었으며, 여러 번 위기의 순간을 넘기며 활약하는 로빈 후드와 그의 부하들의 무용담은 박진감을 주었다.

한편 로빈 후드가 실존 인물이라는 설은 아주 오래전부터 제기되어 왔다. 실제로 몇몇 실존 인물이 로빈 후드의 모델로 거론되기도 했다. 가장 많이 제기되는 설에 따르면 헌팅던 백작이란 인물이 영국에 있었는데, 그는 '국법을 어기고 부하들과 함께 셔우드 숲속에 숨어 지내며 귀족이나 성직자를 습격하여 재물을 빼앗아 가난한 사람들에게 나누어 주었다'고 한다. 또 다른 이야기에 따르면 로빈 후드는 1262년 버크셔에서 무법자로 활동한 로버 호드라는 인물일 가능성도 있다. 이러한 주장이 사실이라면 로빈 후드 이야기는 13세기 중반 이후에나 민간에 퍼졌다는 사실을 추론할 수 있다.

하지만 이 이야기의 배경이 된 당시 영국에는 로버트나 로빈이라는 이름이 아주 많았고, 두건을 의미하는 후드라는 성도 많이 볼 수 있었다. 따라서 문헌에 등장하는 로버트 후드나 로빈 후드가 이 이야기 속의 로빈 후드와 동일 인물이라고 단정 지을 수 있는 확실한 근거는 없는 것으로 보는 것이 타당하다. 여기에 실존했던 많은 무법자들의 이야기들이 뒤섞여 로빈 후드와 그의 부하들에 대한 특징적인 성격이 부여되었다. 또한, 로빈 후드와 마리안의 사랑이야기는 13세기 프랑스 문학에서 영향을 받은 것으로 보인다. 역사적 관점으로 볼 때 로빈 후드 이야기는 당시 왕족과 귀족, 성직자들에게 착취와 억압을 받고 사는 평민들의 바람이 담긴 민담이기도 하다. 이 때문에 대중들은 '의적이라는 이름으로 가진 자의 재산을 빼앗아 가난한 사람에게 나누

어 준다'는 이야기를 들으며 심리적 해방감을 느꼈을 것이다.[88]

〈로빈 후드가 무법자가 된 이야기〉

아들은 1160년 록슬리 시에서 태어났다. 그 아이는 잘생기고 튼튼했다. 나이가 웬만큼 들자 아이는 활로 화살을 쏘는 법을 배웠다. 아들은 화살 만드는 법을 배우는 것과 왕의 숲에서 불법으로 사냥한 무법자들의 이야기를 듣는 것을 좋아했다.

하지만 그 아이의 어머니는 아들이 성직자나 교수가 되는 것을 보고 싶어 했다. 어머니는 아들에게 읽기와 쓰기, 가난한 사람들과 부자들에게 똑같이 정직하고 바른 사람이 되라고 가르쳤다. 하지만 소년은 밖에서 사냥할 때가 가장 행복했다.

세 명의 적들은 어느 날 휴 피츠우스가 득이 안 된다고 왕을 설득했다. 피츠우스는 왕의 삼림관장 직에서 해고되었다. 피츠우스와 그의 부인, 그리고 그때 열아홉 살이었던 로빈은 어느 추운 날 밤 경고도 받지 못하고 그들의 집에서 쫓겨났다.

휴가 결백했음에도 불구하고 주 장관은 휴를 반역죄로 체포해 노팅엄 감옥으로 끌고 갔다. 로빈과 로빈의 어머니는 그들의 친척 게임웰의 대지주 조지한테 가야했고, 조지는 친절하게 그들이 자신의 집에 머물게 해 주었다.

로빈의 어머니는 이 일이 있기 전에 병이 들어 있었다. 남편과 집을 잃은 충격은 그녀가 두 달 후 세상을 떠나는 원인이 되었다. 로빈은 가슴이 미어지는 듯한 느낌을 받았다. 그해 초봄에 로빈의 아버지는 감옥에서 세상을 떴다.

로빈은 삼림관장의 심장을 정확하게 겨누고 화살을 쏘았다. 삼림관장은 소리를 지르더니 땅에 쓰러져 죽었다. 로빈은 다른 이들이 그를 쫓기 시작할 수 있기 전에 할 수 있는 한 최대로 빨리 숲을 달렸다. 로빈은 이제 무법자였다. 로빈이 숲 속 깊은 곳으로 달렸을 때 숲은 그를 집으로 맞아주었다.

"하지만 우리 무리에는 대장이 없어. 그래서 우리는 노팅엄에 가서 활쏘기 대

---

88) 『로빈 후드 Robin Hood』, 넥서스콘텐츠개발팀 엮음, 넥서스, 2011.

회에서 상을 탈 수 있는 사람, 무법자 중 한 명이 우리의 대장이 되기로 합의를 보았어." 로빈은 벌떡 일어났다.

"네가 그 황금 화살을 탄다면 너는 셔우드 숲에 있는 무법자들의 대장이 될 거야!" 그들이 소리쳤다.

그래서 로빈은 노팅엄 시로 가기 위해 어떻게 변장을 할 수 있을지 계획을 짜기 시작했다.

그러자 다른 이들도 그를 따라 로빈을 충성스럽게 섬기겠다고 맹세했다. 그들은 로빈을 로빈 후드라고 부르기로 결정했다. 그리고 로빈은 마리안이 그렇게 말했기 때문에 그 이름을 받아들였다. 그들은 로빈 후드에게 그들을 불러 모으기 위해 불도록 되어 있는 뿔피리를 주었다. 그들은 가난한 사람들을 돕기 위해 부자들로부터 돈을 빼앗고 여자들은 해치지 않기로 맹세했다.

그렇게 해서 로빈 후드는 무법자가 되었다.

〈거지가 세간의 이목을 충족시킨 이야기〉

어느 화창한 아침 로빈은 혼자 바네스데일로 내려가는 길을 돌아다니고 있었다. 모든 것이 조용하고 고요했으며 평화로웠다. 로빈이 가는 방향으로는 거지 한 명을 빼면 길에 아무도 없었다.

거지는 로빈을 보았지만 계속해서 걸으며 휘파람을 불었는데 내내 봉을 들고 있었다. 그 거지가 수상해 보여서 로빈은 멈춰 서서 그에게 말을 나누어 보기로 마음먹었다. 그 남자는 이상하게 옷을 입고 있었고 목에는 뚱뚱한 지갑을 걸고 있었다. 그 남자는 무척 뚱뚱하고 원기 왕성해 보였으며 지갑은 아주 두둑하게 채워져 있는 것 같았다.

'이자는 나랑 돈을 좀 나누어 가져야겠군!' 로빈은 생각했다.

로빈은 여행자 앞으로 걸어나갔다.

"이보시오! 왜 그렇게 빨리 걷고 있는 거요?" 로빈이 말했다. "이야기 좀 하고 싶소만."

거지는 로빈의 말을 못 들은 척했다.

"어디로 가는 거요? 서 보시오!"

"나는 영국 어디에 사는 누구에게도 복종하지 않소. 왕이라고 해도 마찬가지요. 그러니 내 갈 길을 가게 놔두시오. 이제 날이 저물고 있고 아직 갈 길이 멀다오."

"당신은 쉴 필요가 없는 것 같군. 나한테 당신 돈을 좀 빌려주시오."

"나는 빌려줄 돈이 없소." 거지가 말했다. "당신은 젊으니 스스로 돈을 벌 수 있을 것 같소. 그러니 당신 가던 길을 가시오. 나는 내 갈 길을 가리다."

"당신과 싸우는 동안에는 내가 갈래야 갈 수가 없지."

"나랑 한 번 싸워 보시겠다! 당신은 내 걱정거리가 안 되오." 거지가 미소 지으며 말했다.

망토가 거지에게 건네졌고 거지는 자기 지갑이 매우 무거운 듯 그것을 망토 위에 올려놓았다. 그러더니 그는 웅크리고 앉아서 주머니의 끈을 풀기 시작했다. 무법자들도 역시 자세히 지켜보았다. 거지는 주머니를 열어서 자기 손을 그 속에 넣었다. 주머니에서 그는 많은 흙을 몇 줌 꺼내 자기 주위에 있는 남자들의 열중한 얼굴에 던졌다.

그들이 캑캑거리며 숨을 못 쉬는 동안 거지는 일어섰다. 그러더니 발치에 있던 봉을 잡고 그들의 머리와 어깨를 때리기 시작했다.

"악당들!" 거지는 그들을 때리면서 외쳤다. "바보들!"

〈로빈 후드가 죽음을 맞은 이야기〉

몇 년 후 로빈 후드와 이제 왕실 궁수가 된 그의 부하들은 사자의 심장 리처드 왕과 함께 여러 귀족 가문들과의 어떤 개인적인 쟁의를 해결하며 영국을 돌아다녔다.

로빈은 런던에 살아야 했는데 그는 그것을 싫어했다. 로빈은 숲의 신선하고 깨끗한 공기를 간절히 원했다. 로빈은 몇 명의 소년들이 활쏘기 연습을 하는 것을 보며 숲 속 생활을 그리워했다.

마침내 로빈은 외국으로 여행하기 위해 휴가를 신청했고 이 요청은 받아들여졌다. 로빈은 마리안을 데려갔고 같이 여러 신기한 나라들을 돌아다녔다.

마침내 어떤 동쪽 나라에서 마리안은 전염병에 걸려 앓다가 죽었다. 그들은 겨우 5년간 결혼 생활을 해 왔고 로빈은 그의 삶에서 모든 빛이 꺼진 것처럼 느꼈다.

로빈은 슬픔을 잊으려고 애쓰며 몇 달 더 세계를 돌아다니다가 런던으로 돌아왔다. 하지만 불행히도 리처드 왕은 다시 모험에 나갔고 존 왕자는 로빈을 결코 좋아하지 않았다.

"나를 일으켜 주게, 리틀 존. 다시 한번 좋은 숲의 공기 냄새를 맡고 싶어. 내가 화살을 한번 더 쏘게 해 주게. 그 화살이 떨어지는 곳에 내 무덤을 파게 해 주게." 로빈이 힘없이 말했다.

그리고 마지막 온 힘을 다하여 로빈은 열린 창밖으로 화살을 똑바로 곧장 쏘았고 마침내 그것은 가장 큰 참나무에 꽂혔다. 그러고 나서 로빈은 쓰러져 그의 헌신적인 친구에게 털썩 몸을 기댔다.

무리는 로빈을 그의 마지막 화살이 떨어진 곳에 묻었다.

그렇게 로빈 후드의 육신은 죽었지만 그의 정신은 그를 노래하는 불사의 시와 자유를 사랑하는 사람들의 마음속에 시간을 초월해 살고 있다.

② 허균[89]의 「홍길동전」[90]

홍길동은 임꺽정 및 장길산과 함께 조선의 3대 의적이었다. 의적이었던 영국의 로빈 후드나 홍길동처럼 영웅적 인물은 사회의 질서체계를 위반하는 행위로 표출된다. 그러나 의적이 행하는 도적질은 말 그대로 '의로운 일'로 도적질이라면, 지배계급들이 나라의 재산을 사리사욕을 위해 축적하는 것은 '부정한 일'로 도적질이다. 때문에 지배계급층의 이면에 내재된 진실을 꿰뚫은 의적은 도둑이 아니며 오히려 사리사욕을 위해 나라의 재산을 절도하는 지배계급층이야말로 도둑이란 점이 「로빈 후드」나 「홍길동전」이 지닌 의의이다. 특히 「홍길동전」은 최초의 한글소설로 알려졌으며, 임진왜란 뒤의 사회제도의 결함과 부패한 정신을 개혁하려는 지은이의 혁명사상을 작품화한 것으로 평가된다.

선시(先時)에 공(公)이 길동을 낳을 때에 일몽을 얻으니, 문득 뇌정벽력(雷霆霹靂)이 진동하며 청룡이 수염을 거사리고 공에게 향하여 달려들거늘 놀라 깨달으니 일장춘몽(一場春夢)이라. 심중에 크게 기뻐하여 생각하되 내 이제 용몽(龍夢)을 얻었으니 반드시 귀한 자식을 낳으리라 하고,

---

89) 허균(1569~1618), 조선 광해군 때 사람으로, 초당 허엽의 셋째 아들이었다.
90) 허균, 『홍길동전』(1612), 구인환 엮음, 신원문화사, 2003.

길동이 점점 자라 8세 되매 총명이 과인(過人)하여 하나를 들으면 백을 통하니 공이 더욱 애중하나, 근본이 천생(賤生)이라 길동이 매양 호부(呼父) 호형(呼兄)하면, 문득 꾸짖어 하지 못하게 하니 길동이 10세 넘도록 감히 부형(父兄)을 부르지 못하고 비복 등이 천대함을 각골통한(刻骨痛恨)하여 심사를 정치 못하더니, 추구월(秋九月) 망간(望間)을 당하매 명월은 조용하고 청풍을 소슬하여 사람의 심회를 돕는지라.

길동이 공경하여 가로되,

"소인이 마침 월색을 사랑함이러니와 대개 하늘이 만물을 내시매, 오직 사람이 귀하오나 소인에게 이르러는 귀하옴이 없사오니 어찌 사람이라 하오리이까."

길동이 재배하여 가로되,

"소인이 평생 설운 바는 대감 정기로 당당하온 남자가 되었사오매 부생모육지은(父生母育之恩)이 깊삽거늘 그 부친을 부친이라 하지 못하옵고 그 형을 형이라 하지 못하오니, 어찌 사람이라 하오리이까."

"소자가 모친으로 더불어 전생연분(前生緣分)이 중하여 금세에 모자(母子)가 되오니 은혜 망극하온지라. 그러나 소자의 팔자 기박하여 천한 몸이 되오니 품은 한이 깊사온지라. 장부가 세상에 처하매 남의 천대받음이 불가하온지라. 소자 자연 기운을 억제치 못하여 모친 슬하를 떠나려 하오니 복망 모친은 소자를 염려치 마시고 귀체를 보중하소서."

상녀 마지못하여 좌우를 물리치고 가로되,

"공자의 상을 본즉 흉중에 조화무궁(造花無窮)하고 미간(眉間)의 산천정기(山川精氣) 영롱하오니 짐짓 왕후(王侯)의 기상이라. 장성하면 장차 멸문지화(滅門之禍)를 당하오리니 상공은 살피소서."

"소인이 일찍 부생모육지은(父生母育之恩)을 만 분의 일이나 갚을까 하였더니 가내에 불의지인(不義之人)이 있사와 상공께 참소하고 소인을 죽이려 하오매 겨우 목숨은 보전하였사오나, 상공을 뫼실 길 없삽기로 금일 상공께 하직을 고하나이다."

문득 길동을 보고 그 위인(爲人)이 녹록(碌碌)치 않음을 반겨 물어 가로되,

"그대 어떤 사람이관대 이곳에 찾아왔느뇨. 이곳은 영웅이 모였으나 아직 괴수(魁首)를 정치 못하였느니. 그대 만일 용력(勇力)이 있어 참여코자 할진대 저 돌을 들어 보라."

길동이 이 말을 듣고 다행하여 재배하고 가로되,

"나는 경성 홍판서의 천첩 소생 길동이니, 가중(家中)의 천대를 받지 아니하려 하여 사해 팔방으로 정처 없이 다니더니, 우연히 이곳에 들어와 모든 호걸의 동료 됨을 이르시니 불승감사(不勝感謝)하거니와 장부가 어찌 저만한 돌 들기를 근심하리요."

"장부 이만한 재주 없으면 어찌 중인의 괴수가 되리요." 하더라. 이후로 길동이 자호(自號)를 활빈당(活貧黨)이라 하여 조선 팔도로 다니며 각 읍 수령(守令)이 불의(不義)의 재물이 있으면 탈취하고 혹 지빈무의(至貧無依)한 자가 있으면 구제하며 백성을 침범치 아니하고 나라에 속한 재물은 추호도 범치 아니하니 이러므로 제적(除籍)이 그 의취(意趣)를 항복하더라.

길동 등이 상께 아뢰되,

"신의 아비 국은을 많이 입었사오니 신이 어찌 감히 불측한 행사를 하오리이까마는 신은 본디 천비 소생이라. 그 아비를 아비라 하지 못하옵고 그 형을 형이라 하지 못하오니 평생 한이 맺혔삽기로 집을 버리고 적당(賊黨)에 참예하오나 백성은 추호불범(秋毫不犯)하옵고 각 읍 수령의 준민고택(浚民膏澤)하는 재물을 탈취하였사오나 이제 10년을 지내면 조선을 떠나 가올 곳이 있사오니 복걸(伏乞) 성상은 근심치 마시고 신을 잡는 관자(關子)를 거두옵소서."

하고 말을 마치며 여덟 길동이 일시에 넘어지니 자세히 본즉 다 초인(草人)이라. 상이 더욱 놀라시며, 정길동(正吉童) 잡기를 다시 행관(行關)하여 팔도에 내리시니라.

"신이 전하를 받들어 만세를 모실까 하오나, 천비 소생이라 문(文)으로 옥당(玉堂)에 막히옵고 무(武)로 선천(宣薦)에 막힐지라. 이러므로 사방에 오유(遨遊)하와 관부(官府)와 작폐(作弊)하고 조정(朝廷)의 득죄(得罪)하옴은 전하(殿下)가

아시게 하옴이러니 신의 소원을 풀어 주옵시니 전하를 하직하고 조선을 떠나가
오니 복망(伏望) 전하는 만수무강하소서.”

하고 공중에 올라 표연히 날거늘 상이 그 재주를 못내 칭찬하시더라. 이 후로
는 길동의 폐단이 없으매 사방이 태평하더라.

각설. 길동이 제전(祭奠)을 극진히 받들어 삼상(三喪)을 마치매 모든 영웅을
모아 무예를 익히며 농업을 힘쓰지 병정양족한지라. 남해중(南海中)의 율도국
이란 나라가 있으니 옥야(沃野) 수천리에 짐짓 천부지국(天府之國)이라. 길동이
매양 유의하던 바라. 제인을 불러 가로되,

“내 이제 율도국을 치고자 하나니 그대 등은 진심(盡心)하라.”

“의병장(義兵將) 홍길동은 글월을 율도 왕에게 부치나니 대저 임금은 한 사람
의 임금이 아니요, 천하 사람의 임금이라, 내 천명을 받아 기병(起兵)하매 먼저
철봉을 파하고 물밀 듯 들어오니 왕은 싸우고자 하거든 싸우고 불연측(不然則)
일찍 항복하여 살기를 도모하라.” 하였더라. 왕이 남필(覽畢)에 놀라 가로되,

“아국(我國)이 전혀 철봉을 믿거늘 이제 잃었으니 어찌 저당(抵當)하리요”

차설. 율도 왕이 삼상을 마치매 대비(大妃) 이어 기세(棄世)하매 선릉에 안장
(安葬)한 후, 삼상을 마치매 왕이 3자 2녀를 생(生)하니 장자 차자는 백씨 소생
이요, 삼자 차녀는 조씨 소생이라. 장자 현(現)으로 세자를 봉하고 기여(其餘)는
다 봉군(封君)하니라. 왕이 치국(治國) 30년에 홀연득병하여 붕(崩)하니 수(壽)가
72세라. 왕비 이어 붕하매 선릉에 안장한 후 세자 즉위하여 대대로 계계승승(繼
繼承承)하여 태평을 누리더라.

2. 비극적 인물

아리스토텔레스에 의하면 '비극은 애련과 공포를 환기하는 사건의 모방'이며, '애련은 주인공이 부당한 불행에 빠지는 것을 볼 때 유발'하고 '공포는 불행에 빠지는 주인공이 우리와 같은 인간일 경우에 일어난다.'고 한다. 또한 '적절한 비극의 주인공 - 중위의 인물, 즉 덕과 정의에 월등하지는 않으나, 악과 죄업에 의해서가 아니라, 어떤 결점에 의해 불행에 빠지게 된 인물로 명망과 번영을 누리는 사람이어야' 하므로 대표적으로 「오이디푸스 왕」을 꼽는다.

더불어 최선의 비극에서 피하지 않으면 안 될 세 종류의 플롯으로는 -

(1) 선량한 사람이 행복에서 불행으로 추이하거나

(2) 악한 자가 불행에서 행복으로 추이하는 것을 보여서는 안 된다. 첫째 경우는 공포나 애련의 정을 환기치 않고 불쾌할 따름이므로, 둘째는 가장 비비극적으로 인정에 호소하지 않고 애련이나 공포심을 유발치 않기 때문이며

(3) 극악한 자가 행복에서 불행으로 빠지는 것을 보여서는 안 된다. 이는 인정에 호소하는 점이 있다 하더라도 애련이나 공포심을 환기치 않기 때문이라고 한다.[91]

---

91) 아리스토텔레스, 『시학』, 최상규 옮김, 예림기회, 2002.

영웅적 인물이 시대에 따라 그 성격을 달리 하듯 비극적 인물도 그러하다. 개인의 시대인 근대는 계급 시대의 고대에서 아리스토텔레스가 지적한 '적절한 비극의 주인공' 자격으로 '중위의 인물', 즉 '덕과 정의에 월등하지는 않으나, 악과 죄업에 의해서가 아니라, 어떤 결점에 의해 불행에 빠지게 된 인물로 명망과 번영을 누리는 사람이어야 한다는 개념이 적용되기 어렵다.

① 소포클레스[92] 의 「오이디푸스 왕Oedipus The King」[93]

「오이디푸스 왕」이 씌어진 연대는 분명하지 않지만 대체로 기원전 429년에서 420년 사이로 짐작되고 있다. 이 극은 테베를 뒤덮은 염병의 재앙을 면하기 위해서는 선왕 라이오스를 죽인 자가 드러나야 한다는 신탁에서 시작되고 있다. 그러나 이 극 속의 비극적인 운명의 원인은 극 밖에 있었다. 라이오스 왕은 젊었을 때, 엘리스의 펠로프스 왕의 궁궐로 망명하여 있었는데, 그 아름다운 왕자 크리시포스를 사랑하여 이른바 동성애를 범했기 때문에 펠로프스 왕의 저주를 받았다. 그래서 테베로 돌아온 라이오스에게는 자식을 낳아선 안 되며, 만약 이것을 어기면 그 아들 손에 죽으리라는 신탁이 기다리고 있었다. 그러나 왕은 아내 이오카스테에게 접근하여 아들을 하나 얻었는데, 그가 바로 오이디푸스였다. 이로 인해서 오이디푸스는 '아비를 죽이고 어미와 결혼하라'는 저주스런 운명을 타고난 사람이었다. 「오이디푸스 왕」은 아리스토텔레스 이후, 비극의 짜임새에 있어 아티카 비극의 모범으로 꼽혀 왔다.

소포클레스 작품에서 처참하고 잔인한 장면은 직접 무대 위에 올려놓지 않고 있다. 이오카스테가 목매달아 자살하는 광경이라든가, 오이디푸스가 자기 손으로 눈을 찌르는 장면 같은 것은 제삼자의 말을 통해서 전해지고 있을 뿐이다. 「안티고네」에서

---

92) 소포클레스(기원전 496/495 ~ 406)는 부유한 기사 계급 출신의 무기 제조업자인 소필로스의 아들로 아테네 근처의 콜로노스에서 태어났다. 그는 행운을 타고난 사람으로, 사회적으로는 상층 계급에 속했고, 뛰어난 용모와 훌륭한 재능을 겸해 가지고 있었다. 어려서 음악, 체육, 무용 등의 정성어린 교육을 받았고, 열다섯 되는 해에는 살라미스 해전의 승리(기원전 480년)를 축하하는 소년 합창단의 찬가(아폴론 신이나 아르테미스 신에게 바치는 승리 감사의 노래)의 지휘자로 뽑혔다. 기원전 468년, 나이 스물일곱 때, 처음으로 비극 시인으로 등장하여, 자기보다 서른이나 위인 비극 작가 아이스킬로스(기원전 525~456)에게 승리를 거둔 다음부터 만년에 이르기까지 비극에서 으뜸가는 자리를 차지했다.
93) 소포클레스 편, 『그리스 비극』, 조우현 옮김, 현암사, 2014.

도 안티고네나 하이몬의 죽음의 장면이 그랬고, 「콜로노스의 오이디푸스」에서는 오이디푸스 임종 장면이 그랬다. 「엘렉트라」에서는 오레스테스가 어머니에게 원수를 갚는 장면, 아이기스토스를 죽이는 장면들이 모두 간접적인 장면으로 전달되고 있다. 소포클레스가 세상을 떠났을 때 희극 작가 아리스토파네스가 시를 바친 것은, 작가로서의 가치를 높이 평가했기 때문이라기보다는 한 조화된 인간에 대한 찬사였음을 안다면, 그의 작품에 그의 사람다움이 나타나고 있다고 보아야 할 것이다. 「오이디푸스 왕」은 본질적으로 인간 존재가 자기 자신의 존재의 성질과 그가 땅 위에서 차지하는 위치를 깊이 깨달을 때까지, 밟지 않으면 안 되는 가시밭길을 상징적으로 그려낸 것[94] 이라고 평가된다.

오이디푸스 : 모든 것에 통달하고 있는 테이레시아스여, 말할 수 있는 것이든 없는 것이든, 하늘의 일이건 땅의 일이건, 비록 보지는 못하지만 어떤 재앙이 이 나라를 뒤덮는지 그대는 알고 있소. 위대한 예언자여, 그대야말로 이 재앙에서 우리를 지키고 구해 주는 유일한 사람이오. 이미 들어서 아시겠지만, 우리는 사람을 보내어 포이보스 신의 대답을 얻어 왔소. 이 재앙을 면하는 유일한 길은 라이오스 왕을 살해한 자를 찾아내서 처형하거나 나라 밖으로 추방하는 것이라 하오. 그러니 점을 치는 새의 소리나 무엇이든 그대가 아는 온갖 예언을 아끼지 말고 그대 자신을 위하여 나라를 위하여 그리고 이 몸을 위하여 이 죽음 때문에 생긴 모든 재앙에서 구해 주오. 우리 운명은 그대 손에 달렸소. 힘을 다해서 남을 돕는 것이 사람의 가장 고귀한 일이오.

테이레시아스 : 당신이 왕이시긴 하지만, 적어도 대답할 권리는 동등한 것이니 나는 그렇게 대해 주시기를 바랍니다. 내가 섬기는 분은 록시아스 님이고 왕은 아닙니다. 그리고 나는 크레온의 사람으로 매여 있는 것도 아닙니다. 왕께서는 내가 눈이 먼 것을 조롱하였기 때문에 하는 말씀입니다만, 왕께서는 눈은 뜨고 계시면서도 얼마나 처참한 일에 빠지고 계신지 그리고 어디서 사시고, 누구와 함께 지내고 계신지 모르십니다. 당신께서 누구의 자손인지 아십니까? 모르

---

94) 소포클레스 편, 앞의 책.

십니다. 그러시면서도 당신은 살아 계신 분과 돌아가신 분에게 죄를 짓고 있습니다. 그렇습니다. 마치 양날 칼날처럼 아버지 어머니의 저주가 언젠가는 당신을 이 나라 밖으로 몰아낼 것입니다. 그리고 지금은 밝은 그 눈도 그때부터는 끝없는 어둠이 되고 말 것입니다.

어디고 당신의 비통한 소리가 미치지 않는 데 없겠고 키타이론의 방방곡곡에 울리지 않는 곳이 없겠으니, 그때 당신은 훌륭해 보이는 희망의 안식처로 당신을 반가이 맞는 저 달콤한 결혼의 노래가 무엇을 뜻하는지 알 것입니다. 게다가 당신이 생각하기보다 더욱더 비참하게도 당신이 누구이며, 당신을 아버지라고 부르는 애들이 누구인지 알게 될 것입니다.

그러니 크레온과 내 말을 실컷 나무라십시오. 사람들 가운데서 당신만큼 더러운 욕을 당한 사람도 없을 것입니다.

이오카스테 : 아무도 예언술을 가진 자는 없습니다. 여기 간단한 증거가 있습니다. 언젠가 라이오스 왕께 신탁이 내린 적이 있었습니다. 직접 포이보스 신이 내린 것이 아니라 그의 제관들로부터였어요. 그 신탁이란, 왕과 저 사이에서 태어난 아들의 손에, 왕이 살해당할 운명이라는 것이었습니다.

그런데 적어도 확실한 소문으로는, 그분이 큰 삼거리의 한복판에서 딴 나라 도둑들 손에 시해당하셨다는 것입니다. 아들은 난 지 겨우 사흘밖에 안 되었는데, 두 발뒤꿈치를 뚫고 그것을 묶어서 사람을 시켜 인적이 없는 산비탈에다 죽으라고 내버렸더랍니다.

그래서 아폴론 신은 그 애가 아비를 죽이는 자가 되지 않도록, 또한 그것을 매우 두려워하시던 라이오스 왕께서는 아들의 손에 죽는 일이 없도록 하셨던 것입니다. 예언의 결과란 이런 것이었습니다. 그러나 그런 것은 조금도 걱정하실 일이 아닙니다. 신이 필요해서 구하시는 일은 스스로 쉽게 밝혀 주실 터이니까요.

오이디푸스 : 당신 말에 따르면, 그 양치기가 도둑들이 왕을 시해했다고 말하더라는 것이오. 그래서 만약 그가 도둑질한 사람이 아니라, 여러 도둑들이라면 죽인 것은 애가 아니오. 하나는 여럿과 같지 않기 때문이오. 그러나 만약 단 한 사람의 나그네였다고 그가 말한다면, 거기선 피할 길이 없소. 그건 바로 내 죄를 가리키는 것이오.

오이디푸스 : 어머니와 결혼이라는 것에 관해서도 두려워하지 말아야겠지?

이오카스테 : 인간 따위가 걱정해서 무엇 하겠어요? 인간에게 운명이란 절대적인 것이어서 무엇 하나 앞일을 분명히 모릅니다. 그저 그날그날 아무 걱정 없이 지내는 것이 상책입니다. 어머니와의 결혼이라는 것도 무서워할 것이 못 돼요. 꿈에 어머니와 동침했다는 일은 얼마나 많습니까! 하지만 그런 따위 일을 마음에 두지 않는 사람이 가장 속 편하게 살아갈 수 있답니다.

오이디푸스 : 이만큼 실마리를 잡았는데도 내 출생을 밝혀내지 않고 버려둘 수는 없어.

이오카스테 : 제발 당신 목숨을 소중히 여기시거든 그렇게 들춰내는 일은 그만두세요. 이젠 더 견딜 수 없군요.

오이디푸스 : 아아, 참, 이젠 모든 것이 분명해졌구나. 모든 것이 사실이로구나! 오오, 빛이여, 다시는 너를 보지 못하게 해 다오! 이 몸은 죄 많게 태어나 죄 많은 혼인을 하고, 죄 많은 피를 흘렸구나!

오이디푸스 : 아폴론이다, 친구들이여. 나한테 쓰리고 괴로운 재앙을 가져온 아폴론이다. 그러나 눈을 찌른 것은 다른 아무것도 아니다. 바로 나다. 무엇 때문에 내 눈으로 보아야 하나? 모든 것이 추악한 곳에서.

오이디푸스 : 어디에 내게 볼 만한 아름다움은 있는가? 어디에 보고 듣기에 사랑스런 것이 있는가? 어서 빨리 여기서 끌어내 주오, 친구들이여. 절망과 저주를 받은 사람, 신들의 미움을 가장 많이 받은 이 사람을!

오이디푸스 : 그 목장에서 내 발의 사슬을 풀고 나를 죽음에서 살려 낸 사람을 나는 저주한다, 반갑지도 않다. 그대 죽고 말았더라면 친구한테도 나한테도 이런 고통은 없었을 것을.

오이디푸스 : 그러면 내 아버지의 피를 흘리지도 않고, 나를 낳은 사람의 남편이라고 불리지도 않았겠지. 그러나 지금은 신들에게서도 버림받은 자, 치욕의 아들입니다. 나를 낳은 어버이의 침실을 더럽힌 자, 더러운 것 중에도 더러운 것이 있다면 그것이야말로 오이디푸스의 몸이다.

오이디푸스 : … 오오, 숙명의 결혼이여. 그대는 나를 낳고 나를 낳았으면서도 내 씨를 지녔다. 아버지와 형제와 자식, 새색시와 아내와 어머니, 육친끼리 피를 섞는 죄를 낳았다. 사람의 세상에 다시 없이 더러운 죄악이로구나. 그러나 해서 안 될 일은 입에도 올려서는 안 되겠지. 자아, 제발 소원이다. 나를 어서 나라 밖으로 숨겨 다오. 죽이든가, 다시는 보이지 않도록 바닷속으로 깊이 던지든가 해라! 이리 와서 이 불쌍한 자를 데려가 다오. 부탁이다, 꺼려할 것 없다. 내 죄는 나밖에는 그 어느 누구와도 상관없는 것이니.

② 소포클레스의 「콜로노스의 오이디푸스Oedipus at Colonus」

확실치는 않지만, 마지막 대작인 이 작품은 소포클레스가 나이 아흔(기원전 406년)으로 세상을 떠나기 얼마 전, 그 이전의 작품이 나온 지 여러 해 뒤에 씌어졌으리라 짐작한다. 처음 상연된 것은 작자와 같은 이름을 쓴 손자에 의해서였으며 기원전 401년 3월 디오니시아에서였다. 콜로노스란 아테네의 변두리로 바로 이 비극 작가가 태어난 白土의 아름다움으로 유명한 곳이다. 콜로노스는 성스럽고도 무서운 복수의 여신들의 땅인데, 여기 오이디푸스가 나그넷길 끝에 생을 마치어 '그의 시체가 묻힌 땅에는 축복이', 그리고 '그를 쫓아낸 땅에는 저주가 있으리'라고 일찍이 아폴론 신이 신탁을 내린 곳이다. 오이디푸스는 아테네 왕 테세우스에게 도움을 청하여 보호를 약속받는다. 이 극은 줄거리랄 것이 별로 없지만, 노시인의 아티카적인 정서가 짙은 애국적 희곡이다.[95]

오이디푸스 : 앞 못 보는 늙은이의 딸 안티고네야. 우리는 어떤 곳에 어떤 사람들의 나라에 와 있느냐? 떠돌아다니는 오이디푸스에게 오늘은 누가 얼마 안 되는 동냥이나마 줄까?

나는 조금밖에 바라지 않지만, 바란 것만큼 얻지도 못한다. 그래도 그것으로 나는 족하다. 고생도 했고, 오랜 세월을 함께 다녔으며 그리고 고귀하게 태어났다는 것이 나에게 참을성을 가르쳐 주니까. 얘야 신과 상관없는 땅이건 신들의

---

95) 소포클레스 편, 앞의 책.

숲이건, 어디 쉴만한 데가 있거든 멈추어서 앉혀 주려무나. 우리가 어디에 와 있는지 물어보고 싶구나. 우리는 외국 사람이니 이 고장 사람에게 물어서, 그들이 하라는 대로 해야지.

안티고네 : 아버지, 불쌍하신 오이디푸스님 이 나라를 지키는 성탑은 보기에 아직도 먼 것 같습니다. 하지만 여기는 분명히 성스런 곳인가 봅니다. 월계수와 올리브와 포도덩굴이 무성해서 그속에서는 수많은 꾀꼬리가 우는 소리가 음악을 이루고 있습니다. 여기 이 돌덩이 위에 앉으세요. 연로하신 몸으로 너무 먼 길을 걸으셨으니까요.

오이디푸스 : 아이게우스의 아드님. 세월의 해를 입지 않고 이 나라의 보배가 될 것을 가르쳐 드리겠습니다. 이제 곧 아무 도움도 없이 혼자서 내가 죽을 곳으로 인도하겠습니다.

그러나 그곳은 아무에게도 말씀해선 안 됩니다. 그것이 어디 숨겨져 있는지도, 어떤 지역에 있는지도. 그렇게 하면 그 땅은 수많은 방패보다도 또한 이웃 나라가 돕는 창칼보다도 더 튼튼하고 영원한 방비가 될 것입니다. 금단의 비밀은 말로 더럽힐 것이 아니라, 왕께서 혼자 그곳에 가실 때 스스로 깨닫게 되십니다.

그것은 이 나라의 어느 누구에게도, 또 아무리 사랑은 하지만 내 딸들에게도 내가 발설해서는 안 되는 일이올시다. 아니, 왕께서 스스로 언제까지나 그 비밀을 지키셨다가 이 세상을 떠나실 때, 맏자제에게만 밝히시고, 그분은 그 맏아들에게 대대로 가르쳐 전하는 것입니다.

그렇게 하면 용의 이빨의 일족으로부터도 이 나라를 무사해 다스리실 것입니다. 많은 나라들이 딴 나라를, 아무리 그것이 바르게 살아간다 하더라도 까닭 없이 난폭한 짓을 하게 마련입니다. 인간이 신을 섬기기에 소홀하고, 미쳐 날뛸 때는 신들은 느리긴 하지만, 어김없이 벌을 내리십니다. 아이게우스의 아드님이시여, 당신께선 그런 일을 당하지 않길 빕니다. 아니 이런 일은 내가 가르쳐 드릴 것까지도 없이 잘 알고 계십니다.

그러나 신의 부르심이 급하니 그곳으로 어서 가야겠어. 우물쭈물하지 말아야 겠다. 얘들아, 여기다, 따라오너라. 너희가 내게 그렇게 했듯이 이번엔 이상하게도 내가 너희의 길잡이가 되었구나. 자아, 오너라. 내게 손대진 말고, 내가 묻히기로 정해진 그 무덤을 나 혼자서 찾게 해 다오.

여기다, 이렇게 이리로 가는 거다. 길잡이를 하시는 헤르메스와 저승의 여신께서 나를 이리로 이끌어 가시니.

아아, 빛 없는 빛이여. 전에는 그대도 내 것이었는데, 이제는 내 몸에 그대의 손이 닿는 것도 이것이 마지막이로구나. 나는 지금 내 일생의 끝을 하데스에게 숨기러 간다. 그럼, 친구 중의 친구여 당신 자신과 이 땅과 당신 나라 사람들이 부디 행복하길 빕니다. 그리고 번영 속에서도 당신들의 영원한 복을 위해서 죽은 나를 잊지 말아 주십시오.

안티고네 : 그것이 그분의 마음에 맞으셨다면, 하는 수 없지요. 하지만 옛부터의 테베로 저희들을 보내 주십시오. 어쩌면 형제들이 흘리려는 피를 막을 수 있을지도 모릅니다.

③ 소포클레스의 「안티고네Antigone」

작품이 씌어진 순서로 보아서는 거꾸로 됐지만, 내용으로는 「오이디푸스 왕」, 「콜로노스의 오이디푸스」에 이어 「안티고네」에서 비극은 마지막을 마무리하고 있다. 안티고네는 역경에서 자라난 강한 의지와 운명의 학대에 시달린 동기간에 대한 깊은 애착과 왕녀로서의 체통으로 일관하는 도도한 기질을 지닌 여자였다. 작가는 안티고네의 이런 기질과 대조적으로, 그의 동생 이스메네의 성격을 창작적으로 구상하여, 소극적이고 순종적인 인물로 설정해 놓았다. 이것은 「엘렉트라」에서 엘렉트라와 그 동생 크리소테미스의 성격적 대조만큼이나 뚜렷하다. 아마 소포클레스는 이렇듯 성격적인 대조를 통해서 한편의 기질을 두드러지게 부각시키고 싶었던 것 같다.[96]

안티고네 : 이스메네야, 내 동생아. 우리가 살아가는 동안 오이디푸스 왕 때문에 일어났던 여러 가지 재앙 중에서, 제우스 신이 우리에게 내리시지 않은 것이 없는 것을 너는 알고 있니? 온갖 고난과 파멸과 부끄러움과 욕스런 일치고 너와 나의 불행 중에서 당하지 않은 것이 없구나. 게다가 왕이 오늘 선포한 것

---

96) 소포클레스 편, 앞의 책.

이란 무슨 일이란 말이냐? 듣지 못했니? 글쎄, 우리 소중한 분들을 원수로 몰다니, 넌 모르고 있니?

이스메네 : 안티고네 언니, 우리 두 오빠들이 서로 싸워서 하루에 다 죽고 만 다음부터는, 기쁜 것이건 슬픈 것이건, 소중한 분들의 소식을 아무것도 못 들었어요. 그리고 어젯밤에 아르고스의 군인들이 도망친 후로는, 내 운명이 더 좋아질 것인지 나빠질 것인지 그 이상 난 아무것도 몰라요.

크레온 : 이 범인을 어떻게 어디서 체포했느냐?

파수병 : 이 여자는 그자를 파묻고 있었습니다. 사실이올시다.

크레온 : 그 말에 틀림이 없겠지?

파수병 : 이 여자가 왕명을 어기고, 그 시체를 묻는 것을 제가 보았습니다. 이젠 분명해지셨습니까?

크레온 : 그런데도 감히 그 법을 어겼단 말이냐?

안티고네 : 네, 그러나 그 법을 저에게 내리신 분

은 제우스 신이 아니에요. 저승의 신들과 함께 사시는 정의의 신께서도, 사람의 세상에 그런 법을 정해 놓지는 않으셨지요. 저는 글로 씌어진 것은 아니지만, 임금님의 법령이 확고한 하늘의 법을 넘어설 수 있을 만큼, 강한 힘을 가지고 있다고는 생각하지 않아요. 하늘의 법은 어제 오늘 생긴 것이 아니고 불멸하는 것이며, 그 시작은 아무도 모르니까요.

어떠한 인간적인 자존심도 두려워하지 않는 저는 신들 앞에서 그들의 법을 어긴 죄인일 수는 없어요. 임금님의 포고가 있었건 없었건, 어차피 저는 죽어야 한다는 것을 잘 알고 있습니다. 어찌 모르겠습니까? 그러나 제 명대로 다 살지 못한다 해도, 저는 그것이야말로 이득이라고 생각해요.

저같이 나날이 괴로움 속에 살고 있는 사람은 죽음을 어찌 이득이라고 생각하지 않겠습니까?

그래서 저는 그런 운명을 당하는 것이 조금도 슬프지 않아요. 다만 저의 어머니에게서 태어난 사람을 장례도 치러 주지 못하고 죽은 채로 버려둔다면 그것이야말로 슬픈 일입니다. 이번 일로는 슬프지 않아요. 이제 저의 이번 행동이 어리석게 보이신다면, 어리석은 눈에는 어리석게 보이는지도 모르죠.

코로스장 : 사나운 아버지의 사나운 따님이시로군. 재난 앞에서도 굽힐 줄을 모르시니.

크레온 : 그러나 너무 기승을 부리면 가장 쉽게 꺾인다는 것을 알려 주마. 불에 달구어서 너무 굳혀진 쇠일수록 오히려 가장 잘 부러지거나 부스러진다는 것을 알겠지. 사나운 말도 조그만 재갈 하나로 순해지지. 네가 남의 노예일 경우, 자존심은 허락되지 않아, 이 계집이 공포된 법을 어겼을 때 이미 건방진 것을 알았지만, 제가 진 죄를 자랑하고 그 행실을 크게 기뻐하고 있다니, 이건 둘 쨋번의 건방진 것이로구나. 이 계집애가 그런 위세를 떨치도록 내버려 두고 아무 벌도 안 준다면.

이제 내가 사나이가 아니고 이 계집애야말로 사내다. 비록 내 누이의 딸이고, 내 집 제단의 제우스 신을 모시는 어느 누구보다도 핏줄로는 내게 가까운 사람이긴 하지만, 이 계집애도 그 동생도 가장 비참한 운명을 면치 못하리라. 그년도 오라비의 장례 계획에 죄가 있긴 마찬가지다.

그 애를 불러오너라. 방금 안에서 중얼거리면서 정신을 잃고 있는 것을 보았다. 어둠 속에서 못된 일을 꾀하는 족속들은, 그 일을 행동으로 옮기기 전에 마음이 거기에 반역하여 스스로 죄를 인정하게 된다. 그러나 고약한 짓을 해서 잡힌 자가 그 죄를 자랑으로 삼으려고 할 경우, 이것도 참으로 가증스러운 거야.

안티고네 : 울어 주는 사람도 없고, 친구도 없고, 결혼의 노래도 없이, 나는 더 늦출 수 없는 이 길을, 슬픔을 안고 간다. 불행한 나는 이미 다시는 저 해님의 성스런 눈물을 우러러볼 수 없구나.

내 운명을 위해서 흘려 준 눈물도 없고, 슬퍼해 줄 친구도 없구나.

크레온 : 제발 날 데려가거라, 이 경솔하고 어리석은 사나이를!

오오, 아들이여. 나는 아무 생각도 없이 널 죽였구나, 당신까지도. 이 무슨 불행한 나인가. 얼굴을 돌릴 길도 없고, 의지할 데도 없구나.

내 손에 있는 것은 다 빗나가고, 게다가 파괴의 운명이 머리 위에 떨어지고 말았다.

코로스장 : 지혜야말로 으뜸가는 행복. 신들을 향한 공경은 굳게 지켜져야 한다. 교만한 자들의 큰소리는 언제나 큰 천벌을 받고, 늙어서나 지혜를 배우게 된다.

④ 셰익스피어의 「햄릿」

비극적 인물을 서술하면서 소포클레스만큼이나 셰익스피어를 빼놓을 수 없다. 윌리엄 셰익스피어William Shakespeare(1564~1616)는 르네상스 영국 연극의 대표적 극작가로 사극, 희극, 비극, 희비극 등 연극의 모든 장르를 섭렵하는 창작의 범위와 당대 사회의 각계각층을 포괄하는 광범위한 관객층에의 호소력으로 동시대의 탁월한 극작가 모두를 뛰어넘는 성취를 이루었다. 특히 문예부흥운동과 종교개혁의 교차적 흐름 속에서 그가 그려낸 비극적 인물들은 인간해방이라는 르네상스 인문주의 사상의 가장 심오한 극적 구현인 동시에 시대를 초월한 기념비적 인간상으로 남아 있다.[97]

〈1막2장〉

햄릿 : 슬퍼 보인다고요, 어머니? 아니요, 슬퍼 보이는 게 아니라 슬픈 겁니다. 전 보이는 건 모릅니다. 이 검은 옷도, 격식 갖춘 어떤 엄숙한 상복도, 억지로 토해내는 한숨이나 강물처럼 흘러넘치는 눈물도, 비탄에 일그러진 표정도, 애도의 모든 형식과 분위기와 모양을 다 합쳐도, 내 마음을 진정으로 드러낼 수 있는 것은 없어요. 그런 것들은 정말 보이는 거지요, 얼마든지 꾸며 보일 수 있으니까요. 하지만 이 마음속에는 보여질 수 없는 뭔가가 있어요. 눈에 보이는 이따위 것들은 마음에도 없는 애도를 표하는 의복이며 장식에 불과한 거지요.

〈2막2장〉

햄릿 : 비방에 험담이지. 세상 풍자나 일삼는 이 저자가 말하길, 늙은이들은 수염이 허옇고 얼굴은 주름투성이, 눈에는 호박이나 송진 같이 뻑뻑한 눈곱이 끼고, 머리는 텅 비고, 엉덩이는 흐물흐물 물러 터졌다고 하는군. 나도 그게 사

---

97) 윌리엄 셰익스피어, 『셰익스피어 4대 비극』, 최종철 옮김, 민음사, 2012.

실이라고 믿어 의심치 않지만, 이렇게까지 적나라하게 쓴다고 그걸 정직하다고 하긴 어렵지. 왜냐하면 영감님도 결국 나처럼 나이가 들게 아니요, 만약 게처럼 뒷걸음질을 칠 줄 안다면 말이오.

폴로니어스 : (방백) 미친 건 분명한데 하는 말에는 어떤 논리가 있단 말이야. 공기가 차가운데 이제 그만 들어가시지요, 전하.

햄릿 : 어디로? 무덤 속으로?

폴로니어스 : 하긴 그렇지요, 공기가 없는 곳은 무덤이지요. (방백) 가끔 하는 대답이 아주 의미심장하단 말이야! 광기가 진실의 정곡을 찌르는 희한한 경우들이 있지, 이성과 제 정신으로는 오히려 불가능한 일인데 말이야. 그만 가서 왕자와 오필리아가 만날 방도를 서둘러 꾸며야겠다. 경애하는 왕자 전하, 허락해 주신다면 소신 이만 물러가겠습니다.

햄릿 : 기꺼이 허락하겠소. 하지만 모든 걸 허락하되, 내 목숨, 내 목숨, 내 목숨만은 안 돼.

햄릿 : 나는 요즘, 왜 그런지는 나도 모르지만, 모든 기쁨을 잃었고 사냥도 검술 연습도 모든 운동을 다 그만둬버렸어. 정말 마음이 너무도 무거운 나머지 이렇게 비옥한 대지도 나에겐 황량한 절벽 같아 보이고, 이 찬란한 아름다운 하늘도 - 그래 저 하늘을 좀 봐 - 우리 머리 위를 감싼 이 멋진 창공, 황금빛 태양으로 빛나는 대지의 장엄한 지붕도 내게는 더러운 병을 퍼뜨리는 칙칙한 공기덩어리 같이 보여. 인간이란 얼마나 멋진 작품인가! 인간이 가진 이성은 얼마나 고귀하며 그 능력은 얼마나 무한해! 생김새는 너무나도 빼어나고 움직임은 말할 수 없는 경탄을 자아내지. 행동에 있어서는 천사와 같고 가진 지혜는 신과도 같아! 이 세상의 가장 아름다운 존재요 만물의 영장이지! 그런데 내겐, 이 무슨 한 줌 먼지와 같은 존재란 말인가? 인간은 내게 아무런 즐거움도 주질 않아 - 여자도 마찬가지야, 웃고 있는 걸 보니 그런 생각을 하는 거지?

〈3막1장〉

햄릿 : 삶 아니면 죽음, 그게 주어진 물음이다. 어느 것이 진정 고결한 정신이지? 이 미친 운명의 돌팔매질과 화살을 참고 견디는 것, 아니면 칼을 뽑아들고 고난의 바다에 맞서 싸워 그 고난을 끝내는 것. 그렇게 싸우다 죽는다, 잠든다,

그뿐이야. 영영 잠이 들면 이 육체가 겪어야 하는 가슴앓이와 한없는 번민도 끝나는 거야. 그것이야말로 진정 우리가 바라마지 않는 삶의 완성이잖아. 죽는다, 죽어서 잠든다. 잠든다? 그럼 아마도 꿈을 꾸겠지? 아, 그게 문제다. 이 육신의 껍질을 벗고 죽음의 잠속에 누울 때 어떤 꿈이 깃들게 될까? 그 두려움이 우리를 망설이게 한다. 이 험난하고 지겨운 인생을 그래도 참고 살아가게 하는 것이 바로 그 두려움이야. 그것만 아니라면 누가 이 세상의 채찍질과 모욕을 참고 살아가겠어? 압제자의 폭정과 교만한 자의 횡포와 보답 받지 못한 사랑의 고통, 정의를 지연시키는 법관들과 자리에 앉아 위세만 부리는 관리들, 고결한 인간이 저속한 무리들로부터 받는 치욕과 수모를 그 누가 참고 견딜 수 있단 말이야? 이 칼 하나면 모든 것을 끝낼 수 있는데! 죽음, 그 이후에 오는 미지의 세계에 대한 두려움이 없다면 누구라서 이 고단한 인생을 힘겹게 지고 신음을 토하며 살아갈까? 아무도 본 적 없는 죽음의 영토, 한 번 발을 디디면 다시는 돌아올 수 없는 세계, 그것이 우리의 결심을 망설이게 하고 미지의 세계로 날아가기보다 차라리 이 세상의 고난을 겪으면서도 살아가게 해.

〈4막4장〉

햄릿 : 어쩌면 이렇게 모든 것이 나를 책망하고 둔해진 복수심에 박차를 가한단 말인가! 인간이란 무엇인가? 일생을 먹고 자는 데만 허비한다면 인간이라는 게 도대체 뭐란 말이냐? 짐승보다 나을 게 하나도 없어. 인간을 빚어내고 또 그 인간에게 앞과 뒤를 함께 돌아볼 줄 아는 놀라운 능력을 준 신은 그 재능, 신과도 같은 이성을 쓰지도 않은 채 곰팡이가 슬도록 묵혀 두라고 준 것은 아니다. 그런데 나는 짐승처럼 그것을 잊고 만 것인가. 아니면 결과에 집착하여 이것저것 따지는 망설임 끝에 아무것도 못하게 된 것인가. 생각이라는 게 네 조각으로 나누면 지혜는 한 조각뿐, 나머지 세 개는 비겁함이라 했던가. 나도 왜 이러는지 모르겠다, 해야 할 일에 대한 명분과 의지, 힘과 수단을 모두 갖추고 있는데도 이 일을 해야만 한다고 그저 살아서 말만 하고 있을 뿐이니. … 오, 지금부터 내 생각은 핏빛처럼 잔혹해지리라. 그렇지 않다면, 생각 따윈 아무 소용없는 것이다.

〈5막1장〉

　　햄릿 : 호레이쇼, 우리가 죽어 흙이 되면 어떤 천한 일에 사용될지 어떻게 알
　겠나. 위대한 알렉산더도 죽어 흙이 되고 그 흙을 추적해보면 마침내 진흙으로
　만든 술통마개가 되었다는 사실을 발견하게 되지 않을까?

　　호레이쇼 : 그건 좀 지나친 상상 같은데요.

　　햄릿 : 아니지, 지나친 게 아니야. 논리적으로 그 가능성을 생각해보게, 이렇
　게 말이야. 알렉산더가 죽는다. 알렉산더는 매장된다. 알렉산더는 흙으로 돌아
　가고 먼지가 된다. 먼지가 다시 모여 흙이 되고 흙은 진흙이 되고, 진흙은 반죽
　이 된다. 그러니 알렉산더가 진흙 반죽이 되어 마침내 맥주통 마개로 변했다고
　생각하지 못할 이유가 없지 않은가?(즉흥시를 읊는다) "세상을 호령하던 시저 황
　제도 죽어서 먼지 되고 진흙이 되면/가난한 농가 벽에 숭숭 뚫린 바람구멍 틀어
　막는 흙반죽 되네/오, 온 세상을 쳐서 벌벌 떨게 하던 그의 육신이/땜질한 벽에
　몰아치는 겨울 서리 앞에 떨고 있다네."

3. 희극적 인물

희극적 인물은 과장법을 비롯하여 비현실적인 성격 묘사로 특화되는데, 그것은 비판을 위한 간접화로, 곧 우회로의 묘사이다. 때문에 희극은 단지 외면적으로 웃음을 유발하기 위한 장치가 아니다. 정상적인 인물을 비정상적인 인물로 일그러뜨림으로써 그 이면에 현실 비판을 의도하였으며 저항이 내재되어 있다. 문학적 묘미가 '직접적으로 말할 수 없는 것을 간접적으로 말하는 데' 있듯이 희극은 비판과 저항을 은폐한 장치로 가면이다. 희극적 인물은 과장적 추대법, 과장적 비하법, 언어유희, 그로테스크 등의 장치에 의해 인물을 희화화시킴으로써 빚어진다.

① 세르반테스의 「돈키호테」

인물의 희화화로 대변되는 희극적 인물의 창작 배경과 그 의의는 「돈키호테」 탄생의 배경에서 뚜렷해진다. 미겔 데 세르반테스(1547~1616)는 스페인이 낳은 가장 위대한 소설가이자 극작가이며 시인이다. 스페인의 가난한 외과의사의 아들로 태어나 정규교육을 거의 받은 적이 없으나, 천부적인 재능으로 세계가 기억하는 불후의 명작들을 남겼다. 레판토 해전에 참가한 후 이탈리아 각지를 돌아다니면서 르네상스 말기의 문화에 심취했다. 1575년 본국으로 귀국하던 도중 해적들에게 습격을 당해 5년간 노예생활을 했다. 셰익스피어와 같은 날인 1616년 4월 23일에 마드리드에서 사망하였다. 세르반테스는 그 시대까지 독립적으로 존재했던 소설의 다양한 형식을 집결하여 문체뿐만 아니라 작품의 전개방식에서도 참신함이 돋보이는 훌륭한 걸작을 만들어냄

으로써 유럽 현대소설의 새로운 장을 열었다.[98]

세르반테스가 「돈키호테」의 머리말에서 "당시 유행하던 통속적인 기사소설을 응징하기 위하여 이 소설을 쓰게 되었다"고 말하듯이 "그 무렵 스페인 왕국은 반종교개혁운동과 합스부르크 절대왕조의 통치하에 있었는데, 그 아래에서 자유롭게 작품을 쓰기란 사실상 불가능했다. 이러한 상황에서 작가는 기사소설이라는 형식 속에 돈키호테의 광기를 이용하는 형태로 교묘하게 당시 사회를 비판하면서 유토피아를 꿈꾸고 있다. 토마스 모어의 「유토피아」에 감명을 받은 세르반테스는 종교의 자유, 남녀 간 사랑의 자유, 세습제도 폐지, 정의로운 재판 등을 꿈꾸었으며, 이를 달성하기 위해 돈키호테는 끊임없는 모험을 감행했다."[99]고 한다.

〈유명하고 용감한 시골 귀족 돈키호테 데 라만차의 신상과 일상의 이야기〉

결국 그는 책을 읽는 데 너무나 열중한 나머지 몇 날 밤을 한숨도 안 자고 말똥말똥한 상태로 지새곤 하는 반면 낮에는 완전히 비몽사몽이었다. 이렇게 잠도 안 자고 책만 읽다 보니 머릿속이 푸석푸석해지는가 싶더니 결국은 이성을 잃어버리기에 이르렀다. 머릿속이 책에서 읽은 마법 같은 이야기들, 즉 고통과 전투, 도전, 상처, 사랑의 밀어들과 연애, 가능치도 않은 갖가지 일들로 가득 차 버린 것이었다. 그는 책에서 읽은 몽환적인 이야기들이 진실이라고 생각했으며, 이 세상에서 이보다 더 확실한 이야기는 없다고 확신하기에 이르렀다. 그는 엘 시드, 즉 루이 디아스는 매우 훌륭한 기사지만, 단칼에 사나운 거인 둘을 두 동강 내버린 불타는 칼의 기사와는 견줄 수 없다고 말하곤 했다.

⋮

사실상 그는 이미 이성을 상실해버렸기 때문에 세상 그 어떤 미치광이도 생각지 않았던 이상한 생각을 하기 시작했다. 조국을 위해 헌신하는 편력기사가 되어 무기를 들고 말등에 올라 세상 곳곳을 돌아다니며, 지금까지 읽었던 소설 속 편력기사의 모험들을 직접 실천에 옮겨 자신의 이름과 명성을 길이 남겨야 한다고 생각했던 것이다. 이 가련한 양반은 자기의 무훈에 힘입어 적어도 트라

---

98) 미겔 데 세르반테스, 앞의 책(1편은 1605년에 출간하였고, 2편은 1615년에 출간하였다).
99) 미겔 데 세르반테스, 앞의 책, 머리말.

피소나 왕국이 이미 자기 것이 되었다고 생각하고 있었다. 이렇듯 즐거운 상상을 하다 보니 그 속에서 별난 욕심도 생겨났고, 그 결과 자신이 원하는 걸 실천에 옮기겠다고 서두르기 시작했다.[100]

〈뒤이어 계속되는, 우리의 기사가 겪는 불행한 이야기〉

돈키호테는 사실상 옴짝달싹할 수 없음을 깨닫고는 평소에 하던 대로 했으니, 책에서 읽은 대목을 떠올리는 것이었다. 그리하여 그의 공기가 카를로토에게 상처입고 산중에 버려졌던 발도비노스와 만투아 후작의 이야기를 기억해냈다. 돈키호테는 이 이야기야말로 지금 자신이 처한 상황과 꼭 맞아떨어진다고 생각했다. 그리하여 격한 감정을 쏟아내며 땅바닥에서 버둥거리더니 꺼져가는 듯한 숨을 몰아쉬며 상처 입은 숲의 기사의 대사를 그대로 흉내내어 읊기 시작했다.

:

"우리 주인 나리한테 도대체 무슨 일이 생긴 것일까요? 사흘째 나리도 그 말라빠진 말도 방패도 창도 갑옷도 보이질 않아요. 대체 어찌된 일인지! 생각해보건대 제가 태어났으니 죽는 것이 자명하듯이, 주인님이 곁에 두고 그토록 자주 읽던 이 망할 놈의 기사도 책들이 그분의 정신을 빼놓은 게 분명해요. 그러고 보니 심심치 않게 혼잣말로 편력기사가 되고 싶다느니, 이곳저곳으로 모험을 찾아 떠나야겠다느니 하고 말씀하시던 기억이 나요. 라만차를 통틀어 가장 섬세한 통찰력을 지녔던 분을 이렇게 만들어 놓았으니 이 따위 책들은 사탄이나 바라바[101]에게나 주어버리라지요."

〈재치 넘치는 돈키호테가 드디어 고향을 떠나는 이야기〉

거의 하루종일 걸었지만 이야기할 만한 일이 전혀 일어나지 않자 그는 실망하고 말았다. 그의 용맹을 시험해볼 만한 상대를 당장이라도 마주치고 싶었기

---

100) 이 대목에서도 세르반테스가 『돈키호테』의 원제 『재치있는 시골 귀족 돈키호테 데 라만차』의 머리말에서, '당시 유행하던 통속적인 기사소설을 응징하기 위하여 이 소설을 쓰게 되었다'고 말한 바를 확인할 수 있다.

101) 로마 총독 빌라도가 예수를 심문하면서 축제일에 한 사람의 죄수를 특별 사면하던 당시의 관습에 따라 사람들에게 예수와 바라바 중 어느 쪽을 용서할 것인지를 물었다. 군중은 살인죄로 붙잡힌 바라바의 석방을 선택했고 이에 예수는 십자가에 못 박혔다. 스페인어권에서 바라바는 악행을 일삼는 사람의 대명사로 쓰이기도 한다.

때문이었다. 사실 어떤 작가들은 푸에르토 라피세에서 일어난 일이 그의 첫 모험이라고 말하기도 했고, 또 어떤 작가들은 풍차의 모험이라고도 말했다. 그러나 내가 조사하고 라만차 연대기를 찾아봤더니, 그는 그날 하루종일 걸어다녔으며 해질 무렵이 되자 로시난테도 그도 피곤에 지치고 배가 고파 죽을 지경이 되었다. 들어가서 심한 허기를 달래고 필요한 것을 얻을 만한 성이나 양치기의 오두막이라도 발견할 수 있을까 싶어서 사방을 둘러보자, 마침 멀지 않은 곳에 주막이 보였다. 그 주막은 마치 별처럼 보였는데, 그것은 그를 주막의 현관으로 인도하는 별이라기보다는 구원의 성으로 인도하는 별 같았다.

⋮

돈키호테는 자신의 말이 곡물을 먹는 짐승 중에서 가장 뛰어난 말이라며 잘 보살펴달라고 말했다. 주인이 말을 들여다보니 돈키호테의 얘기하고 사뭇 다를 뿐 아니라 그 절반에도 미치지 못한 듯 보였다.

⋮

결국 돈키호테는 밤새도록 그 투구를 쓰고 있었으니, 우스꽝스럽고 기묘하기 그지없는 모습이 그야말로 가관이었다. 그래도 돈키호테는 자신의 무장을 벗겨주는 여인들이 그 성에 사는 지체 높은 아가씨와 부인이라고 생각하여 의젓하게 말했다.

⋮

비교적 공기가 상쾌한 문가에 식탁을 차렸다. 주인은 양념도 잘 배지 않고 제대로 익지도 않은 북어 한 토막과 돈키호테가 입고 있는 갑옷만큼이나 거무죽죽한 빵 한 조각을 내왔다. 하여간 돈키호테가 식사하는 모습을 보는 것은 정말 웃기는 일이었다. 투구를 쓴 채 앞가리개만 들어올린 상태여서 누군가 음식을 떠먹여주지 않으면 자기 손으로는 아무것도 입에 넣을 수 없었던 것이다. 결국 한 아가씨가 시중을 들었는데, 그렇다 해도 주막집 주인이 갈대 줄기를 끊어와 한 쪽 끝은 돈키호테의 입에 물리고 다른 한 끝으로는 포도주를 따라 부어주지 않았더라면 끝내 음료를 마시지 못했을 것이다.

〈용감한 돈키호테가 상상조차 못 해본 굉장한 풍차의 모험에서 거둔 대단한 결과와 유쾌하게 기억할 만한 사건에 대하여〉

두 사람은 들판에 있는 30~40여 개의 풍차를 발견했다. 돈키호테는 그것을 보자마자 종자에게 말했다.

"운명이 우리가 기대했던 것보다 훨씬 더 좋은 길로 인도하는구나. 저기를 보아라. 산초 판사야. 서른 명이 좀 넘는 거인들이 있지 않으냐. 나는 저놈들과 싸워 모두 없앨 생각이다. 전리품으로 슬슬 재물도 얻을 것 같구나. 이것은 선한 싸움이다. 이 땅에서 악의 씨를 뽑아버리는 것은 하나님을 극진히 섬기는 일이기도 하다."

"거인이라니요?"

"저쪽에 보이는 팔이 긴 놈들 말이다. 어떤 놈들은 팔길이가 2레구아(1레구아는 5,572미터)나 되기도 하지."

"저, 주인님. 저기 보이는 것은 거인이 아니라 풍차인데요. 팔처럼 보이는 건 날개고요. 바람의 힘으로 돌아가면서 풍차의 맷돌을 움직이게 만들지요."

"그건 네가 이런 모험을 잘 몰라서 하는 소리다. 저놈들은 거인이야. 만약 무섭거든 저만큼 떨어져서 기도나 하고 있거나. 나는 저놈들과 유례가 없는 치열한 일전을 벌이러 갈 테니까."

② 「이고본 춘향전」[102]

「춘향전」의 주제는 흔히 조선시대의 이데올로기를 수호하고 있다는 외면적 주제와 춘향이의 신분상승의지가 은폐되어 있다는 내면적 주제로 회자된다. 그러나 작자, 연대 미상의 설화를 바탕으로 한 「춘향전」의 작품성은 그 판본마다 다르다. 때문에 「춘향전」에서 희극성을 읽는 것도 「춘향전」의 무한한 깊이와 넓이를 재삼 확인하는 일이다.

본 장에서는 「이고본 춘향전」을 대상으로 한다. 「이고본李古本 춘향전」은 이명선李明善 소장 고사본古寫本의 약칭으로 『조선문학사』를 서술할 정도로 국문학에 조예가 깊었던 이명선 선생에 의해 세상에 알려진 작품이다. 이명선 선생은 1940년 이 사본을 『문장文章』지에 공개하면서, "세상에 이만큼 재미있는 「춘향전」은 보지 못했다"고 한 바 있다. 무엇보다도 「이고본李古本 춘향전」의 희극성은 사건을 전개시키는 춘향이의 어조에서 두드러진다.

---

102) 『이고본 춘향전』, 성현경 풀고 옮김, 보고사, 2011(「춘향전」은 작자. 연대 미상의 설화를 바탕으로 한 소설이다).

"여보 도련님, 들어보오. 남자 여자 짝을 지어 혼인하는 첫날밤에 신랑 신부 서로 만나 금슬우지琴瑟友之 즐길 때에 신부를 벗기려면, 큰 머리 화관족두리 봉황비녀 월귀탄 벗겨놓고, 웃저고리 위치마 단속곳 바지끈 끌러 벗긴 후에 신랑이 나중 벗고, 신부를 안아다가 이불 속에 안고 누워 속속곳 끈 끌러 엄지발가락 힘을 주어 꼭 집어 발치로 미죽미죽 밀쳐놓고 운우지락雲雨之樂이 좋다는데 날더러 손수 벗으라 하니 천한 것이라고 함부로 대함이 있소이다. 어찌 이다지도 서럽게 하오?"

이도령 기가 막혀,

"이애 춘향아, 그런 줄을 몰랐구나. 지내보지 못한 일을 책망하여 무엇하리, 그리하면 내 벗기마."

"옳지 옳지, 내 알겠소. 도련님은 귀공자요 소녀는 천기라고 첩의 집에 다닌다고 사또께 꾸중 듣고, 백년언약 후회되어 저러시오? 속없는 이 계집년이 이런 줄은 모르고서 외기러기 짝사랑으로 뺨을 대네 손을 잡네 오죽이 싫었을까? 혓등을 끊고 지고. 듣기 싫은 말 더하여 쓸데없고, 보기 싫은 얼굴 더 보이면 무엇할까? 저렇게 싫은 것을 무엇하러 오셨던가? 누구를 원망하고 누구를 탓하리오? 내 팔자나 한을 하지."

"오늘에야 사생결단 하나보다. 뒷날 기약 웬 말이고, '더니'란 웬 소린가? 생사람 죽이지 말고 출처를 일러주오. 어떤 년이 꼬이던가, 당초에 만날 때에 내가 먼저 살쟀던가? 도련님이 살자하고 공연히 잘 있는 숫색시를 허락하라 바득바득 조르더니 생과부를 만들려나? 내 집 찾아와서 도련님은 저기 앉고 소녀 모셔 여기 앉아 백년해로 하자 하고 살아도 같이 살고 죽어도 같이 죽자며 이별 말자 하고 깊은 맹세 금석같이 하던 말이 진정인가, 농담인가?"

붉은 비단 주머니 끈을 끌러 열고 나서 수기 내어 펼쳐 놓으며,

"이 글을 누가 썼나? 장부 일언은 중천금이라더니 한 입으로 두 말 하나? 내 손을 마주 잡고 꽃 핀 화단 연못가에 맑고 높아 고운 하늘 천번 만번 가리키며 반석같이 굳게 한 말 내 정녕 믿었더니 이별하자 말하였나?"

삼단같이 흩은 머리 두 손으로 뜯어다가 싹싹 비벼 내던지며,

"서방 없는 이 계집이 세간 두어 무엇할까?"

요강, 타구, 재떨이, 문방사우 내던지며,

"여보 도련님, 말 좀 하오. 내 말이 틀리거든 시원하게 말을 하오."

안간힘 길게 쓰며 담뱃대 땅땅 떨어 성천초 섭분 담아 백탄불에 붙여 물며,

"세상 인심 무섭구나. 조그마한 창기라고 얕잡아보고 하는 말이오? 오장이
부풀어서 담배도 못 먹겠다."

긴 담뱃대 뚝뚝 꺾어 윗목에 내던지며,

"여보 도련님, 꿀먹은 벙어리요? 좌우간에 말을 하오. 죽든 살든 결단하세."

춘향이 눈물 씻고,

"시골의 미천한 춘향이야 죽어도 제 팔자요 살아도 제 팔자니, 천금같이 귀하
신 몸 천리 먼 길 조심하여 올라가오. 향단아, 술상 들여라. 마지막으로 술 한잔
잡수시오. 첫째 잔은 상마주上馬酒요, 둘째 잔은 합환주合歡酒요, 셋째 잔은 이
별주離別酒요, 또 한 잔은 상사주相思酒니, 춘향 생각 잊지 마오."

술 부어 먹은 후에, 도련님이 주머니를 열고 거울 꺼내 춘향 주며,

"대장부 굳은 마음 거울 빛과 같은지라. 내 생각 나거들랑 거울이나 열어보고
마음 변치 말고 잘 있거라."

춘향이 한숨 쉬고 거울 받아 간수하고 옥가락지 선뜻 빼서 도련님께 드리면서,

"계집의 맑은 마음 옥빛과 같은지라. 천만년 흐른대도 옥빛이야 변하리까?
부디 한 번 찾아와서 가슴에 맺힌 회포나 풀어주오."

'황공하옵게도 엎드려 문안드리옵나니, 먼 곳에 계셔 살펴 드리지 못하는 이
때에 서방님 평안하옵시며 영감님과 대부인께서도 안녕하옵신지, 삼가 사모하
는 마음 끝이 없습니다. 바라옵건대 천첩의 처지를 돌보아주십시오. 소녀는 도
련님 올라가신 후에 그리움으로 병이 들어 목숨이 경각에 달렸더니, 신관사또
부임 초에 수청 아니 든다하고 마구 매를 쳐서 칼 씌워 옥에 가두었으니, 도망
할 길 전혀 없어 서러운 말을 누구에게 전하리까? 추운 겨울 기나긴 밤과 더운
여름 긴 긴 낮에 눈물 흘리며 세월을 보내나니, 이 소식을 누가 전해주리오? 혈
서를 써서 들고 북쪽 하늘 바라보니, 기러기 슬피 울며 높은 하늘에 떠 가기로,
편지를 부치려 하나 소무蘇武의 편지 전해 주던 흰기러기 아니어든 누가 이 내

편지 전해 줄까? 망망한 구름 속에 허튼 소리뿐이로다. 칼머리 돋워 베고 처량하게 누웠더니, 꿈에 오셨다가 흔적 없이 가셨으니 더욱 가슴이 답답하여 칼머리만 두드린즉, 실낱 같은 목만 아프니 하염없이 눈물만 흐릅니다. 이 고생 하는 줄을 도련님이 알게 되면, 정녕코 내려와서 죽게 된 이 내 몸을 살리련만, 어이 그리 못 오시오? 글공부에 바빠 나를 잊어 못 오시나, 세간 팔아 미주美酒 마셔 술 취하여 못 오시나? 봄물이 못마다 가득하니 물이 많아 못 오시나, 여름 구름 봉우리에 가득하니 산이 높아 못 오시오? 아니 올 리 없건마는 어서 바삐 내려와서 칼과 차꼬 벗겨주어 걸음이나 걷게 되면 곧 죽어도 한이 없겠소. 그다지도 무정하오. 행여나 내려와서 목소리나 좀 들었으면 무슨 한이 되오리까? 오로봉으로 붓을 삼고 푸른 하늘로 종이를 삼은들 마음속에 품은 말씀 어찌 다 하오리까? 눈물이 앞을 막고 어머니도 꾸짖으시어 정신이 혼미하기로 대강 아뢰오니 살펴보시옵고, 가엽게 여기시어 죽기 전에 뵈옵기를 빌고 또 비나이다.

편지 끝에 손가락을 깨물어서 소상강 기러기 모양으로 뚝뚝 떨어뜨리고, '정유월 십팔일 죄수 춘향 올림'이라 하였구나.

어사또 편지 보고 가슴이 막히고 눈물이 비 오듯 하여 편지지가 잿물 내리는 시루 같이 되었으니, 아이놈 물끄러미 보다가,

"이 양반, 남의 편지 끌 좀 보오. 남의 편지 보고 우는 맛이 무슨 맛이오? 남의 부모 병환에 단지斷指 한다더니 이 양반이 그 꼴이네. 그 편지 쓸 수 있소? 길 바쁜데 별 일 다 보겠네."

어사또 눈물 씻으며,

"향단아, 울지 마라. 그 사이 잘 있었냐는 말도 못 하겠다. 고생인들 오죽하였느냐? 내 사정 좀 들어보아라. 나도 서울 가서 과거도 못 하고, 우연히 집안이 몰락하여 집도 없이 남의 사랑에서 잠을 자다가, 추위와 배고픔을 못 이기어 밥이나 실컷 얻어먹자 하고 내려왔다가, 춘향이 소식이나 알려고 여기 와서 다녔더니, 천만 뜻밖에 너를 보니 반가운 중 서러워라. 전날에 춘향이와 했던 언약 모두 다 틀어지니, 춘향이 볼 낯이 없다. 기특하다. 기특하다. 네 정성 갸륵하다. 너의 상전 살리겠다. 나는 이곳에서 너를 보니 춘향이 본 듯 반갑기 그지없다. 지금이라도 내려가서 보고 싶은 생각 간절하나, 모양도 이러하고 빈손을 들고 무슨 낯으로 가겠느냐? 너나 내려가서 날 보았단 말 말고 몸조리나 아무쪼록 잘 하고 있으면, 하늘이 무너져도 솟

아닐 구멍은 있다고 하였으니, 죄 없으면 죽는 법이 없느니라. 금석같이 굳은 마음 변치 말고 있으면, 며칠 후에 한번 가 보마.”

향단이 눈물지으며,

“날이면 날마다 간절히 바랐건만 저 지경이 되었으니 이를 어쩐단 말이오? 저 모양으로 내려오실 때야 시장인들 오죽하시리까? 서방님 부디 그냥 가지 마옵시고 집에 다녀가옵소서.”

“오냐, 염려 말고 잘 내려가서 춘향이 옥바라지나 잘 하여라.”

③ 김유정의 「봄봄」[103]

김유정의 작품은 해학의 미학으로 평가된다. 「봄봄」의 해학성을 드러내는 기제는 등장인물의 성격과 등장인물이 처한 배경에 있다. 인물의 해학성은 어조에서 두드러지는데, 이는 작가가 전지적 시점으로 주인공을 바라보는 데서 비롯된다. 주인공은 해결되어야 할 문제의 원인이 자신에게 있는 것이 아님에도 자신에게 있다고 인지함으로써 인물의 해학성 혹은 희극성이 가중되며 주인공이 처한 배경 또한 해학성과 희극성을 가중시키는 요인으로 작용한다.

이래서 나는 애초 계약이 잘못된 걸 알았다. 이태면 이태, 3년이면 3년, 기한을 딱 작정하고 일을 했어야 할 것이다. 덮어놓고 딸이 자라는 대로 성례를 시켜 주마 했으니 누가 늘 지키고 섰는 것도 아니고, 그 키가 언제 자라는지 알 수 있는가. 그리고 난 사람의 키가 무럭무럭 자라는 줄만 알았지 붙박이 키에 모로만 벌어지는 몸도 있는 것을 누가 알았으랴. 때가 되면 장인님이 어련하랴 싶어서 군소리 없이 꾸벅꾸벅 일만 해왔다. 그럼 말이다, 장인님이 제가 다 알아차려서, “어참, 넌 일 많이 했다. 고만 장가들어라” 하고 살림도 내주고 해야 나도 좋을 것이 아니냐. 시치미를 딱 떼고 도리어 그런 소리가 나올까봐서 지레 펄펄 뛰고 이 야단이다. 명색이 좋아 데릴사위지 일하기에 싱겁기도 할뿐더러 이건 참 아무것도 아니다. 숙맥이 그걸 모르고 점순이의 키 자라기만 까맣게 기다리지 않았나.

---

103) 김유정, 「봄봄/따라지」, 『에버그린한국문학전집 18』, 동서문화사, 1984.

개 돼지는 푹푹 크는데 왜 이리도 사람은 안 크는지, 한 동안 머리가 아프도록 궁리도 해 보았다. 아하, 물동이를 자꾸 이니까 뼈다귀가 옴츠라드나 보다 하고 내가 넌짓 넌지시 그 물을 대신 길어도 주었다. 뿐만 아니라 나무를 하러 가면 서낭당에 돌을 올려 놓고 "점순이의 키 좀 크게 해줍소사. 그러면 담엔 떡 갖다놓고 고사드립죠니까." 하고 치성도 한두 번 드린 것이 아니다. 어떻게 돼먹은 킨지 이래도 막무가내니 그래 내 어저께 싸운 것인지 결코 장인님이 밉다든가 해서가 아니다.

점순이는 뭐 그리 썩 이쁜 계집애는 못 된다. 그렇다고 또 개떡이냐 하면 그런 것도 아니고, 꼭 내 안해가 돼야 할 만치 그저 툽툽하게 생긴 얼굴이다. 나보다 10년이 아래니까 올해 열 여섯인데 몸은 남보다 두 살이나 덜 자랐다. 남은 잘도 훤칠히들 크건만 이건 위아래가 몽툭한 것이 내 눈에는 하릴없이 감참외 같다. 참외 중에는 감참외가 제일 맛좋고 이쁘니까 말이다. 둥글고 커단 눈은 서글서글하니 좋고 좀 지쳐 찢어졌지만 입은 밥술이나 톡톡히 먹음직하니 좋다. 아따, 밥만 많이 먹게 되면 팔자는 고만 아니냐. 한데 한 가지 파가 있다면 가끔 가다 몸이 (장인님은 이걸 채신이 없이 들까분다고 하지만) 너무 빨리빨리 논다. 그래서 밥을 나르다가 때없이 풀밭에다 깨박을 쳐서 흙투성이 밥을 곧잘 먹인다. 안 먹으면 무안해 할까 봐서 이걸 씹고 앉았노라면 으적으적 소리만 나고 돌을 먹는 겐지 밥을 먹는 겐지…

사실 이때만치 슬펐던 일이 또 있었는지 모른다. 다른 사람은 암만 못생겼다 해두 괜찮지만 내 안해 될 점순이가 병신으로 본다면 참 신세는 따분하다. 밥을 먹은 뒤 지게를 지고 일터로 가려 하다 도로 벗어던지고 바깥마당 공석 위에 드러누워서 나는 차라리 죽느니만 같지 못하다 생각했다.

참말 난 일 안 해서 징역도 좋다 생각했다. 일후 아들을 낳아도 그 앞에서 바보, 바보, 이렇게 별명을 들을 테니까 오늘은 열 쪽이 난대도 결정을 내고 싶었다.
장인님이 일어나라고 해도 내가 안 일어나니까 눈에 독이 올라서 저편으로 힝하게 가더니 지게 막대기를 들고 왔다. 그리고 그걸로 내 허리를 마치 돌떠넘기듯이 쿡 찍어서 넘기고 넘기고 했다. 밥을 잔뜩 먹고 딱딱한 배가 그럴 적마다 퉁겨지면서 뱃창이 꼿꼿한 것이 여간 켕기지 않았다. 그래도 안 일어나니까 이번에는 배를 지게 막대기로 위에서 쿡쿡 찌르고 발길로 옆구리를 차고 했다. 장인님은 원체 심술이 궂어서 그러지만 나도 저만 못하지 않게 배를 채였다. 아픈 것을 눈을 꽉 감고 넌 해라 난 재밌단 듯이 있었으나 볼기짝을 후려갈길 적에는 나도 모르는 결에 벌떡 일어나서 그 수염을 잡아챘다마는 내 골이 난 것이 아니라 정말은 아까부터 부엌 뒤 울타리 구멍으로 점순이가 우리들의 꼴을 몰래 엿보고 있었기 때문이다.

가뜩이나 말 한 마디 톡톡히 못한다고 바라보는데 매까지 잠자코 맞는 걸 보면 짜장 바보로 알 게 아닌가. 또 점순이도 미워하는 이까짓놈의 장인님하곤 아무것도 안되니까 막 때려도 좋지만 사정 보아서 수염만 채고 (제 원대로 했으니까 이때 점순이는 퍽 기뻤겠지) 저기까지 잘 들리도록 "이걸 까셀라부다!" 하고 소리를 쳤다.

4. 지도자적 인물

지도자적 인물은 모범적 인물을 포함한다. 타의 모범이 되는 인물이어야만이 지도자로서의 자격을 갖추게 되는 까닭이다. 보편타당하고 바람직한 가치를 실천하는 인물일 때 타의 추종을 받게 되는 지도자가 되는 것이다. 물론 역사적으로 특수한 상황에서 등장한 인물, 가령 일제강점기의 독립투사나 근대의 파시즘에 저항했던 레지스탕스들도 지도자적 인물이다. 이와 같은 지도자들은 역사적 상황이 종료되면 역사의 페이지를 장식한 채로 마감되면서 그 정신과 실천성이 계승된다. 때문에 초역사적이고 보편타당한 가치를 지닌 지도자상으로 형상화된 지도자와는 다소 차이를 지닌다. 이처럼 지도자적 인물은 역사의 특수한 상황에서 실재했던 인물과 초역사적이고 보편타당한 가치를 지닌 인물로 이원화할 수 있으나, 가치 지향 면에서 그리고 타의 모범이 되는 인물이라는 측면에서 양자는 동일하다.

① 나다니엘 호오돈의 「큰 바위 얼굴The Great Stone Face」

나다니엘 호오돈Nathaniel Hawthorne(1804~1864)은 미국 근대문학은 물론 세계문학에 한 획을 그은 작가이다. 미국 매사추세츠 주 세일럼의 엄격한 청교도 집안에서 태어난 그는 어릴 적 아버지를 여의고 어머니와 함께 외롭게 생활하였다. 대도시인 보스턴에서 매사추세츠 주의 한적한 산골 마을, 레녹스로 이사하는 등 극단적인 삶의 변화를 자주 겪어서인지 그의 작품에는 청교도적인 사상과 생활 태도, 소외와 죄의식이 짙게 배어 있다.

이 작품은 조그만 골짜기 마을에서 태어나고 일생을 살았던 어니스트와 그 조그만 마을을 떠나 더 큰 세상으로 나갔던 4명을 대비시켜 이야기를 풀어나가고 있으며, 각각의 인물에게 붙여진 이름에 그 인물의 특징이 요약되어 있다. 정말 위대한 것은 돈이나 명예, 권력과 같은 것이 아니라 끊임없는 자기 성찰을 거쳐 얻어진 말과 사상과 삶의 일치라는 평범한 진리를 말해준다.[104] 「큰 바위 얼굴」은 초역사적이고 보편타당한 가치를 지향하는 이상주의자를 표상한 작품이다.

〈골짜기의 전설〉

큰 바위 얼굴은 자연이 만들어낸 예술작품이었다. 비와 바람이 산의 한쪽 면을 깎아낸 것이다. 이제는 멀리 떨어진 곳에서 보아도 그것은 마치 사람의 얼굴처럼 보였다. 그것은 넓은 이마와 길쭉한 코, 커다란 입술의 형태를 갖추고 있었다.

큰 바위 얼굴 쪽으로 너무 가까이 다가가면 산의 옆면밖에 보이지 않는다. 하지만 다시 물러나면, 다시 그 이마와 코와 입술을 볼 수 있다. 그리고 멀리 떨어져서 보면 큰 바위 얼굴은 마치 살아있는 것처럼 보인다.

그 골짜기 마을의 아이들은 행복했다. 그들은 눈앞에 있는 큰 바위 얼굴과 함께 성장했다. 그 얼굴은 모든 살아있는 것들을 사랑하는 노인의 얼굴처럼 따스하고 인자해 보였다. 사람들은 그 골짜기를 이렇게 살기 좋은 곳으로 만든 것이 바로 큰 바위 얼굴이라고 말했다. 사람들은 태양을 비추게 하고 나무를 자라게 하는 것도 바로 큰 바위 얼굴이라고 했다.

이 이야기는 언젠가 어떤 아이가 태어날 것이라고 말했다. 그러고 나서 이 아이는 그가 사는 시대에 가장 위대한 사람이 될 거라고 했다. 그 사람의 얼굴은 큰 바위 얼굴과 똑같이 보일 것이라고 했다. 많은 노인들은 여전히 이 이야기를 믿고 있었고 젊은이들도 마찬가지였다.

어머니는 매우 선하고 자애로운 여자였다. 어머니는 아들이 그 이야기를 믿기를 원했다. 그래서 어머니는 그에게 그냥 이렇게 말했다. "어쩌면 그럴 수 있을 거야."

그리고 어니스트는 어머니가 자신에게 들려주었던 그 이야기를 결코 잊지 않았다. 그가 큰 바위 얼굴을 바라볼 때마다 그 이야기는 항상 그의 마음속에 있었다.

---

104) 나다니엘 호오돈Nathaniel Hawthorne, 『큰 바위 얼굴The Great Stone Face』(1850), 넥서스 콘텐츠개발팀 엮음, 넥서스, 2011.

〈첫 번째 인물 : 부자〉

길 한편에는 가엾은 노파와 어린 아이 둘이 서 있었다. 마차가 길을 지나갈 때, 세 사람 모두 손을 내밀었다. 노인의 손, 그렇게 많은 금을 모아들였던 바로 그 손이 창밖으로 나오더니 몇 푼 안 되는 작은 동전들을 땅 위로 떨어뜨렸다. 그러자 사람들은 소리쳤다.

"저 사람은 큰 바위 얼굴을 쏙 빼닮았어!"

그러나 어니스트는 그 마차로부터 돌아서서 골짜기 마을을 올려다보았다. 그러자 큰 바위 얼굴이 그를 바라보았다. 큰 바위 얼굴은 "그는 언젠가 올 거야! 그러니 두려워하지 마라. 어니스트, 그 사람은 올 거야!"라고 말하는 것 같았다.

〈두 번째 인물 : 군인〉

이제 그 위대한 사람은 군중에게 감사 인사를 하려고 자리에서 일어섰다. 그곳에, 사람들의 머리 너머에 그가 있었다. 어니스트는 국기 아래 있는 그를 보았다. 또한 그곳에서, 어니스트는 장군의 뒤쪽 멀리에 있는 큰 바위 얼굴을 보았다. 그런데 장군이 정말 큰 바위 얼굴과 닮았단 말인가? 어니스트는 그것을 알 수 없었다. 그는 강한 의지가 있고, 엄한 얼굴표정의 한 사람을 보았다. 하지만 올드 블러드앤드선더 장군의 얼굴 어디에도 큰 바위 얼굴의 지혜와 사랑은 보이지 않았다.

"이 사람은 그 위대한 사람이 아니야." 어니스트는 군중을 헤치고 밖으로 나오면서 혼잣말을 했다. "그렇다면 세상은 아직도 더 오래 기다려야 한단 말인가?"

그는 산허리를 올려다보았다. 그곳에는 큰 바위 얼굴이 있었다. 큰 바위 얼굴을 보았을 때 어니스트는 깜짝 놀랐다. 비록 큰 바위 얼굴이 입술을 움직이지 않았음에도 불구하고 어니스트는 큰 바위 얼굴에 어려 있는 따스하고 인자한 미소를 보았다. 햇빛이 큰 바위 얼굴을 비추고 있었다. 어니스트는 아직 희망이 있다고 생각했다.

"두려워하지 마라, 어니스트." 마치 큰 바위 얼굴이 그에게 말을 하는 것처럼 어니스트의 마음 깊은 곳에서는 이런 말이 들렸다. "두려워하지 마라, 어니스트. 그 사람은 올 거야."

〈세 번째 인물 : 정치가〉

정치가의 이마는 큰 바위 얼굴처럼 넓었지만 그의 눈매는 깊었고 입은 강력한 영향력을 지니고 있었다. 하지만 신과 방불한 따스한 미소는 그 어디에도 없었다.

말을 탄 사람들, 깃발, 음악과 마차들이 어니스트를 지나쳐 갔고, 군중은 환호성을 지르며 그 뒤를 쫓아갔다. 흙먼지가 땅으로 가라앉기 시작하자 어니스트는 다시 큰 바위 얼굴을 볼 수 있었다.

"보게, 나는 여기 있다네, 어니스트." 큰 바위 얼굴의 입술이 이렇게 말하는 것 같았다. "자네는 오랫동안 기다려 왔지. 하지만 난 훨씬 더 오래 기다려 왔다네. 하지만 난 아직 지치지 않았어. 두려워 말게. 그 사람은 올 거야."

〈네 번째 인물 : 시인〉

하지만 어니스트가 그냥 늙기만 한 것은 아니었다. 그의 머리에 있는 흰 머리보다도 더 많은 지혜로운 생각들이 그의 마음 속에 있었다. 시간은 어니스트에게 주름을 새겨놓았고, 그 주름은 큰 지혜에 대해 말해주었다. 어니스트만큼 큰 지혜를 가지고 있는 사람은 거의 없었다.

어니스트는 자신이 태어난 골짜기 마을을 한 번도 떠난 적이 없었다. 그러나 드넓은 세상에 살고 있는 사람들, 즉 골짜기 밖에 살고 있는 사람들이 어니스트에 대해 알기 시작했다. 교수들과 대도시에 사는 사람들이 어니스트를 만나 함께 이야기를 나누기 위해 멀리서 찾아왔다. 그들은 그가 남다른 생각을 지니고 있다는 이야기를 들었다. 이러한 생각은 책에서 찾을 수 있는 그런 것들과는 달랐다. 그것은 훨씬 더 훌륭한 생각이었다. 마치 어니스트가 매일 천사들을 친구 삼아 이야기를 나눈 것처럼 말이다.

어니스트는 자신을 보러온 모든 사람들에게 아무 거리낌 없이 말했다. 그는 자신의 마음속으로 찾아든 생각을 이야기했다. 그는 자신의 마음속이나 그들의 마음 속 가장 깊숙한 곳에 있는 감정들에 대해 이야기했다. 그리고 그들과 함께 이야기를 나누는 동안 그의 얼굴은 마치 따스한 석양빛처럼 빛을 비춰주었다.

어니스트가 자라고 늙어 가는 동안 하나님은 이 세상에 새로운 시인 한 명을 보내셨다. 이 시인 역시 이 골짜기 마을에서 태어났지만, 생애의 대부분을 멀리 떨어진 곳에서 보냈다. 그는 대도시에서 자신의 시를 읊고 자신의 이야기들을 말했다. 그러나 그는 골짜기 마을에서 보낸 어린 시절에 알고 있었던 높은 산들에 대해 자주 이야기했다.

시인은 큰 바위 얼굴에 대한 시를 썼다. 그것은 아름다운 시였다. 그것은 마치 큰 바위 얼굴이 직접 자신의 입술로 읊는 시처럼 들렸다.

〈위대한 사람이 나타나다〉

아주 먼 곳에 살고 있기는 했지만 위대한 시인 역시 어니스트에 관한 이야기를 들었다. 그는 어니스트가 어떤 사람인지 알고 싶었다. 무엇보다도 그는 어니스트를 만나보고 싶었다. 그래서 어느 여름날 아침, 시인은 기차를 탔다.

"당신은 그 시속에서 어떤 메아리를 들을 수 있어요." 시인이 말했다. "그것은 하나님이 들려주시는 노래의 메아리이죠. 하지만, 존경하는 어니스트, 내 삶은 당신이 내 책에서 찾아낸 그 생각들만큼 훌륭한 것은 아니었어요. 전 위대한 꿈을 가지고 있었지만 그것은 그저 꿈에 불과했어요. 그것은 내가 다른 종류의 삶을 살았기 때문입니다.

나는 그와 같은 삶을 살고 싶었죠. 때때로 난 위대함, 아름다움, 삶의 미덕을 믿지 않았어요. 내가 이런 사실을 이야기할 수 있을 만큼 강인할 수 있을까요? 그런데 어떻게 내 안에서 하나님의 위대한 형상을 찾아낸다는 건가요?

시인의 눈에는 눈물이 고였고, 어니스트 역시 마찬가지였다.

멀리, 저물어 가는 태양의 빛이 비추고 있는 높은 곳에 큰 바위 얼굴이 나타났다. 큰 바위 얼굴 주위에는 마치 머리카락인 듯 흰 구름 하나가 떠 있었다. 큰 바위 얼굴의 눈은 사랑스럽게 온 세상을 바라보고 있는 것 같았다.

그 순간, 어니스트의 얼굴은 그곳에 있는 사람들에게 매우 인자하게 보였고 시인은 두 팔을 머리 위로 번쩍 들며 소리쳤다.

"봐요! 봐요! 어니스트가 바로 큰 바위 얼굴의 화신입니다!"

그러자 모든 사람들이 주목했다. 그들은 시인이 말한 것이 사실임을 알았다. 위대한 사람이 온 것이다.

그러나 어니스트는 연설을 끝마치고 나서 시인의 팔을 붙잡고 집으로 걸어갔다. 그는 여전히 큰 바위 얼굴과 닮은 얼굴을 가진 자신보다 좀 더 현명하고 훌륭한 사람이 나타나기를 바라고 있었다.

② 심훈[105] 의 「상록수」[106]

심훈의 「상록수」는 동아일보 창간 15주년 기념 현상 문예 당선작으로 1935년에 연재되었듯이 일제강점기의 농촌계몽운동으로 민족의식을 고취하는 것이 주제이다. 특히 「상록수」라는 제목이 상징적으로 시사하듯이 지도자적 인물은 이상주의자여야 하며 상록수처럼 어떤 어려움에도 굴하지 않고 자신의 이상을 관철하는 강인한 성격의 소유자여야 한다는 점이 특징적이다. 이것이 지도자로서의 자격임을 강조하고 있다. 곧 「상록수」는 일제강점기의 지도자상이라는 역사적 의의에 국한되지 않고 초역사적인 의의와 이상적 인물상으로 확대된다.

<쌍두취행진곡(雙頭鷲行進曲)>

    "여러분! 여러분은 우리를 못살게 구는 적이, 고쳐 말씀하면 원수가 어디 잇는 줄 아십니까?" 하고 나서 그는 무슨 범인이나 찾는 듯한 눈초리로 청중을 둘러본 뒤에 손가락을 펴들어 저의 머리통을 가르치며

    "그 원수가 이 속에 들엇습니다. '아이구 인젠 죽는구나' '너 나 헐 것 없이 모조리 굶어 죽을 수밖에 없구나' 하는 절망과 탄식! 이것 때문에 우리는 두 눈을 벌거니 뜬 채 피를 뽑히구 잇는 겝니다. 그런 지레짐작 즉 선입관념(先入觀念)이 골수에 박혀 잇는 까닭에 우리가 피만 식지 않은 송장 노릇을 헌다구 해두 과언이 아닙니다. 그야 천치 바보가 아닌담에야 우리의 현실(現實)을 낙관헐 수야 없겠지요. 덮어놓구 '기운을 차려라' '벌떡 일어나 다름박질을 해라' 허구 고함을 질르며 채죽질을 헌대도 백 년이나 앓은 중병환자가 벌떡 일어나지야 못허겟지요. 그러치만 우리가 꼭 한마디 이 머릿속에 새겨둘 말이 잇습니다. 좀 막연허긴 허지만 '-개인이나 한 민족이 히망의 정신만 잇으면 결국은 다시 일어나구야 만다!' - 이 간단한 표여(標語) 한마디가, 우리 보다 못허지 않은 처지에 빠젓

─────────

105) 심훈(1901~1936)은 짧은 생애 동안 영화, 시, 소설, 언론 등 문화계 전반에서 다양한 활동을 펼친 인물이다. 심훈의 문학적 출발은 1920년대 초반 사회주의 문화운동 조직이었던 염군사(焰群社)에서 비롯된다. 이호, 이적효, 송영 등이 주축이 된 염군사는 잡지 『염군』을 2호까지 계획했고 1호는 제작까지 마쳤으나 제작 다음날로 금지 처분을 받아 세상에 발표되지 못했다. 그러나 심훈은 '염군사-카프'로 이어지는 계급문학 운동의 조직에서 이탈을 보이는 가운데 영화와 언론계(기자 생활)에서 적극적인 활동을 보여 주었다.

106) 『동아일보』, 1935.9.10. ~ 1936.2.15. 게재(심훈, 『상록수』, 지식을만드는지식, 2012).

든 '덴마-크[丁抹]'의 국민을 오늘날과 같이 다시 살려   습니다!" - 박동혁

"여러분은 학교를 졸업하면 양복을 갈러부치고 의자를 타구 앉어서 월급이나 타 먹으려는 공산버텀 깨트려야 헙니다. 우리 남녀가 총동원을 해서 머리를 동처매구 민중 속으로 뒤어들어서, 우리의 농촌, 어촌, 산촌을 붓들지 안흐면 - 그네들을 위해서 한 몸을 히생에 받히지 않으면 우리 민족은 영원히 거듭나지 못합니다!" - 채영신

"처음 보는 여자다. 외모가 어여뿐 여자는, 길에서도 더러 본 일이 잇지만, 채영신이처럼 의지(意志)가 굳어 보이든 여자는 처음이다. 무엇이던지 한번 결심하면 기어히 제 손으로 해 내고야 말 것 같은 여자다." - 박동혁

"우리 시굴로 내려갑시다! 이번 기회에 공부구 뭐구 다 집어치구서, 우리의 고향을 직히러 내려갑시다! 한 가정을 붓든다느니버덤도, 다 쓸어저 가는 우리의 고향을 붓들기 위한 운동을 일으키기 위해서 자, 용기를 냅시다, 그네들을 위해서 일을 허다가 죽는 한이 잇드래두 선구자(先驅者)로서의 기쁨과 자랑만은 남겟지요." - 박동혁

〈해당화 필 때〉
"인제 三 개년 계획만 더 세우구 노력허면 피차에 일터가 단단히 잡히겟지요. 후진들헌테 일을 맡겨두 안심이 될만치 기초가 든든히 선 뒤에 우리는 결혼을 헙시다. 그러고는 될 수 잇는 대루 좀 더 공부를 허면서 다시 새로운 출발을 헙시다." - 박동혁

〈제三의 고향〉
나에게 다만 한 분이신 동혁 씨!
나는 행복합니다. 인제는 외롭지도 안습니다. 큰덕미 나루터의 커다란 바위ㅅ덩이와 같이 변함이 없으실 당신의 사랑을 얻고 우리의 발길이 뻗치는 곳마다 넷재 다섯재의 고향이 생길 터이니 당신의 곁에 앉엇을 때만치나 제 마음이 든든합니다. 저의 가슴은 오직 하느님께 대한 감사와 기쁨으로 충만합니다. 그러나 그와 동

시에 이 몸의 책임이 더 한층 무거워진 것을 깨닫습니다. '청석동'의 문화적 개척사업을 나 혼자 도맡은 것만 하여도 이미 허리가 휘도록 짐이 묵어운데요, 우리의 사랑을 완성할 때까지 불과 三 년 동안에 그 기초를 완전히 닦어 노차면 그 앞길이 창창한 것 같습니다. 양식 떨어진 사람이 보리ㅅ고개를 넘기는 것만치나 깜아 아득한 것 같습니다. 그러나 저는 그런 생각이 들 때마다 '우리는 가난하고 힘은 아직 약하나 송백처럼 청청하고 바위처럼 버티네'를 불르겠서요. 목청껏 불러요!

당신께도 하나뿐인 채영신 올림

〈불개미와 같이〉

"여러분, 이런 공편치 못한 일이 세상에 잇습니까? 어느 누구는 자기 환갑이라구 이러케 질탕이 노는데 배우는 데까지 굶주리는 이 어린이들은 비바람을 가릴 집 한 간이 없어서 그나마 길바닥으로 쫓겨낫습니다. 원숭이 새끼처럼 담이나 나뭇가지에가 매달려서 글 배는 입내를 내고요 조 가느다란 손고락의 손톱이 달토록 땅바닥에다 글시를 씁니다."

하고 얼굴이 새빨개지며 목구녁에 피를 끌이는 듯한 어조로

"여러분 이 아이들이 도대체 누구의 자손입니까? 눈에 눈물이 잇고 가죽 속에 붉은 피가 도는 사람이면 그 술이 참아 목구녁에 넘어갑니까? 기생이나 광대를 불러서 세월 가는 줄 모르구 놀아두 이 가슴이 양심이 아프지 안습니까?" - 채영신

〈최후의 한 사람〉

동혁이가 동리 어구로 들어서자 맨 먼저 눈에 띠우는 것은 붉으스름하게 물들은 저녁 하늘을 배경 삼고 언덕 우에 우뚝우뚝 서 잇는 전나무와 소나무와 향나무엿다. 회관이 낙성되는 날 그 기쁨을 영원히 기념하기 위해서 회원들과 함께 패어다 심은 상록수(常綠樹)들이 키도듬을 하며 동혁을 반기는 듯.

③ 골딩의 「파리대왕」[107]

제2차 세계대전을 배경으로 한 「파리대왕」은, 물론 소년들을 등장시켜서 어른의

---

107) 윌리엄 골딩, 『파리대왕』, 강우영 옮김, 청목, 1991.

세계를 비판하는 우화적 성격을 띠고 있으나 이와 같은 점이 방법적 측면이라면, 주제면에서 영국적 의회민주주의를 우수한 제도로 형상화한 작가의 의도가 담긴 작품으로 평가된다. 제2차 세계대전의 폭력성을 비판하면서 영국의 의회민주주의를 이상적 제도로 설정한 것이다. 특정한 역사적 배경 속에서 우수한 사회제도를 보편적이고 이상적인 가치로 내세움으로써 주인공을 지도자적 인물로 형상화하였다.

〈소라의 나팔소리〉

　　"랠프가 모두를 소집한 게 보람이 있어. 그래서 우리가 무엇을 해야 하나를 결정할 수 있게 말이야, 이름을 알아두었는데, 저 애는 죠니, 저기 둘은 쌍둥이라는데 이름은 샘과 에릭, 어느 쪽이 에릭이지? 너냐? 아냐? 네가 샘...."

　　이 선거 장난은 소라만큼이나 모든 소년들의 마음에 들었다. 잭은 항의를 했으나 고함 소리는 대장을 선거하자는 의견에서 일치되었고 박수갈채로 랠프를 선출하게 되었다. 그 이유는 아무도 설명할 수 없었을 것이다.

　　지혜라고 할 수 있는 것을 보여 준 소년은 피기였으며, 누가 보나 지도자다운 점은 잭에게 있었다. 그러나 랠프에게는 앉아 있을 때 그를 드러나게 하는 조용함이 있었다. 몸집도 크고 매력있는 풍채였다. 뿐만 아니라 가장 효과를 나타낸 것은 소라였다. 소라를 불고, 그 정교한 물건을 무릎 위에 올려 놓고 높은 화강암 고대에서 그들을 기다리고 있던 존재 - 그것은 틀림없이 특이한 존재였다.

〈산정의 봉화〉

　　랠프는 목청을 가다듬었다.

　　랠프는 자기가 얘기해야 될 일에 대해서 유창하게 말할 수 있다는 느낌이 들었다. 그는 손으로 금발 머리를 쓰다듬고 말을 시작했다.

　　"우리는 섬에 와 있어. 우리 세 사람은 산꼭대기에 올라가 사방이 바다로 둘러 싸여 있는 것을 보았어. 집도, 연기도, 사람 발자국도, 배도, 사람도 구경하지 못했어. 우리는 사람이 살지 않는 섬에 와 있는 거야."

　　"우리는 봉화를 지킬 특별 당번을 결정해야 해. 언제 배가 도착할지 모르니까."

하고 말하면서 랠프는 철사줄과 같은 수평선을 가리켰다.

"그리고 우리가 봉화를 올리면 어른들이 봉화를 보고 우리를 도와줄 거야. 또한 가지는 우리는 규칙을 더 만들어야 해, 소라가 있는 곳에선 회합이 열리고 있다고 생각해야 한다. 저 바닷가에서나 이 곳 산 꼭대기에서나 마찬가지야."

소년들은 동의했다. 피기는 말을 하려고 입을 벌렸다가 잭과 눈이 마주치자 입을 다물었다. 잭은 소라를 쥐려고 두 손을 내밀고 일어서서 검정이 묻은 손으로 소라를 받아서 고이 받쳐들고 있었다.

"난 랠프의 의견에 찬성이야. 우리는 규칙을 만들고 그 규칙에 순종해야 해. 우리는 야만인이 아니야. 영국 국민이야. 영국 국민은 무슨 일이나 잘 해. 그리고 우리는 옳은 일을 해왔어."

〈모래사장의 오두막〉

사이먼이 조심스럽게 고개를 내밀었다.

"넌 대장이다. 그러니 직접 그 애들에게 명령해라."

랠프가 돌아누워서 야자수와 하늘을 바라보았다.

"모임뿐이야. 모임만은 좋아하잖아? 매일같이 그것도 하루에 두 번씩이나. 말만 잘 해."

그는 한 쪽 팔꿈치를 베개 삼아 누웠다.

"내가 소라를 불기만 하면 모두들 당장 달려올 거야. 그러면 엄숙하게 의논하겠지. 제트기를 만들자느니, 잠수함을 만들자느니 또는 TV세트를 만들자느니 하고 말하겠지. 모임이 끝나면 5분간은 일하겠지만 곧 슬금슬금 빠져나가서 돌아다니거나 사냥을 갈 꺼야."

잭은 얼굴을 붉혔다.

"우리는 고기가 필요해."

"그렇다고 우리가 고기를 먹어 본 일은 없잖아. 그건 그렇다치고 오두막도 필요해. 뿐만 아니라 너를 제외하고는 다른 사냥부대는 몇 시간 전에 돌아왔어. 그리고 계속 헤엄만 쳤어."

〈멧돼지 사냥〉

꼬마들은 소라의 소리에는 순종하였는데 순종한 이유는 랠프가 소라를 불었다는 것도 그 이유 중의 하나였다. 랠프는 키가 컸으며 권위있는 어른들의 세계를 연상시켜 주었다. 꼬마들이 회합의 재미를 즐기는 이유의 하나가 바로 이 점일 것이다. 그러나 회합을 제외하고는 큰 소년들과 어울리는 법이 거의 없었다. 꼬마들은 그들 자신의 감정적인 단체 생활을 하고 있었던 것이다.

랠프는 군침을 흘렸다. 그는 멧돼지를 먹지 않을 작정이었으나 지금까지 과일과 나무 열매 또는 묘한 게나 생선만 먹어 봤으므로 크게 저항을 하지 못했다. 그는 반밖에 구워지지 않은 고깃점을 받아들고 흡사 이리처럼 씹어 먹었다.

피기도 군침을 흘리면서 말했다.

"난 먹으면 안 되니?"

잭은 힘의 과시로써 피기를 의심스러운 상태에 놓아둘 작정이었다. 그러나 자기만이 빠졌다는 것을 피기가 광고했으므로 잭으로선 다시 잔인하게 굴지 않을 수 없었다.

"너는 사냥을 하지 않았어."

"사냥은 랠프도 안 했고, 또 사이먼도 하지 않았어."

피기는 억울하다는 표정으로 말했다. 그리고 또 첨가해서 말했다.

"개 고기 같은 것은 먹어 보았잖아."

〈바다에서 올라온 괴물〉

랠프는 다시금 그에게 맞지 않는 명상의 이상한 기분에 빠졌다. 만일 얼굴이 위에서 비추어질 때와 아래에서 비추어질 때와 다르다면 얼굴은 도대체 무엇인가? 사물이란 무엇인가?

랠프는 참지 못하고 몸을 움직였다. 곤란한 것은 대장이 되었을 때는 생각해야 되고, 현명해질 필요가 있다는 점이다. 그리고 기회가 지나갈 때 어떤 결정을 내려야 한다. 그러므로 생각해야 한다. 생각하는 것은 가치있는 일이고 결과가 있다.

문제는 - 대장의 자리를 정면으로 대하고서 그는 생각했다. 나는 생각을 할 수 없다는 것이다. 피기처럼 생각을 못하는 것이다.

그날 저녁 랠프는 자기의 가치관을 조정하지 않으면 안 되었다. 피기는 사고할 수 있다. 그는 퉁퉁한 머리로 한 걸음씩 착실하게 생각할 수 있다. 대장이 아니라는 것뿐이다. 그는 우스꽝스러운 몸에도 불구하고 좋은 머리를 가지고 있다. 랠프는 지금 다른 사람의 사고 능력을 인식할 수 있는 전문가가 되었다.

〈사냥꾼의 함성〉

장교는 랠프를 돌아서서 보았다.

"우리는 너희들을 안전한 곳으로 데리고 갈 거야. 여기에 있는 사람들은 모두 몇 명이지?"

랠프가 그의 머리를 흔들었다. 장교는 랠프는 물론 색칠한 소년들도 자세히 살펴 보았다.

"대장은 누구지?"

랠프가 큰 소리로 말했다.

"내가 대장입니다."

붉은 머리에다 낡은 검은색 모자를 쓰고 허리에 고장난 안경을 찬 소년이 앞으로 나오려다가 마음을 변화시키고 그대로 잠자코 있었다.

지도자적 인물

5. 개척자적 인물

개척자란 '새로운 분야의 길을 여는 사람'으로, 이는 현재의 삶에 어떤 부당함이 내재되어 있거나 현재가 부족한 상태임을 내포한다. 특히 삶이란 변화하며 흐른다는 것 그 자체로 우리에게 개척을 요구하고 있다고도 할 수 있듯이 '우리는 모두 개척자여야 함'을 의미하기도 한다. 삶이 새로운 세계와 관계맺으며 살아가는 것이라고 할 때 '삶이란 개척 그 자체'인 것이다. 새로운 세계란 현재 우리가 처한 상황보다 '더 나은, 보다 바람직한 방향으로의 진전'을 내포하고 있을 때, 그것은 개인이 '원하며 꿈꾸는 세계'에 이르는 것과 같다. 꿈을 실현하기 위해서 개인은 개척자적으로, 곧 적극적이고 능동적이며 투쟁적이기까지 해야 한다. 개척자로서 개인을 근대의 산물로 보면, 근대는 개척의 시대 혹은 모험, 탐험, 저항, 도전, 발명의 시대이다.

① 진 웹스터의 「키다리 아저씨」

「키다리 아저씨」는 진 웹스터의 대표작이라고 할 수 있다. 1911년에 집필되기 시작하여 1912년에 출간되었다. '여주인공이 문학에 탁월한 소질을 보여 후원자를 만나고 대학에 진학하여 작가로 성장해 가며 연인도 만나게 된다'는 줄거리다. 웹스터가 '자신과 꼭 닮은 캐릭터를 주인공으로 등장시켰다'고 하듯이 웹스터 자신의 대학생활이 주인공 제루샤 애버트에게 투영되어 나타난다. 이 작품은 작가 특유의 유머러스한 기지와 재치가 문장에 잘 드러나 크게 사랑을 받았다. 웹스터는 대학재학 중 이미 창작활동을 시작했고, 대학 잡지에 단편을 기고하기도 했으며, 사회주의자를 표방하는 '키다리 아저씨'처럼 보다 평등하게 잘 사는 문제에 관심을 가지고, 사회 개혁 운동에 적극적으로 참여했다.

제루샤 애버트는 고아원 출신으로 고아원을 후원하는 이사 중 한 명의 도움으로 대학에 진학한다. 후원자는 자신에 대한 정보도 알려주지 않고 대가를 바라지도 않지만, 다만 '매달 편지를 쓰라'는 이상한 조건을 내건다. 대학에 진학한 제루샤는 후원자를 '키다리 아저씨'라고 부르며 자신의 학교생활과 자신의 생각들을 담은 편지를 쓴다. 제루샤는 폐쇄적인 고아원 생활에서 벗어나 사회를 배우고 작가로서의 꿈도 키워간다. 졸업 무렵 제루샤는 지적이고 교양 있으며 세련되고 독립심 강하고 자존감이 강한 여성이 된다.

독자들은 주인공인 제루샤 애버트만큼이나 '키다리 아저씨'의 정체를 궁금해 하며 작품 속에 빠져든다. 특히 제루샤가 고아에다가 도움을 받는 입장임에도 불구하고 다른 사람에게 무조건적으로 의존하려고 하지 않고 당당히 자기 의견을 피력하는 모습에서 묘한 매력을 느끼기도 한다. 이 책의 내용은 소녀적 감수성이 가장 완벽하게 살아 있는 문학 작품 중 하나이며, 서간문이라는 독특한 문학 형식으로 전 세계 소녀들의 마음을 사로잡았다. 특히 '키다리 아저씨'는 몰래 사람을 도와주는 로맨티스트의 대명사가 되었다.[108]

특히 서간문, 곧 편지형식의 글쓰기는 작가가 독자를 향해 일방통행으로 말하는 방식이듯 작가가 세상을 향해 말하고자 하는 바를 가장 잘 토해놓을 수 있다는 이점이 있다. 물론 모든 글쓰기가 글쓴이가 일방통행으로 말하는 방식이기 때문에 상대방과 면 대 면으로 대화를 나누면서 받을 수도 있는 스트레스는 없다. 이 점이 글쓰기로 말을 하는 글쓰기의 가장 큰 장점이다. 뿐만 아니라 다음 인용문에서 작가가 말하고 있듯이 특히 편지형식은 글을, 그중에서도 문학적 글을 잘 쓸 수 있는 바람직한 방식이다.

> "이 신사분의 성함은 존 스미스가 아니지만, 그 분은 알려지지 않은 채로 있는 것을 더 좋아하셔. 네게 그분은 언제나 존 스미스 씨가 될 거야. 그분이 편지를 요구하시는 이유는 편지 쓰기가 문학적 능력을 향상시키는 가장 좋은 방법

---

108) 진 웹스터, 앞의 책(웹스터는 미국의 여류작가로 뉴욕에서 태어났다. 어머니는 마크 트웨인의 조카딸이었으며, 아버지는 출판업자로 마크 트웨인의 작품을 출판하여 큰돈을 벌었으나, 1888년에 출판사가 도산하면서 마크 트웨인과의 관계도 단절되었고, 1891년에 자살했다).

이라고 생각하시기 때문이야. 너한테는 서신을 왕래하는 가족이 없기 때문에
그분께서는 네가 이러한 식으로 편지를 쓰는 것을 원하시는 거야."

　고아인 제루샤 애버트가 '스스로의 삶을 개척해가는 캐릭터'로 그에 걸맞는 구체
적인 내용을 살펴보자.
　우선 제루샤 애버트가 고아라는 점은 가족이나 친척 등의 도움을 받을 수 없다는
사실이 전제된다. 인간이 사회적 존재로 산다는 것은 가깝든 멀든 주위의 사람들과
도움을 주고받는 것이며, 거기에서 출발한다고 할 수 있기 때문에 이를 위한 첫째 조
건이 가정이라는 울타리다. 애버트는 이와 같은 기본적인 도움의 울타리에서 소외됨
으로써 고아인 애버트 앞에 작가는 키다리 아저씨를 등장시킨다. 독자는 애버트가 장
차 어떠한 삶을 펼쳐나갈지를 궁금해하지 않을 수 없다. 이는 독자의 가장 큰 관심거
리가 될 수밖에 없으며, 작가도 의도적으로 이를 설정한 것이다. 고아인 애버트가 고
아로서의 결핍을 해소하면서 성장해 가기 위해서는 개척자 정신이 작품의 필수불가
결한 견인력으로 작용한다.
　다음에서 애버트의 이와 같은 정신을 읽을 수 있다.

10월 1일
　친애하는 키다리 아저씨께,
　저는 대학이 아주 좋고 저를 이곳에 보내주신 것에 대해 아저씨가 아주 좋아
요. 저는 아주, 아주 행복하고 항상 너무 흥분 상태여서 거의 잠을 잘 수가 없어
요. 아저씨는 이곳 생활이 존 그리어 고아원과 얼마나 다른 생활인지 상상도 못
하실 거예요. 저는 세상에 이처럼 멋진 곳이 있다고는 꿈도 꾸지 못했어요. 여
자아이가 아닌 모든 사람, 그리고 이곳에 올 수 없는 모든 사람이 안됐다는 생
각이 들어요. 저는 아저씨께서 젊은이였을 적 다니셨던 대학도 저의 대학만큼
좋지는 않았을 것이라고 확신해요. 아저씨의 영원한 제루샤 애버트 올림

10월 10일
　친애하는 키다리 아저씨께,
　미켈란젤로에 대해 들어보신 적이 있으세요?

그는 중세의 유명한 이탈리아 화가였어요. 영문학과의 모두가 그에 대해 알고 있었고, 제가 그를 대천사라고 생각했기 때문에 과 전체가 웃었어요. 그의 이름이 '대천사'라는 단어처럼 들리잖아요. 아저씨는 그렇게 생각하지 않으세요? 대학의 문제는 한 번도 배운 적이 없는 많은 것들을 알고 있을 거라고 기대한다는 거예요. 그것은 때때로 매우 당혹스러워요. 여학생들이 제가 들어본 적이 없는 것들에 대해서 이야기할 때, 저는 그냥 조용히 있다가 그것들을 백과사전에서 찾아봐요.

지금 공부하는 중인 아저씨의 제루샤 애버트 올림

1월 20일

친애하는 키다리 아저씨께,

쿠키를 훔쳤다고 저를 벌 주는 바람에 제가 고아원에서 도망쳤던 창피했던 때에 관해 아저씨는 알고 계세요? 하지만 배고픈 9살짜리 어린 소녀를 혼자 두고 쿠키 단지가 눈앞에 보이는 부엌에서 칼을 닦으라고 하면서 무엇을 기대할 수 있었던 걸까요? 그리고 푸딩이 나올 때 식탁에서 일어나 가 버리라고 하여 쿠키를 먹은 것에 대한 벌을 주고, 다른 모든 아이들에게 그 아이가 도둑이라고 말하고서, 그 아이가 도망치는 것을 기대하지 않는다니요?

저는 대충 4마일 정도 도망쳤어요. 저를 붙잡아서 다시 데려왔을 때, 그 사람들은 휴식 시간에 일주일을 꼬박 다른 아이들이 밖에 나가 있는 동안 저를 뒷마당의 말뚝에 묶어 놓았어요.

친애하는 아저씨, 안녕히 주무세요. 주디 올림

5월 4일

친애하는 키다리 아저씨께,

저는 어젯밤 반나절을 자지 않고 「제인 에어」를 읽었어요. 아저씨는 60년 전에는 어땠는지 기억이 나실 만큼 연세가 드셨나요? 그리고 만약 그러시다면, 사람들이 정말로 그런 식으로 말을 했나요?

거만한 블랑시 부인은 하인에게 "조잘대는 것을 그만두어라. 이 악당아. 그리고 내가 명령한 것을 해라!"라고 말합니다. 로체스터 씨는 실제로 '하늘'을 의미할 때 '금속의 창공'에 관해 이야기합니다. 또한 하이에나처럼 웃고 침대 커튼에 불을 놓고 면사포를 찢는 미친 여자도 있어요. 그것은 가장 순수한 형태의 멜로

드라마이며, 사람들이 계속해서 읽게 만듭니다. 어떻게 어느 여자가, 특히 교회의 경내에서 자란 여자가 그러한 책을 쓸 수 있었는지 저는 상상이 안 돼요. 브론테 자매에 관해서라면 저를 매혹시키는 무언가가 있어요. 그들의 책들, 그들의 삶, 그들의 영혼, 이 모든 것들이 저를 매료시킵니다. 그들이 어디에서 그러한 소재를 얻었을까요? 자선 학교에서의 제인의 고충을 읽고 있을 때, 저는 너무도 화가 나서 밖에 나가 산책을 하지 않을 수 없었어요. 저는 제인이 겪고 있는 것이 무엇인지 정확히 이해했거든요. 저는 브로클허스트 씨를 분명히 알 수 있었어요 왜냐하면 저는 리펫 선생님을 아주 오랫동안 알고 지냈기 때문이죠.

있잖아요. 아저씨, 저는 누구나 가지고 있어야 할 가장 중요한 자질이 상상력이라고 생각해요. 상상력은 사람들이 다른 사람의 입장이 되어 보게 해 주지요. 상상력은 사람들을 친절하고 연민을 느끼고 관대하게 만듭니다. 상상력은 어린이들에게 함양되어야 해요. 하지만 존 그리어 고아원은 상상력의 가장 미미한 희미한 빛조차 짓밟아 꺼 버렸어요. 의무감이 장려된 유일한 자질이었죠. 저는 아이들이 그 단어의 의미를 꼭 알아야 한다고 생각하지 않아요. 그 단어는 중압감이 느껴지고 혐오스러워요. 아이들은 애정에서 우러난 일을 하도록 가르쳐야 해요.

안녕히 계세요, 좋으신 분. 주디 올림

8월 10일

키다리 아저씨께,

비가 내린 일주일 동안 저는 다락방에 앉아서 계속 책을 읽기만 했어요. 저는 주로 스티븐슨의 작품을 읽었답니다. 아주 우습게도, 그가 실제로는 자기 책들 속의 등장인물들 중 어느 누구보다 더 재미있습니다. 남쪽 바다로 항해를 떠날 수 있도록 자기 아버지가 남겨준 1만 달러를 전부 요트를 사는 데 써 버리다니 그가 정말 대단하다고 생각하지 않으세요? 그는 자신의 모험적인 명성에 맞는 생활을 했어요. 만약 제 아버지가 저에게 1만 달러를 남겨주셨다면, 저도 아마 같은 일을 했을 거예요. 저 역시 열대지방이 보고 싶거든요. 사실, 저는 온 세상을 보고 싶어요. 저는 위대한 작가나 예술가나 여배우나 극작가가 될 거예요. 저는 무언가 위대한 사람이 되고 싶어요. 하지만 제가 무엇이 되든 저는 항상 모험에 목말라 있을 것임을 저는 알아요.

안녕히 주무세요. 주디 올림

11월 17일

친애하는 키다리 아저씨께,

제 문학 경력에 거센 강풍이 불어왔어요. 아저씨께 말씀드려야 할지 말아야 할지 모르겠지만, 저에게는 약간의 동정이 필요해요.

그는 주소를 보니까 제가 아직 대학에 다니고 있는 것 같다며 제가 모든 에너지를 제 수업에 쏟고 졸업하고 난 다음에 소설을 쓰기 시작하라고 제안한다고 썼더라고요. 그는 비평을 동봉했어요. 그것은 다음과 같습니다.

'줄거리가 몹시 비현실적입니다. 성격 묘사는 과장되어 있습니다. 대화는 부자연스럽습니다. 유머는 상당히 많지만 항상 품위가 있는 것은 아니군요. 작가는 계속 노력해야 하며, 때가 되면 진짜 책을 만들어낼 수도 있습니다.'

듣기에 아주 좋은 말은 하나도 없어요. 그렇죠, 아저씨? 그리고 저는 제가 미국 문학에 상당한 보탬이 되고 있다고 생각했어요. 저는 졸업 전에 위대한 소설을 써서 아저씨를 놀라게 해 드리려고 계획하고 있었죠. 저는 지난 크리스마스에 줄리아네 집에 있는 동안 자료를 모았어요. 하지만 편집자가 옳아요. 2주는 대도시의 생활방식과 습관을 관찰하기에는 시간이 결코 충분하지 않아요.

애정을 담아 주디 올림

4월 4일, 록윌로에서

친애하는 아저씨께,

저의 최근의 취미가 무엇이라고 생각하세요. 아저씨? 아저씨는 제가 멋대로 군다고 생각하기 시작하실 테지만, 저는 책을 쓰고 있답니다. 3주전에 그것을 시작했어요. 저는 비밀을 발견했습니다. 저비 도련님과 그 편집자 분이 옳았어요. 자기가 확실히 알고 있는 것에 관해 써야 하는 것이었어요. 그래서 이번에는 제가 정말로 알고 있는 무언가에 대해 쓰고 있어요. 그것이 무엇이게요? 맞혀보세요. 그것은 존 그리어 고아원이에요! 그리고 그것은 괜찮아요, 아저씨, 정말로 그렇게 생각해요. 저는 날마다 일어나는 작은 사소한 것들에 관해 쓰고 있어요. 저는 이제 현실주의자가 되었어요. 낭만주의를 포기했답니다. 그래도 경력을 좀 쌓고 나중에는 다시 낭만주의로 돌아갈래요. 저만의 모험적인 미래가 시작될 때가 되면요.

저는 이 책을 끝낼 것이고 출판할 거예요! 그냥 기다리시면서 지켜봐주세요. 만약 무엇인가를 충분히 열심히 원하고 계속 노력하면, 결국에는 그것을 정말로 얻게 돼요. 저는 아저씨로부터 편지를 받으려고 4년을 노력해 오고 있지만, 여전히 그 희망을 포기하지 않고 있답니다.

안녕히 계세요, 사랑하는 아저씨. 애정을 담아 주디 올림

10월 3일, 록윌로에서

친애하는 키다리 아저씨께,

이야기를 시작하기 전에, 여기 1,000달러짜리 수표를 동봉해요. 제가 아저씨께 수표를 보내다니 우습게 느껴져요. 제가 어디에서 그 돈이 났는지 궁금하지 않으세요?

제 이야기가 팔렸어요, 아저씨. 그것은 7부작 시리즈로 발표되고, 그런 다음 책으로 출간될 예정이에요! 저는 기쁨으로 열광해야 하겠지만, 그렇지 않아요. 저는 전혀 관심이 없어요. 물론 저는 아저씨께 돈을 갚기 시작한 것이 기뻐요. 저는 아직도 아저씨께 2,000달러 이상을 빚지고 있어요. 제가 아저씨께 돈을 갚는다고 부디 화내지 마세요. 아저씨께 돈을 상환하게 되어 저는 행복해요. 저는 아저씨께 그 돈보다 더 많이 빚을 지고 있지요. 저는 감사와 애정으로 제 평생 계속 아저씨께 돈을 갚을 거예요.

주디 올림

이상에서처럼 고아인 애버트가 자신의 결핍을 메우며 삶을 개척해 나가기 위해서는 '모험심과 꿈꾸는 상상력'이 필수요건으로 작용한다. 이는 물론 자신에 대한 신뢰, 곧 긍정적이며 이상적인 자기애가 뒷받침된다. 애버트가 작가인 웹스터의 자화상이나 다름없으므로, 이와 같은 개척자적 인물유형으로 페미니즘은 20세기 초반에 세계적으로 그 추세를 형성했을 것이다. 작가의 개인적인 체험과 작가가 속한 사회와 국가와 당대의 역사적 상황이 작품의 배경으로 작용할 수밖에 없기 때문에 우리는 작품에서 이를 모두 읽게 된다.

② 루시 모드 몽고메리Lucy Maud Montgomery의 「빨강머리 앤Anne of Green
　　Gables(1908)」

루시 모드 몽고메리는 캐나다의 소설가이다. 「빨강머리 앤」의 배경이 된 캐나다

프린스 에드워드 섬의 클리프턴에서 태어났다. 한 살도 되기 전에 어머니를 여의고 우체국을 경영하는 외조부 밑에서 자랐다. 외할아버지가 돌아가신 후 고향에 돌아와 외할머니를 도와 우체국 일을 하면서 틈틈이 작품을 썼고, 지역 신문 및 교회 출판물에 발표했지만, 반응이 그리 신통치는 않았다. 그러나 1908년에 「빨강머리 앤」으로 하루아침에 유명 작가가 되었다. 자신의 소녀 시절의 경험을 소재로 한 그녀의 첫 작품 「빨강머리 앤」은 전 세계적인 베스트 셀러가 되었다.

「빨강머리 앤」은 앤이 어린 소녀에서 아가씨로 성장할 때까지의 이야기를 담고 있다. 그리고 그 후 앤이 일을 하고, 결혼을 하고, 아이를 키우며 살아가는 이야기가 뒤이어 출간된 아홉 권의 책에 이어서 펼쳐진다. 「빨강머리 앤」이 완성된 것은 1905년이었으나, 당시에는 출판사들이 모두 외면을 하여 원고는 다락방에 묻히고 말았다. 그러나 3년 후에 우연히 원고를 다시 꺼내 읽은 작가가 용기를 내어 미국 보스턴의 한 출판사로 원고를 보냈고, 그 출판사는 출판에 동의했다. 그렇게 해서 1908년에 빛을 보게 된 「빨강머리 앤」은 곧 세상을 떠들썩하게 했으며, 마크 트웨인은 앤을 '이상한 나라의 앨리스 이래로 사람을 감동시키는 귀엽고 사랑스러운 아가씨'라고 극찬했다.[109]

앤은 고아이다. 그러나 앤의 콤플렉스는 고아라는 사실보다는 빨간 머리에 있으며, 빨간머리가 외모에 대한 콤플렉스로 확장된다. 외모에 대한 콤플렉스를 극복하며 자신의 삶을 개척해가는 앤은 콤플렉스 인물에 개척자적 인물이 더해진다. 「키다리 아저씨」의 주디가 당당한 성격으로 고아라는 결핍을 극복하면서 자신의 삶을 개척해 나가는 것처럼 앤 역시 그와 같은 성격으로 자신의 결핍을 극복하며 인생을 개척한다.

〈새로운 시작〉

　소녀는 큰 한숨을 내쉬었다. "빨간색." 소녀는 혐오스럽다는 듯 말했다. "저는 절대로 100% 행복할 수는 없을 거예요. 머리카락이 빨간데, 어떻게 100% 행복할 수가 있겠어요? 저는 주근깨랑 녹색 눈은 참을 수 있어요. 하지만 빨간 머

---

109) 루시 모드 몽고메리(Lucy Maud Montgomery, 1874~1942), 『빨강머리 앤Anne of Green Gables』
　　(1908), 넥서스콘텐츠개발팀 엮음, 넥서스, 2007.

리 때문에 늘 불행할 거예요. 저는 제가 아주 예쁘다고 상상을 자주 해요. 아저씨는 아저씨가 잘생겼다는 상상을 해보신 적이 있으세요?

"아니 없단다." 매튜가 솔직하게 대답했다.

"저는 그런 생각을 자주 해요. 대단히 아름다운 거랑, 놀랄 정도로 똑똑한 거랑, 천사처럼 착한 것 중에서 어느 게 나을까요?

"글쎄, 잘 모르겠구나…" 매튜가 대답했다.

"저도 모르겠어요. 하지만….

〈인생을 바꿔놓은 결정〉

"무릎을 꿇어야 돼." 마릴라가 말했다.

앤은 무릎을 꿇고 앉았다. "뭐라고 말해야 돼요?" 앤이 물었다.

"하느님이 주신 것에 대해 감사드리렴. 그리고 원하는 게 있으면 공손하게 부탁드려도 돼."

앤이 기도를 하기 시작했다. "자비로우신 하느님 아버지. 기쁨의 하얀 길과 반짝이는 물의 호수와 보니와 눈의 여왕을 주셔서 감사합니다. 그리고 저는 원하는 것을 아주 많이 가졌습니다. 하지만 두 가지만 부탁드릴게요. 푸른 박공집에서 살 수 있게 해주세요. 그리고 크면 예뻐질 수 있게 해주세요. 앤 셜리 올림."

〈감정의 폭발〉

앤이 들어왔다. 앤은 아주 기분 좋은 아침을 보냈었다. 그래서 그녀의 얼굴은 밝고 행복해 보였다. 그러나 린드 부인을 보고 앤은 깜짝 놀랐다.

"흠! 아주 괴상하게 생긴 여자애네! 너무 깡마르고 못생겼네요. 이런! 저렇게 빨란 머리에 주근깨라니! 이리 가까이 좀 와보렴. 잘 좀 보게." 린드 부인이 말했다.

앤은 린드 부인에게로 다가갔다. 그리고 한 발짝 뛰어 다가서서는 소리쳤다. "전 아줌마가 싫어요. 어떻게 절 깡마르고 못생겼다고 하실 수가 있어요? 어떻게 저한테 주근깨투성이에 빨간 머리라고 하실 수가 있죠? 정말 끔찍하고 무례하고, 무자비하세요!"

마릴라가 소스라칠 듯 놀랐다. "앤!" 마릴라가 소리쳤다.

하지만 앤은 개의치 않았다. 그리고 계속해서 말했다. "제가 아줌마를 뚱뚱하고 꼴사납다고 하면 싫으실 거예요. 아줌마는 제 마음을 아프게 하셨어요. 전 아줌마를 절대 용서하지 않을 거예요." 앤은 화가 나서 발을 동동 굴렀다.

"어쩜. 저 성질내는 것 좀 봐!" 린드 부인이 소리쳤다.

"당장 네 방으로 가거라!" 마릴라가 몹시 화가 나서 말했다.

앤은 눈물을 흘리며 자기 방으로 달려갔다.

두 사람은 린드 부인의 집에 도착했고, 놀랍게도 앤은 무릎을 꿇었다. "정말 죄송해요." 앤이 말했다. "제가 행동을 잘못해서 매튜 아저씨와 마릴라 아줌마를 난처하게 만들었어요."앤은 계속해서 매우 복잡하게 사과를 했다. 앤은 마치 연극을 하는 것처럼 사과를 했다. 앤은 무척 진지해 보였지만, 마릴라는 앤이 사실은 그 상황을 즐기고 있다는 것을 알 수 있었다.

〈머리 색깔을 바꾸다〉

"절 보지 마세요. 그냥 나가주세요. 이제 아무것도 상관없어요. 제 인생은 끝 났어요."

"대체 무슨 얘길 하는 거야?" 마릴라가 다그쳐 물었다. "당장 일어나서 뭐가 잘못된 건지 말을 해봐."

앤이 마지못해서 침대에서 일어났다.

"제 머리카락을 좀 보세요." 앤이 울면서 말했다.

마릴라는 앤의 머리를 보았다.

"머리가 녹색이잖아!" 마릴라가 소리쳤다.

"머리가 빨간 색인 게 제일 끔찍한 일인 줄 알았어요. 하지만 녹색 머리는 훨 씬 더 끔찍해요. 저는 정말 비참해요. 마릴라 아줌마." 앤이 한탄했다.

"당장 아래층으로 내려와서 어쩌다가 이 지경이 됐는지 말해보거라. 뭔가 이 상한 일이 곧 일어날 줄 알았어. 네가 말썽을 일으킨 지 두달이 지났으니까."

〈위대한 성취〉

전문 연설가가 낭송을 끝내고 나서 앤의 이름이 호명되었다. 그 모든 사람들 앞에서 어떻게 일어서서 낭송을 할 수 있을까? 늘 친근하고 익숙한 얼굴들로 가득했던 토론클럽에서와는 너무나 달랐다. 앤은 청중을 바라보았다. 갑자기

길버트 블라이스의 얼굴이 보였다. 길버트는 미소를 띠고 있었다. 호텔의 분위기가 즐거웠기 때문이었다. 하지만 앤은 길버트가 자신이 불편하게 느끼는 상황을 비웃고 있다고 생각했다. 그러자 굳게 결심을 하게 되었다. 그녀는 길버트 블라이스 앞에서는 절대 실수하고 싶지 않았다. 그러자 별안간 두려움이 사라졌고, 그녀는 힘차고 자신감에 넘치는 목소리로 낭송을 했다. 앤이 낭송을 끝냈을 때 청중은 우레와 같은 박수를 보냈다. 사실, 청중은 그녀에게 앙코르를 청했다. 그녀는 무대로 돌아가서 한편을 더 낭송했다.

"넌 부자가 되고 싶지 않니? 난 부자가 되고 싶어. 그러면 호텔에 왔던 부인들처럼 레이스 달린 드레스를 입고 다이아몬드 장신구를 달 수 있을 텐데." 제인이 말했다.

앤이 갑자기 소리쳤다. "우리는 부자야! 다이아몬드는 없지만 우리는 행복하잖아. 우리에게는 우리가 쓸 수 있는 상상력이 있잖아. 부자들이라고 늘 행복한 건 아닐 거야. 에반스 부인은 눈빛이 아주 슬퍼 보이더라. 다이아몬드가 그분의 슬픔을 위로해 줄 수는 없을 거라고 생각해. 난 내가 푸른 박공집의 앤이어서 정말 기뻐. 매튜 아저씨는 나한테 진주 목걸이를 주셨는데 그 진주 목걸이에는 다이아몬드만큼 큰 사랑이 담겨 있었어."

6. 저항적 인물

인간에게 저항이란 어떤 의미인가? 제1장에서 〈글쓰기는 기억〉이라는 정의를 서술하면서 '기억하는 존재로서 인간'이라는 명제가 인간이 동물의 단계에서 인간의 단계에 이르는 근원적 명제로 보았다. 기억이 인간을 다른 동물과 구별하게 하는 근간이라면, 저항은 인간다운 그리고 바람직한 인간으로, 곧 인간사회에서 개인을 다른 개인과 구별하는 명제에 해당한다. 인간이란 '정의로움이 무엇인지를 인지하는 존재'라고 정의할 때, 이는 사회적 존재로서 인간의 조건이다. 여기에는 '인간이 살아가는 사회는 정의롭고 올바른 사회여야 한다'는 명제가 함축되어 있다. 이와 같은 사회를 구축하고 그 사회 일원으로서의 개인이 갖춰야 할 조건으로 저항이다.

물론 분노하고 저항하는 행위도 '생각하는 존재'에서 비롯되기 때문에 '기억하는 존재로서 인간'에 대한 정의를 Homo Sapiens로 대신할 수 있으나, 분노와 저항의 차이는 사유하는 단계에서 실천의 단계로 나아가는 데 있으므로, 분노와 저항은 그 성격이 반드시 일치하지 않는다. '글쓰기도 실천'이듯 실천이란 사회적 존재로서 인간의 근간이며, 글쓰기 또한 분노하고 저항하는 인간의 실천적 행위의 일환이다.

① 찰스 디킨스Charles Dickens의 「올리버 트위스트Oliver Twist」

찰스 존 허펌 디킨스는 영국 포츠머스에서 해군 하급 관리였던 존 디킨스와 아내 엘리자베스의 18남매 중 둘째로 태어났다. 형제가 많았던 찰스는 집으로부터 재정적인 도움을 거의 받지 못했다. 이 때문에 12살부터 직업 전선에 뛰어들어야만 했다. 첫 번째 직업은 병에 라벨을 붙이는 것으로 비교적 쉬운 일이었다. 그러나 아버지가 채무 관계로 수감되면서 잠깐 동안 다녔던 사립학교에서 자퇴하게 되었고, 런던의 한

구두약 공장에서 하루 10시간의 고된 노동을 하게 되었다. 찰스 디킨스의 작품은 억압받는 보통 사람들의 모습을 소재로 하여 서민들의 공감을 얻었고, 허영과 허식으로 가득한 상류사회를 꼬집고 있다. 1870년에 찰스는 「에드윈 드루드」를 미완성으로 남긴 채 사망하였다. 웨스트민스트 수도원의 시인들의 묘역에 안장된 찰스의 묘비에는 "그는 가난하고 고통받고 박해받는 자들의 동정자였으며 그의 죽음으로 인해 세상은 영국의 가장 훌륭한 작가 중 하나를 잃었다"라고 쓰여 있다.

「올리버 트위스트」는 고아 올리버의 인생 역정을 그린 작품으로 1830~1840년대의 영국 빈민가를 배경으로 하고 있다. 그 당시의 영국은 산업혁명을 막 겪기 시작하여, 여자와 어린이들은 값싼 노동력으로 착취당했고 공장 노동자는 빈민계층을 형성하였다. 이 작품 속에서 올리버 트위스트가 겪는 여러 에피소드를 통해 찰스 디킨스는 당대의 사회적 폐단과 어두운 면들을 풍자하고 있다.[110]

〈빈민보호소에서 태어난 아이〉

올리버 트위스트는 빈민보호소라고 불리는 곳에서 태어났다. 그의 어머니는 그가 태어나던 날 그곳에서 숨을 거뒀다.

올리버의 어머니가 죽었을 때 그 당시 의사로 통하던 치료사는 술주정뱅이 여자 조수에게 이렇게 말했다.

"우리에게 골칫거리가 더 늘었군. 저 아이에게 오트밀죽을 갖다준 다음 저 애 엄마를 묻을 관을 하나 준비하도록 해요."

〈올리버의 분노의 폭발〉

장의사의 집에서 올리버보다 먼저 들어온 소년은 자선학교 학생이었다. 그 아이는 올리버에게 매우 심술궂었다. 그 아이는 기회가 날 때마다 올리버를 괴롭혔다. 올리버는 노아의 이런 행동을 많이 참고 견뎠지만 다음 일화가 발생했을 때만큼은 도저히 참을 수가 없었다.

"야, 너!" 노아가 소리쳤다. "네 엄마는 최악이었어."

---

110) 찰스 디킨스Charles Dickens(1812~1870), 『올리버 트위스트Oliver Twist』, 넥서스콘텐츠개발팀 엮음, 넥서스, 2007.

"지금 무슨 소리를 하는 거야?" 올리버가 물었다.

"마구 굴러먹던 여자라는 말이지." 노아는 말을 계속했다. "그 여자가 널 낳다가 죽은 건 다행이었다. 그렇지 않았더라면 그 여자는 유배형에 처해졌을 거야."

올리버는 화가 나서 얼굴이 시뻘겋게 변하더니 자리에서 일어서 의자를 넘어뜨리고 노아에게 달려들었다. 노아가 땅바닥에 털썩 쓰러질 만큼 올리버는 노아를 아주 힘껏 때렸다. 노아는 큰 소리로 비명을 질렀다. 소어베리 부인이 달려와서 무슨 일이 일어났는지를 보았다.

"저 놈이 절 죽이려고 해요." 노아가 큰 소리로 외쳤다. "저 놈이 절 죽이려고 해요. 도와주세요! 도와주세요!"

"은혜도 모르는 녀석 같으니라고! 그 아이를 놔 줘." 소어베리 부인이 고함을 질렀다. 그녀는 올리버를 세게 때렸다. 그녀는 자기 손이 아파서 비명을 지르기 시작했다. 하지만 올리버가 노아를 때리는 것을 멈추지 않자 자기 자신 또한 아픔을 느낌에도 불구하고 소어베리 부인은 올리버를 또 다시 때렸다.

〈런던으로의 탈출〉

그동안 소어베리 부인이 올리버에게 주는 음식에 대해 인심이 후했다는 것은 옳은 이야기이다. 그 음식이라는 것은 온갖 지저분한 음식물 찌꺼기로, 그런 음식을 먹는 사람은 아무도 없을 터였다. 그녀는 올리버가 이런 음식물 찌꺼기를 잘 먹는다고 생각했고, 실제로 그는 그러했다.

그때 소어베리 씨가 돌아왔다. 그는 올리버를 좋아했지만, 그의 아내는 화가 나 있었고, 범블 씨는 매우 엄격한 표정이어서 올리버를 지하실 밖으로 데리고 나와 매질을 하는 것 말고는 달리 선택의 여지가 없었다. 이 매질은 소어베리 부인이 한 차례 매질을 한 것에 이어진 것이었다. 그런 다음 소어베리 부인은 그 날 남은 시간 동안 올리버를 뒷방에 가뒀다.

그 다음 날 아침 일찍 올리버는 도망치기로 결심했다. 날이 밝자마자 그는 큰 길로 통하는 문을 열고 자유를 찾아 집 밖으로 나왔다. 그는 옷이 들어있는 꾸러미 하나와 소어베리 씨에게서 받은 1페니짜리 동전 하나를 가지고 있었다. 올리버가 장례식에서 도움을 많이 주었던 어느 날, 소어베리 씨는 올리버에게 1페니를 준 적이 있었다.

올리버는 런던으로 가는 길로 나섰으며, 런던에 도착할 때까지 가능한 한 빨리 걸었다. 그렇게 큰 도시에서는 제 아무리 범블 씨라고 해도 올리버를 찾지 못할 터였다.

올리버는 7일 후에 런던에 도착했다. 올리버는 완전히 기진맥진해 있었다. 그동안 올리버는 들판에서 잠을 잤다. 올리버는 음식을 구걸했고 빵 한 덩어리를 사는 데 1페니를 썼다.

올리버는 어느 가게 문간에 앉아 있었다. 올리버는 죽음이 코앞에 닥쳤다고 생각했다. 아주 근사한 옷을 입은 누군가가 그에게 말을 걸었다. 그 소년의 이름은 잭 도킨스였는데, 그의 친구들이나 적들은 그를 '솜씨 좋은 도저'라고 불렀다.

〈도둑들의 소굴로 돌아오다〉

"그 책들은 브라운로우 씨 거예요." 올리버가 풀려나려고 버둥거리면서 소리쳤다. 올리버의 손은 묶여 있었고, 그는 지금 땅바닥에 쓰러져 있었다.

"그 분은 내가 책을 훔쳤다고 생각할 거예요. 당신들은 그 책을 가져서는 안 돼요. 당신들은 그 책을 돌려주어야 해요. 그 분들은 내게 정말 친절하게 대해 주셨단 말이에요. 당신들이 원한다면 평생 동안 나를 여기 있게 해도 되지만, 제발 그 책은 돌려주세요."

올리버의 갑작스런 분노의 표출로 인해 침묵이 흘렀다. 파긴과 빌 사이에는 재빠른 시선 교환이 있었다.

"저 애 말이 맞군." 파긴이 이죽거렸다. "그 사람들은 저 애가 책을 훔쳤다고 생각할 거야. 네 말이 맞아, 올리버. 네 말이 맞아. 착한 녀석이로구나. 잘 했다. 그 사람들은 네가 책을 훔쳤다고 생각할 거야. 이보다 더 잘 된 일은 없겠구나. 하! 하!"

올리버는 절망적으로 주위를 둘러보았다. 그는 묶여 있던 줄을 풀고 벌떡 일어서서 문 밖으로 달려 나가려고 애썼다. 그는 도와 달라고 목청껏 외쳤다. 그의 목소리는 커다란 낡은 집 안에서 메아리칠 뿐이었다. 그는 밖으로 나갔으나 파긴과 다른 두 명의 소년에게 곧 따라잡혔다.

"그러니까 네가 도망을 치고 싶다, 이 말이지. 이 녀석, 그런 거지?" 파긴이 몽둥이를 집어들며 올리버에게 물었다.

올리버는 아무런 대답도 하지 않았다.

"도움을 요청하고 싶다고, 응? 그럼 어디 경찰을 불러 보지 그래?" 파긴이 코웃음을 치고는 올리버를 한 팔로 잡고 몽둥이로 올리버의 어깨를 내려쳤다.

그는 올리버를 다시 때리려고 했으나 낸시가 그를 막았다. 낸시는 그의 손에서 몽둥이를 빼앗아 부러뜨리고는 불 속으로 던졌다.

"그런 짓을 하도록 내가 그냥 지켜보고 있지만은 않을 거예요, 파긴." 여자는 소리를 질렀다. "당신은 이제 저 아이를 찾았잖아요. 그러면 됐지 뭘 더 원하는 거예요? 저 아이를 그냥 내버려 둬요. 그렇지 않으면 내가 당신들 모두를 경찰에 신고해서 모두 교수형을 당하게 만들 테니까." 낸시는 방 안에 있는 사람들 모두를 둘러보았다. 낸시는 아주 화가 나 있었다. 그들은 낸시의 말 뜻을 알았다. 설사 자기까지도 죽음을 면치 못하더라도 그렇게 하겠다는 뜻이었다.

낸시는 이제 지쳐서 땅바닥에 쓰러졌다. 그녀는 머리카락을 쥐어뜯었다. 이것은 빌 사이크스가 찾고 있던 기회를 제공해 주는 꼴이 되었다. 빌은 그녀의 손목을 잡아채었다. 낸시는 정신을 잃었고 빌은 그녀를 방 한 귀퉁이에 치워두었다. 그는 나중에 그녀를 손볼 생각이었다.

그들은 다시 한번 올리버에게로 몸을 돌렸다. 올리버에게서 새 옷이 벗겨지고 헌 옷이 입혀졌다. 그가 베드윈 부인에게 팔아달라고 주었던 바로 그 옷 말이다.

다시 한 번 가엾은 꼬마 올리버는 울다 지쳐 잠이 들었다.

〈범죄의 밤〉

"아, 제발 저를 이 일에 끼어들게 하지 말아 주세요." 올리버는 사이크스에게 애원했다. 사이크스는 올리버의 머리에 총을 겨눴다.

"자, 잘 들어라." 사이크스가 작은 목소리로 말했다. "난 널 저기로 밀어 넣어 줄 거야. 그러면 너는 조용히 지하실 계단을 올라간 다음 복도를 따라 현관문까지 와서 문을 열어 주는 거야. 조용하게 말이다! 이 손전등을 가지고 가거라." 사이크스가 말했다.

올리버는 설사 자기가 이것을 시도하다가 죽는다고 할지라도 서둘러 복도로 올라가 이 집에서 잠자고 있는 사람들을 깨울 만큼 큰 소리를 내야겠다고 결심했다.

"돌아와." 빌이 갑자기 크게 소리쳤다. "돌아와! 돌아오라니까!"

그 집의 고요와 정적이 깨졌다. 두 명의 남자가 계단 위에 나타났는데, 한 명은 총을 들고 있었다. 총이 발사되었다. 사이크스는 현관문을 밀어젖히고 올리버를 잡아챈 다음 자신의 생명을 구하기 위해 뒤돌아 달려갔다.

그러나 올리버는 총에 맞아 심하게 피를 흘리고 있었다.

〈낸시의 고백〉

그날 밤 늦게 파긴이 집으로 간 후, 빌은 평상시대로 진을 갖다 달라고 했다. 낸시는 그것을 섞으면서 몸을 떨었다. 그녀가 등을 돌리고 있었기 때문에 빌은 그녀가 술에 무엇을 넣었는지 볼 수 없었다. 그녀는 평상시보다 일찍 장을 보러 가서 아주 강력한 수면제를 사기 위해 걸음을 멈췄었다. 지금 그녀는 그 약을 빌의 술에 타고 있었다. 그녀는 올리버에게 남은 유일한 희망은 브라운로우 씨에게로 돌려보내지는 것이라고 생각했다. 그녀는 자신의 생각을 담보로 하는 위험을 무릅쓰고 빌이 강도짓을 하려고 했던 그 집으로 가기로 결심했다. 그녀는 어떻게 해서든 올리버를 안전하게 브라운로우 씨 집으로 돌려보낼 방법을 찾을 생각이었다.

낸시가 집을 나설 때 빌은 깊고 깊은 잠에 빠져 있었다. 낸시는 그 집까지 갈 만큼 택시비를 충분히 가지고 있지 않았다. 남은 길은 걸어갔다. 그녀는 자신이 집으로 어떻게, 언제쯤 돌아가게 될지에 대해서는 신경 쓰지 않았다.

② 「이고본 춘향전」

신분사회에서 기생이라는 천한 신분으로 본관 사또의 청을 거절하는 일이란 그야말로 소설에서나 가능한 일이다. 뿐만 아니라 남존여비의 정서 속에서 여자가 남자 앞에 자신의 의지를 거침없이 표현하기는 더더욱 비현실적인 일이었을 것이듯이, 이 또한 상상으로나 가능한 일이다. 그럼에도 춘향이는 본관 사또의 수청을 거절한다. 이는 여성이 자기 목소리를 낸다는 점에서도, 그리고 천한 신분으로 지체 높은 사또의 청을 거절한다는 점에서도 춘향이를 저항적 인물이라 하지 않을 수 없다. 「춘향전」이 지닌 작품의 깊이를 새삼 확인하는 일이다. 다각도에서 작품을 해석하도록 유인하는 「춘향전」의 다양성이자 깊이다.

"봄 춘春 향기 향香, 이름도 절묘하네."

"절묘하지요."

"여봐라. 너는 명색이 기생으로 신관이 부임하는데 기생 점고에도 참석하지 않았느냐?"

춘향이 꿇어 여쭈오되,

"소녀는 구관사또 아드님과 혼인약속 하온 후에 기생 명부에서 이름을 뺀 줄로 아뢰오."

"상투도 안 튼 아이 놈이 첩이라니? 기생이라 하는 것이 길 가에 핀 꽃처럼 사람마다 모두 꺾을 수 있거늘, 그래 수절이란 말이냐? 네가 수절하면 우리 대부인은 딱 기절하겠다. 오늘부터 수청을 들 것이니 착실히 거행하렷다."

춘향이 정신이 아득하여,

"소녀, 병들어 말씀으로 못 하겠사오니 글월로 아뢰리다."

'이 동네에 사는 춘향 하소연이라. 삼가 다음의 글을 올리는 것은 이런 까닭이 있기 때문입니다. 소녀는 본래 기생으로 우연히 광한루에 올랐다가, 구관사또 아드님을 만났사온데, 혼인은 사람의 일 중 가장 중요한 일이라 평생 함께 하기로 약속하였사옵니다. 그런데 구관사또께서 서울 가실 때 함께 가지 못한 것은 부득이한 까닭이 있어서입니다. 사또님이나 도련님이나 모두 사대부요, 절개는 신분을 가리지 않으오이다. 사또 분부를 생각하고 또 생각해도 시행할 수 없음을 감히 천만번 아뢰오니, 사또께서 깊이 생각하시어 처분해 주시길 바라옵니다' 하였거늘,

사또 판결문을 적는데,

'길가에 핀 버들과 꽃은 사람들이 모두 꺾을 수 있는 법이니라. 너는 본래 기생 출신으로 절개를 지킨다니 어찌 된 까닭이며, 일의 이치도 살펴보지 아니하고 관리의 말을 거역하니 지극히 놀랍고도 사리에 맞지 아니하니 오늘이라도 수청을 들되 만약 시행하지 아니하면 당장 중벌로 다스릴 것이니 마음을 돌이켜 이를 행함이 마땅할 것이로다.' 하였거늘,

춘향이 판결문 보고 풀려날 리 만무하니 악이나 한번 써 보리라 하고,

"사또께 아뢰리다. 충신은 두 임금을 섬기지 아니하고 열녀는 두 남편을 섬기

지 아니한다고 하였으니, 사또는 어지러운 때를 당하면 도적에게 굴복하여 두 임금을 섬기리이까? 소녀는 두 남편을 섬기지 않는 열녀의 마음을 따를 것이오니, 길이 헤아려 처분하옵소서."

사또 호령하되,
"요년, 아직도 수청 거행 못 할까?"
춘향 독 오른 눈을 똑바로 뜨고,
"여보, 사또, 백성을 사랑하고 정치를 바로 하는 것이 나라를 다스리는 도리인데, 음란한 행실 본을 받아 매질하는 것으로 줏대를 삼으니 다섯 대만 더 맞으면 죽을 터인즉, 죽거들랑 사지를 찢어내어, 굽거나 지지거나 갖은 양념에 주무르거나 잡수시고 싶은 대로 잡수시고, 머리를 베어다가 한양성 안에 보내시면, 꿈에도 못 잊을 낭군 만나겠소. 어서 바삐 죽여주오."
"고년 정말 독하다. 내가 사람 잡아 먹는 것 보았느냐? 저 년을 큰 칼 씌워 하옥하라."
춘향이 정신차려,
"애고 애고, 이것이 웬 일인고? 삼강오륜을 몰랐던가? 부모에게 불효를 하였던가? 사람을 속이고 물건을 훔쳤는가? 나라 곡식을 훔쳐 먹었는가? 한 번만 매 맞아도 죽을 지경이거늘, 칼 쓰고 족쇄 차기가 웬 일인고?"

③ 헨릭 입센의 「인형의 집」

헨릭 입센(1828~1906)은 노르웨이 남부 항구도시 시엔의 부유한 상인 집안에서 태어났으나, 여덟 살 때 집이 파산하여 열다섯 살까지 약방의 도제로 일했다. 대학 진학을 위해 독학으로 수험 준비를 하는 한편, 신문에 풍자만화와 시를 기고했다. 희곡 「카틸리나」(1848)를 출판했으나 주목받지 못하다가 단막물 「전사의 무덤」(1850)이 극장에 채택되어 상연되자 대학 진학을 단념하고 작가로 나설 것을 결심했다. 「인형의 집」(1879)은 '아내이며 어머니이기 이전에 한 사람의 인간으로 살겠다'는 새로운 유형의 여인 노라의 각성 과정을 그려냄으로써 온 세계의 화제를 모았고, 입센은 명실상

부한 근대극의 일인자가 되었다.[111]

「인형의 집」은 가부장제 사회에서 여성이 남성의 지배를 벗어나 자아를 찾아가는 페미니즘의 작품이다. '여자는 어려서는 아버지를 따르고 결혼해서는 남편을 따르며 남편이 죽으면 자식(아들)을 따라야 한다'는 조선사회의 삼종지도에, 각성하기 전의 노라의 삶을 비유할 수 있다. 여자의 삶에 자율(자유)이 부재함을 의미하는 삼종지도는 남존여비를 드러내는 대표적인 말이다.

> 노라 : 이제 우리는 결혼한 지 8년이 지났어요. 지금 이 순간이, 당신과 제가 남편과 아내로서 진지한 이야기를 주고받는 첫 시간이라는 것을 깨닫지 못하시느냐고요?
>
> 헬멜 : 진지하다니! 도대체 무슨 뜻으로 하는 소리요?
>
> 노라 : 8년 동안 - 아니죠, 그보다 더 긴 세월에 걸쳐서 서로가 알게 된 뒤에 줄곧, 단 한 번도 중요한 문제에 대해 진지하게 이야기를 나눈 일이 단 한 번도 없었다는 거예요.
>
> 헬멜 : 그렇다면 당신은 당신이 알아봐야 아무런 도움이 안 될 그런 골치 아픈 일에 항상 당신을 끌어들였어야 옳았다는 이야기요?
>
> 노라 : 저는 그런 이야기를 하고 있는 게 아니에요. 서로가 마음속까지 털어 놓고 이야기해 보겠다는 진지한 마음으로 한자리에 앉아본 일이 우리는 한 번도 없었다는 거예요.
>
> 헬멜 : 하지만 여보 노라, 그것이 당신에게 뭐가 문제라는 거요?
>
> 노라 : 바로 그게 문제라니까요. 당신은 단 한 번도 저를 제대로 이해해 본 적이 없었다니까요. 저는 아주 끔찍스러울 만큼 잘못 취급당한 거예요, 톨발. 처음에는 아빠에게 다음에는 당신에게.
>
> 헬멜 : 아니 뭐라고? 당신 아버지와 내가 당신을 그르쳤다는 거요? 이 세상에서 그 누구보다도 더 지극히 당신을 사랑한 우리 두 사람이.
>
> 노라 : (머리를 젓는다) 당신들은 한 번도 저를 사랑한 일은 없었어요. 저를 좋아한다 좋아한다 하면서 즐기고 있었던 것뿐이라니까요.

---

111) 헨릭 입센, 『인형의 집』, 안동민 옮김, 문예출판사, 1975.

헬멜 : 노라 - 도대체 그걸 말이라고 하오?

노라 : 그건 사실이에요, 톨발. 아빠와 함께 살았을 때는, 아빠는 무슨 일에 대해서나 당신 생각을 주장했고, 따라서 저도 아빠와 같은 생각을 가졌어요. 만일 제가 다르게 생각했을 때는 저는 아빠 모르게 감추어야만 했지요. 그렇지 않으면 아빠가 싫어했으니까요. 아빠는 저를 그의 작은 인형이라고 불렀지요. 제가 인형과 놀듯이 아빠는 저를 인형 갖고 놀듯이 논 거였어요. 그러다가 저는 당신 집에 와서 살게 되었지요-.

헬멜 : 우리들의 결혼에 대해서 어찌 그런 말로 표현하는 거요 -.

노라 : (아랑곳없이) 제 말은 전 아빠의 손을 떠나서 당신에게로 옮겨왔다는 이야기예요. 당신은 온갖 일을 자기 취미대로 했고요. 따라서 저도 당신과 똑같은 취미를 갖게 되었던 거예요. 아니면 같은 취미를 가진 체했던 거예요. 잘 모르겠군요. - 양쪽이 어쩌면 다 사실이겠죠. 어떤 때는 당신과 같은 생각을 갖게 되었고, 어떤 때는 그런 체했을 뿐이었으니까요. 지금 돌이켜 생각해 보면 저의 생활은 초라한 거지로서 - 단순히 손에서 입으로 옮겨진 것뿐이었지요. 저는 당신 앞에서 광대 노릇을 하고 그 대신에 밥을 얻어먹고 있었던 것이지요. 그렇다니까요, 톨발. 하지만 당신이 저를 그렇게 만든 거예요. 당신과 아빠는 큰 죄를 저질렀어요. 제가 자라지 못한 것은 당신들 탓이에요.

헬멜 : 그건 말도 되지 않는 소리야, 노라. 아니 그렇게 은혜를 모를 수가 있어. 당신은 여기서 행복하지 않았단 말이요?

노라 : 그래요, 행복했던 적은 한 번도 없었지요. 행복하다고 믿고 있었지만 한 번도 행복했던 일이라고는 없었던 게 사실이에요.

헬멜 : 한 번도… 행복하지 않았다고?

노라 : 아니 단지 명랑했을 뿐이에요. 그리고 당신은 항상 저에게 아주 친절했지요. 하지만 우리 가정은 단순한 놀이터에 지나지 않았던 거예요. 여기서 저는 당신의 인형 부인이었죠. 결혼하기 전에 아빠의 아기 인형이었던 것처럼. 그리고 제게는 아이들이 인형이 되어 주었죠. 제가 함께 놀아 주면 애들은 기뻐했어요. 당신이 놀아 주면 저는 아주 즐거웠죠. 그것이 우리들의 결혼생활이었던 거예요, 톨발.

헬멜 : 당신 말에도 일리가 있기는 하오 - 굉장히 과장되긴 했지만. 그러나 이제부터는 고치기로 합시다. 이제 노는 시간은 끝났소, 이제부터는 교육받는 시

간으로 해야겠소.

노라 : 누구를 교육한다는 거죠? 접니까, 아니면 애들입니까?

헬멜 : 당신과 애들 양쪽 다요, 노라.

노라 : 아, 톨발, 당신은 저를 당신의 참다운 아내로 교육시킬 수 있는 힘이 없다니까요.

헬멜 : 어떻게 감히 그런 말을 할 수가 있는 거요?

노라 : 그리고 저에게 - 어떻게 아이들을 교육시킬 수 있는 자격이 있단 말입니까?

헬멜 : 노라 -.

노라 : 바로 조금 전에 당신 자신이 말씀하셨잖아요. 아이들의 교육은 저에게 맡길 수 없노라고요.

헬멜 : 그거야 화가 난 순간에 한 소리였소 - 그런 말에 대해서 신경을 쓸 게 없대도 그러는구려.

노라 : 하지만 당신 말씀이 아주 옳아요 - 저는 애들을 제대로 교육시킬 자격이 없어요. 그보다는 좀 먼저 꼭 해야 할 일이 있어요. 저 자신을 교육시키는 일이에요. 그리고 당신은 저 자신을 교육시키는 데 도움을 줄 수 있는 분이 아니에요. 그것은 저 혼자서 해내야만 할 일이지요. 그래서 저는 당신에게서 떠나려는 거예요.

헬멜 : (벌떡 일어선다) 아니 무슨 말을 하는 거요?

노라 : 제 자신을 알려면 또 바깥세상을 알려면 제 자신의 힘으로 설 수 있어야만 해요. 제가 더 이상 당신과 함께 여기 있을 수 없는 이유가 바로 그겁니다.

헬멜 : 다른 모든 것에 앞서서 당신은 아내이며 어머니인 것이오.

노라 : 그런 것은 더 이상 믿지 않아요. 저는 무엇보다도 먼저 하나의 인간이라는 것을 믿어요 - 당신이 하나의 인간인 것처럼 저도 힘자라는 데까지 하나의 참다운 인간이 되려고 노력하겠어요. 저는 잘 알고 있어요. 대부분의 사람들이 당신의 생각에 동의하리라는 것을. 책에도 그렇게 씌어 있더군요. 하지만 저는 더 이상, 대부분의 사람들이 말하거나 책에 씌어져 있는 것에는 만족할 수가 없게 된 거예요. 저는 모든 일에 대해서 제 자신이 생각하여 사물이 지닌 참다운 뜻을 알고 싶어요.

헬멜 : 노라, 나는 당신을 위해서라면 기꺼이 밤과 낮을 가리지 않고 일을 할 수가 있소. 당신을 위해서라면 슬픔과 가난도 견딜 수가 있소. 하지만 비록 사랑하는 사람을 위해서라도 자기의 명예를 희생할 수 있는 남자는 없을 것이오.

노라 : 수많은 여인들은 희생을 해왔어요.

헬멜 : 오, 당신은 철부지 아이와 같이 생각하고 말하는구려.

노라 : 아마 그럴지도 모르죠. 하지만 당신은 제 자신이 일생을 맡길 수 있다고 생각한 사나이답게 생각하지도 않았고 말하지도 않았어요. 제 자신을 위협하게 되었대서가 아니라 당신 자신이 위험에 빠지게 될까봐 벌벌 떨었으면서도 위험이 이제 지나갔다는 사실을 알게 되자, 당신은 아무런 일도 일어나지 않았던 것처럼 태연해지신 거란 말이에요. 단지 저는 그전과 마찬가지로 작은 종달새고 당신의 인형에 지나지 않는 거예요. 부서지기 쉽다는 것을 알았기 때문에 앞으로는 좀더 소중하게 취급하게 되리라는 것뿐. (일어선다) 톨발 - 그때 저는 깨달은 거예요. 지난 8년 동안 저는 낯선 사나이와 생활해 왔다는 것, 그리고 그의 자식을 셋이나 낳았다는 것 - 아, 참을 수 없어요. 이 몸을 갈기갈기 찢어버리고 싶군요 - .

7. 트라우마 인물

개인에게 지워진 트라우마의 원인발생은 개인적이고 사회적인 경우와 역사적인 경우로 크게 나눌 수 있다. 역사적인 경우는 한국전쟁처럼 개인이 국가 혹은 세계의 부분으로 거대한 역사의 물결 앞에서 어찌할 수 없는 상황에서 발생한다. 이때는 집단적으로 사회전체에 트라우마가 나타난다. 반면 개인적인 경우는 가정적인 배경이 원인이 되거나 개인이 직면한 사회구조 속에서 발생하는데, 개인마다 직면한 문제가 차별적일 것은 당연하다. 글쓰기 혹은 글읽기를 통해서 개인은 자신의 트라우마를 치유하기도 하며, 민족과 국가의 트라우마는 작가들이 작품으로 형상화함으로써 치유에 이르기도 한다.

한국의 근대사에서 일제강점의 억압이 무차별적이었듯이 한국민의 개인적 트라우마는 민족적이자 국가적 트라우마와 그 궤를 함께한다. 1945년의 해방 이후에는 1950년의 한국전쟁으로 인해 고향상실, 이산가족 등의 또 다른 개인적이자 민족적이며 국가적인 트라우마가 형성된다. 한국전쟁이 종전된 것이 아니라 휴전상태이므로, 한반도의 트라우마는 지금도 계속되고 있다. 뿐만 아니라 1960·70년대의 근대화 추진과 함께 빚어진 농어촌의 공동화현상은 고향상실의 주범이 되어 또 다른 트라우마 발생의 배경으로 작용하였다.

① 김소진의 「쥐잡기」와 「고아떤 뺑덕어멈」

김소진의 작품은 그의 개인적인 트라우마가 민족의 트라우마와 맞물려서 형상화되어 있다. 아버지가 월남민인 그의 작품 속에는 이산가족의 문제, 분단의 문제, 민족적 가난의 문제 등이 포괄되어 있는데, 「쥐잡기」와 「고아떤 뺑덕어멈」은 이와 같은 문제들을 형상화하고 있다.

내가 도대체 함경도랑 무슨 상관이 있단 말인가. 나는 함경도에서 태어나지도 않았으며 더군다나 그곳에 가 보았다거나 심지어는 그곳에 대한 사진 한 장 제대로 들여다본 적이 없는 일 아닌가. 물론 나는 함경도 아버지의 아들임이 분명하다. 하지만 보라, 내 말투에 '북에서 왔수다'에 나오는 배우의 억센 사투리가 조금이라도 섞여 있는가를. 내가 '인민군'이라는 별명으로 불리게 된 것도 그렇다. 그 골치 아픈 육성회비 때문에 하루도 빠지지 않고 불려 가 벌을 서곤 했던 교무실의 복도 맞은켠 게시판 '비교해 봅시다' 속에 남루한 옷차림으로 삽자루를 움켜쥔 채 시름에 젖은 북쪽 아이들처럼 뻐드렁니에도 드문드문 기계총자리가 난 이부가지 머리를 하고 있어 서로 무척이나 닮아 보인다는 사실이 그런 별명을 갖다 붙이도록 한 몫 거들었음을 잘 알고 있다. 하지만 정작 그런 별명의 결정적 빌미는 엄마가 만들어 준 옷에서 나왔다는 사실은 세상이 다 아는 일이다. 반공생활에 나오는 따발총의 임자가 입은 옷처럼 누런 헝겊자배기를 대고 왔다리 갔다리 누빈 솜옷을 늘 입고 다녔던 것이다.

아버지는 전쟁포로로 나온 사람이었다. 아버지는 전쟁포로라는 말 대신 피 떠블유라는 말을 즐겨 사용했는데 말끝마다 우리가 뭐 앞에총이 뭔지나 알았겠니 하며 계면쩍은 미소를 짓곤 했다. 두 손을 바짝 쳐든 덕에 죽지 않고 포로가 되었다. 부산에서 조사를 받다가 상륙정에 실려 간 곳이 거제도란 데였다. 가보니깐 허허벌판 논바닥에 엉성하게 천막을 쳐 놓고는 가마때기 몇 장을 깔아 논 곳이 포로수용소였다. 가시철망 너머로 불어오는 벌바람이 사람을 그지없이 스산하게 만들었다.

생각해 보라우. 기대 내 나이 스물 하구두 야들이었어. 고향 산천 기리고 부모 처자식 모다 두고 이녘에 피 떠블유로 나왔으니 을매나 엉이없고 속이 뒤집어지갔는지를.

사람 목숨이 파리 목숨과 진배없던 시절이라 살아남기 위해선 침묵으로 일관해야 했다. 수용소 안에서의 좌우충돌로 양쪽에서 무수한 사람들이 쥐도 새도 모르게 사라지는 걸 목격한 아버지로서는 당연한 처신으로만 여겨졌다. 사상이 다른 사람들을 한 울타리 안에 모아 놨으니 온전할 리가 없다는 것이 아버지의 생각이었다. 그런 속사정을 알 턱이 없는 미군들은 미우나 고우나 같은 민족끼리 수용소 안에서까지 티격태격한다고 고개를 갸우뚱거렸다. 아버지는 딴 것은 몰라도 그것만은 미군 애들이 일리가 있다는 생각을 하였다.

아버지는 오히려 바깥보다 상대적으로 풍족함을 누렸던 기억을 특별히 간직하고 있었다.

그 아낙에서야 물자야 풍부했다. 미군 애덜이 관장을 허니까지 담요니 피복이니 거저 달라는 대로 집어 주는 거야. 기걸 모아 두었다간 몰래 바깥으로 빼돌려 그 아낙에 있으면서 장사까지 벌였다니까. 밖에선 부황이 들 판국인데두 외레 수용소 아낙에서는 고기 간스메(통조리)국이 끓어 넘치고 시레이숑 박스가 굴러다니는 판국이었으니 기런 요지경 속이 세상 어딜 가믄 또 있갔니?[112]

아버지는 품 안에서 소련제 장교용 권총을 빼들고는 고래고래 악을 썼다. 몇몇이서 미군의 눈치를 보며 달라붙어 말리며 권총을 빼앗자 그때까지 실실 웃으며 멀찍이서 구경하던 흑인 싸즌 하나가 질겅질겅 씹던 껌을 갑판에 퉤 뱉고는 달겨들었다. 그는 아버지에게 딴죽을 걸어 넘어뜨린 뒤 엠원 소총 개머리판으로 얼굴을 찍으며 욕설을 퍼부었다.

-싸나버비치(개자식)!

"그분 이름이 최 자 옥 자 분 자였나요?"

"길치. 최옥분…"

"북쪽 생각이 나는 거지요."

"안 난다믄 거짓부렁이잖구. 그 아이가 살아 있다믄야…내이가 이름도 채 못 지어 주고 나온 거 니 아니? 산다는 게 내한테는 너무 구차했디. 이곳에서 꾸역꾸역 명을 보존하믄서 살긴 살아왔는데…"

"지금도 생각나세요?"

"뭐이가?"

"그분요."

"그분? 어엉, 옥분이 그 사람 말이디? 그동안은 그런대로 괜찮았는데 말이야. 이 땅에는 남편 잘못 만나 고생만 죽도록 한 니 에미가 있잖니. 뻣세긴 해두 말이야 그거이 아니지."

---

112) 김소진, 「쥐잡기」, 『김소진 단편집』, 고인환 엮음, 지식을만드는지식, 2013.

"그분 어떠셨어요?"

"별걸 다 묻지 않니, 니가 지금? 눈에 안 뵈니까 더 그리웠던 게지. 근데 아닌
게 아니라 참 고운 사람이었디. 그래 그건 인정해야 될 기야. 참 고왔디. 저, 저
뺑덕어멈 구실을 했던 양반이 있었잖니? 그 양반하고 태가 아주 비슷했다구.
쯧쯧, 내가 괜한 소릴 줴치고 있구나."

아버지의 눈동자를 가만가만 들여다보던 나는 그 눈빛에서 어떤 환영이 둥지
를 뜨는 새처럼 불쑥 튀어 오르는 걸 보았다. 순간 나는 으스스를 쳐대며 그 환
영을 잡으려는 듯 두 손을 움찔 내밀려는 자세를 발작적으로 취했다. 그 눈빛,
아, 당신은 올가미에 치인 멧비둘기였군요. [113]

② 황석영의 「삼포가는 길」 [114]

고향상실은 20세기의 격랑을 건너온 우리 민족의 역사를 대변하는 트라우마 코드이
다. 일제강점기에서 비롯된 고향상실, 한국전쟁으로 인한 분단과 고향상실, 60.70년대의
근대화와 함께 농어촌의 공동화현상 등, 고향상실은 지금도 계속되고 있는 우리의 민족
적인 트라우마이다. 물론 우리 민족뿐만 아니라 고향을 떠나야만 했던 근대의 노마드적
삶은 존 포드의「그대 다시는 고향에 돌아가지 못하리」가 시사하듯 세계적인 추세였다.

야스퍼스도 '황폐한 내면을 지닌 현대인에게 고향은 인간의 인간다울 수 있는 외
적, 내적 공간을 제공하므로 현대인은 고향찾기에서 자신의 본질적 인간성을 회복할
수 있다'라고 했듯이, 그리고 '시인은 귀향(Heimkunft)의 노래로써 동시대인을 일깨워
시인적인 삶의 터전으로, 고향으로 불러들여야 한다'고 하이데거도 말했듯이 이는 근
대가 고향상실과 함께한 시대임을 대변한다.

"삼포가 여기서 몇 린 줄 아쇼? 좌우간 바닷가까지만도 몇 백 리 길이오. 거
기서 또 배를 타야 해요."

"몇 년 만입니까?"

113) 김소진, 「고아떤 뺑덕어멈」, 앞의 책.
114) 황석영, 「삼포 가는 길」, 『창작과 비평』, 창작과 비평 1973.

"십 년이 넘었지. 가 봤자……아는 이두 없을 거요."

"그럼 뭣하러 가쇼?"

"그냥……나이 드니까, 가 보구 싶어서."

그들은 차도로 들어섰다. 자갈과 진흙으로 다져진 길이 그런대로 걷기에 편했다. 영달이는 시린 손을 잠바 호주머니에 처박고 연방 꼼지락거렸다.

백화는 아까와 같은 적의는 나타내지 않았다. 백화는 귀 옆으로 흘러내리는 머리카락을 자꾸 쓰다듬어올리면서 피곤한 표정으로 영달이를 찬찬히 바라보았다.

"그래요. 밤마다 내일 아침엔 고향으로 출발하리라 작정하죠. 그런데 마음뿐이지, 몇 년이 흘러요. 막상 작정하고 나서 집을 향해 가 보는 적두 있어요. 나두 꼭 두 번 고향 근처까지 가 봤던 적이 있어요. 한번은 동네 어른을 먼 발치서 봤어요. 나 이름이 백화지만, 가명이에요. 본명은……아무에게도 가르쳐 주지 않아."

정 씨 옆에 앉았던 노인이 두 사람의 행색과 무릎 위의 배낭을 눈여겨 살피더니 말을 걸어왔다.

"어디 일들 가슈?"

"아뇨, 고향에 갑니다."

"고향이 어딘데……."

"삼포라구 아십니까?"

" 어 알지, 우리 아들놈이 거기서 도자를 끄는데……."

"삼포에서요? 거 어디 공사 벌릴 데나 됩니까? 고작해야 고기잡이나 하구 감자나 매는데요."

"어허! 몇 년 만에 가는 거요?"

"십 년."

노인은 그렇겠다며 고개를 끄덕였다.

"말두 말우, 거긴 지금 육지야. 바다에 방둑을 쌓아 놓구, 추럭이 수십 대씩 돌을 실어 나른다구."

"뭣 땜에요?

"낸들 아나. 뭐 관광호텔을 여러 채 짓는담서, 복잡하기가 말할 수 없데."

"그대루가 뭐요. 맨 천지에 공사판 사람들에다 장까지 들어섰는걸."

"그럼 나룻배두 없어졌겠네요."

"바다 위로 신작로가 났는데, 나룻배는 뭐에 쓰오. 허허 사람이 많아지니 변고지. 사람이 많아지면 하늘을 잊는 법이거든."

작정하고 벼르다가 찾아가는 고향이었으나, 정 씨에게는 풍문마저 낯설었다. 옆에서 잠자코 듣고 있던 영달이가 말했다.

"잘됐군. 우리 거기서 공사판 일이나 잡읍시다."

그때에 기차가 도착했다. 정 씨는 발걸음이 내키질 않았다. 그는 마음의 정처를 잃어 버렸던 때문이었다. 어느 결에 정 씨는 영달이와 똑같은 입장이 되어 버렸다.

기차가 눈발이 날리는 어두운 들판을 향해서 달려갔다.

③ 김승옥의 「무진기행」[115]

브레히트의 시 "물론 나는 알고 있다. 오직 운이 좋았던 덕택에/나는 그 많은 친구들보다 오래 살아남았다. 그러나 지난 밤 꿈 속에서/이 친구들이 나에 대하여 이야기하는 소리가 들려왔다. /'강한 자는 살아 남는다.'/그러자 나는 자신이 미워졌다."(「살아남은 자의 슬픔」전문)[116]는 제2차 세계대전의 트라우마를 대변하는 작품이다. 같은 제목인 1990년대 박일문의 소설 「살아남은 자의 슬픔」은 1980년 5월 광주의 트라우마를 기저로 한다. 역사적 폭력 앞에서 살아남았다는 사실만으로도 살아남은 자에게는 죄의식이 내재되게 되며 그 죄의식은 개인의 한평생을 좌우하는 트라우마가 되기도 한다.

그럼에도 '파괴하며 창조한다'는, 그럼으로써 '전쟁이 역사발전의 필요악'이라는 칸트의 이율배반적인 전쟁론에 준하듯 전쟁 같은 거대한 역사적 사건은 새로운 사회질서 형성 및 새로운 가치관의 형성, 그리고 많은 예술작품 형상화의 기저가 된다. 이렇듯 김승옥의 「무진기행」은 6·25 때 참전을 피하려고 도망하여 살아남은 자가 주인공이다.

115) 김승옥, 「무진기행」, 김승옥 이제하 외, 『20세기 한국소설 19』, 창작과 비평, 2005.
116) 브레히트, 『살아남은 자의 슬픔』, 김광규 옮김, 한마당, 1985.

그때는 어머니가 살아 계실 때였다. 6.25사변으로 대학의 강의가 중단되었기 때문에 서울을 떠나는 마지막 기차를 놓친 나는 서울에서 무진까지의 천여 리 길을 발가락이 몇 번이고 불어 터지도록 걸어서 내려왔고 어머니에 의해서 골방에 처박혀졌고 의용군의 징발도 그 후의 국군의 징병도 모두 기피해버리고 있었다. 내가 졸업한 무진 중학교의 상급반 학생들이 무명지에 붕대를 감고 '이 몸이 죽어서 나라가 선다면…'을 부르며 읍 광장에 서 있는 트럭들로 행진해가서 그 트럭들에 올라타고 일선으로 떠날 때도 나는 골방 속에 쭈그리고 앉아서 그들의 행진이 집 앞을 지나가는 소리를 듣고만 있었다. 전선이 북쪽으로 올라가고 대학이 강의를 시작했다는 소식이 들려왔을 때도 나는 무진의 골방 속에 숨어 있었다. 모두가 나의 홀어머님 때문이었다. 모두가 전쟁터로 몰려갈 때 나는 내 어머니에게 몰려서 골방 속에 숨어서 수음을 하고 있었다. 이웃집 젊은이의 전사통지가 오면 어머니는 내가 무사한 것을 기뻐했고, 이따금 일선의 친구에게서 군사우편이 오기라도 하면 나 몰래 그것을 찢어버리곤 하였었다. 내가 골방보다는 전선을 택하고 싶어해하는 것을 알고 있었기 때문이다. 그 무렵에 쓴 나의 일기장들은, 그 후에 태워버려서 지금은 없지만, 모두가 스스로를 모멸하고 오욕을 웃으며 견디는 내용들이었다. '어머니, 혹시 w가 지금 미친다면 대강 다음과 같은 원인들 때문일 테니 그 점에 유의하셔서 저를 치료해보십시오…' 이러한 일기를 쓰던 때를 이른 아침 역 구내에서 본 미친 여자가 내 앞으로 끌어당겨주었던 것이다. 무진이 가까웠다는 것을 나는 그 미친 여자를 통하여 느꼈고 그리고 방금 지나친, 먼지를 둘러쓰고 잡초 속에서 튀어나와 있는 이정비를 통하여 실감했다.

8. 고전형 및 아폴론형 인물

고전주의 시대는 이성의 시대로, 낭만주의 시대는 감성의 시대로 특화되듯이 양자는 외적으로 대립의 관계에 있다. 고전주의는 아폴로적인 것이고 낭만주의는 디오니소스적인 것으로 대립된다. 아폴로적인 것은 '빛, 척도, 절제, 질서, 형식'의 상징이며, 디오니소스적인 것은 '세계의 가상이 찢기고 내면적인 괴로움과 고뇌가 약동할 때 근원적인 생명과 합일되는 도취'의 체험이다. 도취의 체험은 생의 능동적인 흐름의 상징이며, 원시공동체의 원리이자 쇼펜하우어의 의지로서의 세계에 해당한다.

그리어슨은 고전적인 것과 낭만적인 것을 '어떤 거듭되는 경향들의 연속' 혹은 '역사에 있어서의 인간 심장의 수축과 이완' 현상으로 본다. 그는 형식보다도 정신이 더 중요시되는 작품 속에서 인간의 꿈을 나타내는 것이 낭만주의요, 반면에 하나의 종합, 하나의 균형을 나타내는 동시에 그런 방향으로 형식의 완성을 이룩하는 것이 고전주의라고 한다. 만약에 '고전주의가 완전무결하게 균형잡힌 조화의 상태라면 그것은 필연적으로 낭만주의의 요소 또한 지니고 있어야 할 것'이라는 주장이다.

이 점은 고전주의와 마찬가지로 낭만주의에서도 완전한 안정감과 조화감을 추구한다는 사실로도 뒷받침된다. 낭만주의가 고전주의의 일부인 엄격성과 기계적 질서화를 거부하고 개인적 자유와 주관적 가치를 지향했다고 해서 인간을 위한 인간적인 질서까지 거부한 것은 아니었다. 고전주의와 낭만주의는 인간다움을 향한 지향의 방법과 중심구조가 각각 달랐던 것이다.[117]

---

117) 진순애, 『한국 현대시와 모더니티』, 태학사, 1999, 35~41쪽.

① 「오이디푸스 왕」

　　오이디푸스 : 모든 것에 통달하고 있는 테이레시아스여, 말할 수 있는 것이든 없는 것이든, 하늘의 일이건 땅의 일이건, 비록 보지는 못하지만 어떤 재앙이 이 나라를 뒤덮는지 그대는 알고 있소. 위대한 예언자여, 그대야말로 이 재앙에서 우리를 지키고 구해 주는 유일한 사람이오. 이미 들어서 아시겠지만, 우리는 사람을 보내어 포이보스 신의 대답을 얻어 왔소. 이 재앙을 면하는 유일한 길은 라이오스 왕을 살해한 자를 찾아내서 처형하거나 나라 밖으로 추방하는 것이라 하오. 그러니 점을 치는 새의 소리나 무엇이든 그대가 아는 온갖 예언을 아끼지 말고 그대 자신을 위하여 나라를 위하여 그리고 이 몸을 위하여 이 죽음 때문에 생긴 모든 재앙에서 구해 주오. 우리 운명은 그대 손에 달렸소. 힘을 다해서 남을 돕는 것이 사람의 가장 고귀한 일이오.

　　오이디푸스 : … 오오, 숙명의 결혼이여. 그대는 나를 낳고 나를 낳았으면서도 내 씨를 지녔다. 아버지와 형제와 자식, 새색시와 아내와 어머니, 육친끼리 피를 섞는 죄를 낳았다. 사람의 세상에 다시 없이 더러운 죄악이로구나. 그러나 해서 안 될 일은 입에도 올려서는 안 되겠지. 자아, 제발 소원이다. 나를 어서 나라 밖으로 숨겨 다오. 죽이든가, 다시는 보이지 않도록 바닷속으로 깊이 던지든가 해라! 이리 와서 이 불쌍한 자를 데려가 다오. 부탁이다, 꺼려할 것 없다. 내 죄는 나밖에는 그 어느 누구와도 상관없는 것이니.(「오이디푸스 왕」에서)

　　나는 조금밖에 바라지 않지만, 바란 것만큼 얻지도 못한다. 그래도 그것으로 나는 족하다. 고생도 했고, 오랜 세월을 함께 다녔으며 그리고 고귀하게 태어났다는 것이 나에게 참을성을 가르쳐 주니까.

　　아아, 빛 없는 빛이여. 전에는 그대도 내 것이었는데, 이제는 내 몸에 그대의 손이 닿는 것도 이것이 마지막이로구나. 나는 지금 내 일생의 끝을 하데스에게 숨기러 간다. 그럼, 친구 중의 친구여 당신 자신과 이 땅과 당신 나라 사람들이 부디 행복하길 빕니다. 그리고 번영 속에서도 당신들의 영원한 복을 위해서 죽은 나를 잊지 말아 주십시오.(「콜로노스의 오이디푸스 왕」에서)

　오이디푸스가 '힘을 다해서 남을 돕는 것이 사람의 가장 고귀한 일'이라고 한 말이나, '사람의 세상에 다시 없이 더러운 죄악이로구나. 그러나 해서 안 될 일은 입에도 올려서는 안 되겠지. 자아, 제발 소원이다. 나를 어서 나라 밖으로 숨겨 다오. 죽이든 가, 다시는 보이지 않도록 바닷속으로 깊이 던지든가 해라! 이리 와서 이 불쌍한 자를 데려가 다오. 부탁이다, 꺼려할 것 없다. 내 죄는 나밖에는 그 어느 누구와도 상관없 는 것'이라는 말에서 「오이디푸스 왕」이 비극의 백미일 뿐만 아니라, 통치자로서 오이 디푸스 왕이 사회질서의 지배적 가치를 실천하는 고전형 인물임을 확인할 수 있다.

이 세상에서 '가장 고귀한 일이 힘을 다해 남을 돕는 것'이라는 지적이나, '내 죄는 오직 나만의 몫'이라는 인식이 절제와 질서를 소중히 여기는 고전주의의 균형잡힌 인 식에 닿아있다. 뿐만 아니라 「콜로노스의 오이디푸스 왕」에서 '고귀함을 참을성'과 연 계시킨 점, '빛 없는 빛'이라고 오이디푸스가 자신을 빛과 동일체였음을 역설한 점, '당 신들의 영원한 복을 위해서 죽은 나'라는 이타주의적 인식을 보인 점 등에서 오이디 푸스가 고전주의적 가치를 실천하는 인물임이 더욱 확연해진다.

② 「이고본 춘향전」

"일가라도 우린 촌수가 없으니 관계치 아니하다. 우리 같이 놀아 보자."

춘향이 꿇어앉아 여짜오되,

"도련님, 말씀은 좋소마는 도련님은 귀공자요, 소녀는 천한 기생이오니 지금
그저 욕심으로 이리저리 하셨다가 사또 만일 아시면 도련님 올라가서 대갓집에
장가 들어 금슬지락 보실 때에 소녀같은 천첩이야 꿈에나 생각하시리까?"

이도령 대답하되,

"네 말이 철없구나. '장부일언은 중천금'이라 하였으니 오늘 밤 맹세를 굳게
하고도 다른 곳에 장가들 쇠아들 볶아 먹을 놈 없다. 내 손수 중매하마."

춘향이 여짜오되,

"그러시면 한 장 수기手記나 써 주오."

"그러면 그리하라."

지필묵을 내어놓고 붓을 들어 한 번에 써 내리니,

'다음의 수기를 쓰는 까닭은 이러하노라. 나는 한양의 호기 있는 선비요, 너는
호남의 평범한 기생이라. 우연히 누각에 올랐다가 서로 만났으니 구름 사이의
밝은 달이요, 물 속의 아리따운 연꽃이로다. 오늘 밤 삼경에 백년을 함께 할 맹
세로써 알리나니, 후일에 만약 이 맹약을 어기거나 다른 사람과 인연을 맺는 일

이 있거든 이 수기로써 관가에 고하여 처분하리라. 정유년 원월 십삼일 밤. 쓴
사람은 이몽룡이요, 증인은 방자 고두쇠라.'

인용문에 나타난 '장부일언은 중천금'이라는 말은 조선 시대가 지향한 인간형이자
대장부/군자의 군자다운 도리에 해당하는 태도를 비유한다. '한 번 떨어진 말은 다시
주워 담을 수 없다'는 말처럼 '한 번 내뱉은 말은 그 자체로 약속이요 책임이며 의무이
고 군자의 인격'을 대신했다. 때문에 내뱉은 말은 '얼마나 잘 지키느냐 아니냐'로 가늠
되는 것이 아니라 '지켜야 하는 것'이 당위였으며, 내뱉은 말과 다르게 행할 것이라는
의심조차 불가했다.

표현의 자유가 넘쳐나는 디지털 시대에 우리는 우리가 내뱉은 말과 그에 따른 실
천력이 어떠한지를 조선시대와 견주면서 조선시대의 '말은 약속이자 인격이었고 신
뢰'였던 정서를 짐작하게 된다. '장부일언은 중천금'이던 시대에 내뱉은 말을 지키지
못하면 남자/대장부가 아니라 소인배나 다름없었기 때문에 조선 시대의 지배 이데올
로기를 '침묵의 금'이라는 말에서도 확인한다. 지키지 못할 말을 내뱉는 것보다는, 지
킬 수 없다면 애초에 말하지 않는 것이 올바른 태도였던 것이다. 그러하듯 이도령도
춘향이에게 한 약속을 지킴으로써 당대의 이데올로기, 곧 고전적 이데올로기를 실천
한다.

이 외에도 '지도자적 인물, 비극적 인물'들에서 고전형 인물의 성격을 찾을 수 있다.

9. 낭만형 및 디오니소스형 인물

고전주의의 반작용으로, 곧 고전주의의 기계론적 인식에 대하여 유기적 인식으로의 변화라는 낭만주의가 탄생됐다고 해서 낭만주의가 고전적인 것 모두를 거부한 것은 아니었다. 낭만주의는 독일에서도 민족주의와 더불어 존재와 미 그리고 자연과의 합일에 대한 노스탤지어로 출발했고, 자연, 진리, 아름다움은 불가분하게 연관되어 있으며 이성과 경험은 그러한 사실을 증명해 준다.

낭만주의의 기본정신이 주관주의 가치관에 있다는 점에서 피히테의 주관주의 철학은 낭만주의의 근간이며, 디오니소스 철학은 대지의 철학, 또는 여성주의를 함축한다. 디오니소스 개념은 도취의 느낌, 세계놀이로서의 생성, 현실 속에서 인간 자신의 건강함을 실현하는 대지 등 다양한 의미를 함축하는데, 비극, 존재의 어머니, 디오니소스, 대지 등은 존재로 각인되지 않은 텍스트로서의 생성과 그 개방된 유희를 의미한다.[118]

이에 준하듯 낭만주의 예술을 지배하는 모티프는 모험, 탐험, 사랑, 꿈, 자유, 그리움, 동경 등이 중심이다. 이 중에서도 사랑을 낭만주의의 중심 키워드로 보자. 사전적 정의에 의하면 '사랑'은 "인간 정신생활의 기본적 감정으로 어떤 주체가 특정한 대상에 대하여 품는 전체적 또는 부분적 합일의 욕구"이다. 디오티마도 "행복과 선을 포함하여 주체에게 부족한 어떤 것에 대한 갈망이 사랑"이라고 하듯 베르테르는 이룰 수 없는 합일의 욕구로 인해 자살에 이른다. 낭만적 인물인 베르테르는 이루어지지 않는

---

118) 진순애, 앞의 책.

사랑의 열정으로 인해 끝내 자살에 이르고 만 것이다.

한편 실존주의자인 키르케고르에 따르면, 사랑은 "심리적, 윤리적 삶의 하부구조를 형성하는 주제이자 정신을 변화시키고 불안을 추방하는 힘"[119] 이다. 에리히 프롬은 "사랑을 인간 실존에 대한 문제의 해답"[120] 이라고 하면서, 사랑에 대한 모든 이론은 인간의 이론, 즉 '인간의 실존에 대한 이론에서 시작되어야만 한다.'고 한다. 나아가 '사랑은 관념으로만 머무는 것이 아니라 행동이고 인간 힘의 실천이며, 오직 자유로운 상태에서만 표출되고, 결코 어떤 강요로도 행사되지 않는 실체'라고 지적하듯이 근대인에게 사랑은 주체적 실존과 같은 개념으로 작용한다. 사랑은 모험, 탐험, 꿈, 자유, 그리움, 동경 등 낭만주의의 주된 모티프를 아우르는 중심 코드로 낭만주의를 대변하는 키워드이다.

① 괴테의 「젊은 베르테르의 슬픔」

괴테가 25세의 나이에 발표한 「젊은 베르테르의 슬픔」은 자전적인 소설이라고 할 수 있다. 1772년 괴테는 샤를로테 부프라는 여인을 사모하게 되지만 이미 약혼자가 있는 상대인 걸 알고 단념하게 되는데, 이때 이루지 못한 사랑의 경험이 바로 25세 때 발표한 「젊은 베르테르의 슬픔」의 소재가 되었다. 괴테는 이룰 수 없는 사랑 때문에 괴로움을 겪게 되는데, 자신의 그러한 경험을 바탕으로 14주 만에 이 소설을 완성한 것으로 알려져 있다. 이 소설로 괴테는 당시 젊은 세대들의 전폭적인 지지를 받았고 유명 작가로 이름을 얻게 되었다. 베르테르에 투영된 젊은 날 괴테의 낭만적 이미지를 사랑의 체험이 뒷받침하고 있다.

1774년 이 소설이 출간되자마자 당시 사회는 큰 소용돌이에 빠졌다. 소설 속의 베르테르처럼 실연을 당한 젊은이들이 권총 자살을 하는 일이 생겼고, 계몽주의와 위선적인 격식을 거부하는 많은 젊은 세대들은 이 소설의 감동에 빠져들게 되었다. 이와 함께 이 소설은 '질풍노도시대'를 대표하는 문학으로 자리 잡았다. 「젊은 베르테르의

---

119) 임규정, 「키에르케고르의 사랑의 개념에 관한 일 고찰」, 『범한철학』 31권, 범한철학회, 2003.01, 262쪽.
120) 에리히 프롬, 「사랑의 이론」, 『소유냐 삶이냐/사랑한다는 것』, 고영복·이철범 옮김, 동서문화사, 2008, 206쪽.

슬픔」이 몇 세기 동안 계속해서 전 세계 독자들에게 읽히고 있는 것은 사랑에 빠진 청년의 순수한 열정이 솔직하고 격정적인 어조로 표현된 데 있다. 열정적이고 낭만적인 청년 베르테르는 통과의례처럼 사랑의 열병을 앓는 청춘을 대표하는 인물로 계속 기억될 것이다.[121]

〈한적한 곳으로의 이사〉

1771년 5월 4일

내가 떠나올 수 있게 되어 얼마나 행복한지! 사랑하는 내 친구여. 인간의 마음이란 얼마나 이상한 것인가! 그토록 사랑했던 자네를 떠나왔는데도 이렇게 행복하다니! 그렇지만 자네가 나를 용서하리라는 것을 알고 있네. 사랑하는 친구여. 내가 더 좋아질 것이라고 자네에게 약속하겠네. 나는 마치 내 습관과 같았던 사소한 것들에 대한 걱정은 하지 않을 걸세. 그리고 현재를 즐길 걸세. 과거는 과거일 뿐 아닌가. 친구여. 우리가 과거의 슬픔을 되새기는 시간을 줄이고 그 대신 차분하게 현재를 참아낸다면 고통도 훨씬 줄어들 것이라고 한 자네의 말은 분명히 맞는 말이네.

1771년 5월 10일

내 영혼은 온통 놀라운 평화로 가득하네. 그것은 마치 온 마음으로 즐기는 달콤한 봄날 같은 것이지. 나는 혼자 있지만 이곳에서 인생의 묘미를 느끼고 있네. 사랑하는 친구여. 나는 아주 행복하네. 이렇게 조용한 생활이 너무도 기쁜 나머지 내 재능도 썩혀 두고 있지. 지금 당장은 그림을 그릴 수가 없네. 그렇지만 지금만큼 내가 더 훌륭한 화가였던 적은 없었다는 느낌이 드네. 땅에 그대로 누워 있을 때면 나는 신의 존재를 느끼지.

---

121) 요한 볼프강 폰 괴테(1749~1832), 『젊은 베르테르의 슬픔The sorrows of Young Werther』(1774), 넥서스콘텐츠개발팀 엮음, 넥서스, 2011(괴테는 1749년 독일 프랑크푸르트의 유서 깊은 집안의 큰 아들로 태어났다. 아버지는 황실 고문관이었고 어머니는 프랑크푸르트 시장의 딸이었다. 어려서부터 문학에 관심과 재능을 보이던 괴테는 1770년 대학에 진학해 법학을 공부했다).

근대와 인물유형과 인간읽기

〈이룰 수 없는 사랑〉

1772년 7월 29일

알베르트는 그녀가 마음 속으로 바라는 것들을 만족시켜줄 수 있는 사람이 아닐세. 두 사람의 마음은 일치하지 않네. 친구여, 흥미로운 책의 한 구절을 읽을 때 내 마음과 샤를로테의 마음이 서로 만나는 것 같은 경우가 얼마나 자주 있었는지, 그리고 우리가 서로를 위해 태어난 사람이라고 느낄 때가 수백 번이나 있었네! 그러나, 사랑하는 빌헬름, 알베르트는 그의 온 영혼을 다해 그녀를 사랑하네. 그런 사랑이라면 그녀의 사랑을 받을 만하지 않은가?

1772년 8월 21일

내 감정이 계속해서 변하고 있네. 어떤 때는 행복한 생각이 들기도 하지. 그러나 그것은 한순간일 뿐일세. 곧바로 나는 스스로 이런 말을 하고 말지. '알베르트가 죽는다면? 그래, 그렇게 되면 샤를로테는 내 여자가 될 수 있어!' 내가 추구하는 이런 환상은 나를 벼랑 끝으로 내몰고 있네.

1772년 9월 3일

가끔씩 이 세상에서 내가 그렇게 완전히 그리고 헌신적으로 사랑하는 사람은 오직 그녀밖에 없는데 그녀는 어떻게 다른 사람을 사랑할 수 있는지, 그래 감히 어떻게 다른 사람을 사랑할 수 있는지 이해할 수 없을 때가 있네. 나는 오직 그녀만 알고 있네. 다른 것은 아무 것도 가지고 있지 않네.

〈독자에게 전하는 편집자의 글〉

1772년 12월 20일

아침 여섯 시에 하인이 등불을 들고 베르테르의 방으로 갔습니다. 그리고 주인이 피를 흘리며 바닥에 쓰러져 있는 걸 발견했습니다. 옆에는 권총이 놓여 있었습니다. 그러나 그때까지 베르테르는 살아 있었습니다. 하인은 의사를 부르러 달려갔고 그런 다음에는 알베르트의 집으로 갔습니다. 벨소리를 들은 샤를로테는 몸이 오싹해지는 것을 느꼈습니다. 그녀는 남편을 깨웠고 두 사람은 자리에서 일어났습니다. 하인이 울면서 그 끔찍한 소식을 전했습니다. 샤를로테는 의식을 잃고 알베르트의 발치에 쓰러졌습니다.

저는 알베르트가 느낀 고통이나 샤를로테의 슬픔에 대해서는 언급하지 않겠습니다. 열두 시에 베르테르는 숨을 거두었습니다. 그날 밤 열한 시에 사람들은 베르테르가 원하는 곳에 그를 묻었습니다.

판사와 그의 아들들이 무덤까지 유해를 따라갔습니다. 알베르트는 그들을 따라갈 수 없었습니다. 샤를로테의 목숨이 위태로웠기 때문입니다. 베르테르의 유해는 일꾼들이 운반했습니다. 성직자는 단 한 사람도 참석하지 않았습니다.

② 쥘 베른의 「80일간의 세계일주」

「80일간의 세계일주」는 쥘 베른이 1872년에 출간한 작품으로, 그의 모든 작품들 가운데서도 가장 성공한 작품이다. 이 소설은 80일 동안 세계일주가 가능하다고 주장하는 영국인 필리어스 포그와 그의 충실한 프랑스인 하인 파스파르투가 세계를 돌며 펼치는 모험이다. 여기에 포그의 뒤를 쫓는 픽스 형사와 포그가 인도에서 구출한 아우다라는 여인이 가세하여 이야기를 극적으로 풀어나간다. 이 소설에는 당시 세계를 주름잡던 대영제국의 위상은 물론, 산업혁명의 여파로 막 발달하기 시작한 교통수단인 기차와 증기선이 등장하며, 주인공 필리어스 포그가 거쳐 가는 세계 여러 나라의 당시 풍경과 풍습이 세밀하게 묘사되어 있는 것이 특징이다. 자오선의 변화에 따른 시간 변화의 차이를 소재로 삼았다는 점에서 쥘 베른의 해박한 과학 상식이 드러나 있기도 하다.

쥘 베른은 평생 모험 소설 창작에 전념하여 약 100여 편의 작품을 남겼다. 대표적인 작품들로는 「기구를 타고 5주일」, 「해저 2만리」, 「지구에서 달까지」, 「15소년 표류기」, 「신비의 섬」, 「지구 속 여행」 등이 있다. 그의 작품들 속에는 그의 생존 당시에는 존재하지도 않았던 잠수함이나 텔레비전 혹은 우주여행 같은 놀라운 개념들이 등장한다. 그가 꿈꾸었던 달 세계 여행은 「지구에서 달까지」가 출간된 지 약 100년 후인 1969년에야 미국의 아폴로호에 의해 실현되었고, 「해저 2만리」에 나온 잠수함 노틸러스호는 84년 뒤인 1954년에 건조된 세계 최초의 미국 핵잠수함에 그 이름이 그대로 붙여지기도 했다.

쥘 베른이 기상천외하고 뛰어난 상상력으로 과학 기술 발달을 미리 예견했다는 점, 그리고 많은 과학자와 후발 작가들에게 지적 영감을 주었다는 점에서 그는 문학사뿐만 아니라 인류사적으로도 독특한 위치를 차지하고 있다. '20세기의 과학의 발전은 쥘 베른의 꿈을 뒤따른 결과다'라는 말은 쥘 베른의 독창성과 위대함을 가장 잘 요약해주는 말이다.[122]

〈필러어스 포그, 80일간의 세계일주를 시작하다〉

"자, 여러분들, 나는 떠나네." 필리어스 포그가 말했다. "내가 돌아오면 자네들에게 내 여권을 조사하도록 해 주겠네. 그러면 내가 성공했는지 아닌지 판단할 수 있을 것이네."

"오, 그것은 필요치 않을 걸세, 포그." 랄프가 정중하게 말했다. "우리는 자네의 말을 신뢰하네. 자네는 명예를 아는 신사니까."

"자네가 언제 런던으로 돌아오기로 되어 있는지 기억하는가?" 스튜어트가 물었다.

"80일 후지." 필리어스 포그가 대답했다. "1872년 12월 21일 토요일이라네. 나는 8시 45분 전에 돌아와야 하지. 그러면 그때 보세나, 여러분."

〈인도양은 도움이 되는 것으로 입증되다〉

거센 바람도 거대한 파도도 필리어스 포그가 한 번이라도 평정심을 잃게 만들지는 못했다. 필리어스 포그는 심지어 갑판으로 나가 홍해의 추억할 만한 광경을 구경하려는 호기심조차 좀처럼 갖지 않았다. 필리어스 포그는 고대 역사가들이 언제나 공포심을 가지고 말했던 아라비아 만의 위험에 두려움을 드러내지 않았다.

날마다, 필리어스 포그는 네 차례의 식사를 했고, 그 각각의 식사는 그 전날과 마찬가지로 정확히 같은 시간에 했다. 필리어스 포그는 또한 끊임없이 카드놀이를 하고 있었는데, 그가 자기만큼 카드놀이에 열의를 가진 상대자들을 발견했기 때문이었다. 세금 징수원, 목사, 영국 육군 준장, 그리고 필리어스 포그는 조용히 몇 시간 동안 계속해서 카드놀이를 했다.

파스파르투가 오히려 항해를 즐기고 있었다. 파스파르투는 경치와 음식을 즐

---

122) 쥘 베른Jules Verne(1828~1905), 『80일간의 세계일주』(1872), 넥서스콘텐츠개발팀 엮음, 넥서스, 2011(쥘 베른은 프랑스의 소설가이다. 그는 낭트에서 출생하여 법학을 공부했으나, 그보다는 문학, 연극, 희극에 관심을 갖게 되어 결국 작가의 길을 걷기로 한다).

겼으나, 여전히 자기 주인이 봄베이에서는 마음을 바꾸기를 바랐다. 수에즈를 떠난 바로 그날, 파스파르투는 갑판에서 픽스 형사를 알아보았다.

〈파르파르투, 인도 여인을 구하다〉

필리어스 포그는 자기 하인과 프랜시스 경의 전폭적인 지지를 얻었다. 파스파르투는 자기 주인의 발상에 마음을 빼앗겼다. 파스파르투는 필리어스 포그의 얼음처럼 차가운 외모 아래에서 진심을 보기 시작하고 있었다. 파스파르투는 필리어스 포그를 존경하기 시작했다.

"자네는 우리가 여인을 구하도록 도울 텐가?" 필리어스 포그가 길잡이에게 물었다.

"네. 저는 파시족이고, 그 여인도 파시족입니다." 길잡이가 대답했다. "마음껏 저에게 명령하십시오."

"아주 잘됐군!" 필리어스 포그가 말했다.

"단, 한 가지를 명심하십시오." 길잡이가 말했다. "만약 그들이 우리를 잡는다면, 우리는 죽을 때까지 고문당할 겁니다."

길잡이는 그들이 구출하려고 계획하고 있는 그 여인이 파시족 일족의 유명한 미인이라고 설명해 주었다.

〈파스파르투, 일본 곡예단에 들어가다〉

파스파르투는 유명한 일본 곡예단에 어릿광대로 고용되었다. 그것이 아주 위엄 있는 지위는 아니었지만, 1주일 내에 파스파르투는 샌프란시스코로 가고 있을 것이었다.

파스파르투의 첫 번째 공연은 그날 3시에 시작하기로 예정되어 있었다. 역할을 공부하거나 예행연습을 할 수는 없었지만 파스파르투는 인간 피라미드라는 큰 공연에서 자신의 튼튼한 어깨를 빌려주기로 선정되어 있었다.

〈필리어스 포그, 파르파르투를 구하다〉

모든 승객들이 기차에서 내렸다. 바퀴는 피로 얼룩져 있었고, 기차 바퀴와 바퀏살에는 살점 조각들이 매달려 있었다. 마지막 수 족들이 리퍼블리칸 강의 둑을 따라 남쪽으로 달아나고 있었다.

필리어스 포그는 팔장을 낀 채 움직이지 않고 그대로 있었다. 필리어스 포그에게는 내리기 힘든 결정이 있었다. 아우다는 그의 근처에 서서 아무 말도 하지 않았다.

"저는 죽든 살든 파스파르투를 찾을 겁니다." 필리어스 포그가 아우다에게 조용히 말했다.

필리어스 포그는 이것이 자신의 전 여행을 위태롭게 할 수 있음을 알았다. 그러나 자신의 하인을 쫓아가는 것이 자신의 의무라고 생각했으므로 그는 주저하지 않았다.

〈필리어스 포그와 아우다, 결혼하기로 결심하다〉

필리어스 포그는 아우다를 새빌가에 있는 자기 집으로 데려갔다. 아우다는 자신의 보호자의 불운에 대한 슬픔으로 어쩔 줄을 몰랐다. 파스파르투는 자기 방으로 뛰어 올라가 80일 동안 타고 있었던 가스버너를 껐다.

다음날 아침에 필리어스 포그는 파스파르투를 불러 아우다에게 아침 식사를, 그리고 자신에게는 커피 한 잔을 가져다 달라고 말했다. 파스파르투는 더 이상 자신의 죄의식과 감정적 혼란을 참을 수 없었다.

"포그 주인님! 왜 저를 욕하지 않으십니까?" 파스파르투가 소리쳤다.

"주인님이 내기에 지신 것은 제 잘못입니다."

"나는 아무도 탓하지 않네." 필리어스 포그가 말했다. "이제 가서 젊은 부인에게 내가 오늘 저녁에 이야기 좀 하자고 한다고 전하게."

하루 종일 필리어스 포그는 집에 머물렀다. 필리어스 포그가 혁신클럽에 갈 이유는 없었다. 필리어스 포그의 친구들은 이미 그의 수표를 가지고 있었고, 그들이 해야 할 일이라고는 베어링 형제 은행에서 그것을 현금으로 바꾸는 일뿐이었다. 필리어스 포그는 방에 틀어박혀서 자신의 신변을 정리했다.

〈필리어스 포그는 무엇을 얻었나?〉

파스파르투는 주인을 팔로 잡고 엄청난 힘으로 그를 끌어내기 시작했다. 필리어스 포그는 그렇게 납치되어 집을 떠나 마차로 뛰어올랐다. 필리어스 포그가 혁신클럽에 나타났을 때, 시계는 8시 45분을 가리켰다. 필리어스 포그는 80일 안에 세계일주를 달성했다. 그리고 20,000달러짜리 내기에 이겼다!

그토록 정확하고 까다로운 사람이 어떻게 이런 실수를 저지를 수 있었던 것일까? 어떻게 그가 사실은 금요일이었던 날에 자신이 토요일에 런던에 도착했다고 생각하게 되었을까? 실수의 원인은 아주 간단했다.

필리어스 포그는 그것을 알지 못한 채 여행에서 하루를 번 것이었다. 이는 필리어스 포그가 계속 동쪽으로 이동했기 때문에 생겼다. 만약 필리어스 포그가 반대쪽으로 이동했었다면, 하루를 잃었을 것이었다.

그래서 필리어스 포그는 20,000파운드를 벌었다. 하지만 필리어스 포그는 여행에서 거의 19,000파운드를 썼으므로, 종합적인 소득은 적었다. 그러나 필리어스 포그의 목적은 돈을 버는 것이 아니라 승리를 거두고 명예를 지키는 것이었다. 필리어스 포그는 남은 1,000파운드를 파스파르투와 불운한 픽스 형사가 나누어 가질 수 있도록 주었다. 하지만 공평성을 위해서 파스파르투의 몫에서는 그의 방에서 1,920시간을 타고 있던 가스비용을 공제했다.

필리어스 포그는 내기에 이겼으며, 80일 안에 세계일주를 했다. 이를 하기 위해서 필리어스 포그는 증기선, 철도, 사륜마차에서 요트, 무역선, 썰매, 그리고 코끼리까지 모든 운송 수단을 이용했다. 하지만 필리어스 포그가 이러한 모든 수고로 무엇을 얻었을까? 필리어스 포그가 이 길고도 힘든 여행에서 무엇을 가지고 돌아왔을까?

딱 하나였다. 즉 자신을 세상에서 가장 행복한 남자로 만들어 준 매력적인 여인이었다!

③ 다니엘 디포의 「로빈슨 크루소」

다니엘 디포는 영국의 소설가이자 언론인으로 사무엘 리처드슨과 함께 영국 근대 소설의 아버지로 간주되고 있다. 로빈슨 크루소는 우연히 무인도에 홀로 남게 된 로빈슨이라는 사람의 생활을 그렸다. 디포가 60세에 가까운 나이에 발표한 소설로 최초의 영국 근대 소설로 간주되고 있다. 5년 동안 무인도에서 혼자 생활하다가 구조되었다고 주장하는 스코틀랜드인 알렉산더 셀키르크의 실화를 바탕으로 했다는 점에서는

사실주의 문학의 대표작으로 손꼽히기도 한다.[123]

〈선원이 되다〉

나는 1632년에 영국 요크 시에서 태어났다. 나는 3형제 중 막내였다. 군인이었던 큰형은 스페인인들과의 전쟁에서 죽었다. 그리고 둘째 형에게는 무슨 일이 일어났는지 모른다. 아버지는 매우 현명한 분이셨고, 내게 당신이 하시는 사업에 대해 많은 것을 가르쳐주셨다. 아버지는 내가 더 나이가 들면 아버지를 도와 일하기를 바라셨지만, 나는 늘 선원이 되고 싶었다.

아버지는 내게 왜 집과 영국을 떠나 선원이 되고 싶어하는지 자주 물어보셨다. 아버지는 내가 집에서 살면 아주 평탄한 삶을 살 수 있을 거라고 하셨다. 부모님은 이제 나이가 많이 드셨고, 나는 아버지의 일을 물려받을 유일한 아들이었다. 내가 선원이 되기로 작정한다면 하나님이나 부모님 어느 누구도 나를 말릴 수 없을 것이었다. 아버지는 아주 부유하거나 아주 가난한 사람들만이 모험거리를 찾으러 선원이 된다고 말씀하셨다. 우리 같은 중산층 사람들은 자기 집에 살면서 일을 한다고 하셨다.

18살이 되었을 때 난 부모님께 이제 집을 떠나 선원이 될 때라고 말씀드렸다. 나는 아버지를 도와 일을 하고 싶지 않았다. 그래서 부모님께 선원이 되게 해달라고 사정했다. 나는 부모님께 선원으로 사는 것이 싫어지면 집에 돌아와 다시는 바다에 관한 이야기를 꺼내지 않겠노라고 약속했다.

〈해적들!〉

나의 새 주인은 나한테 자기 집에서 다른 노예들과 일하라고 명령했다. 나는 그가 다음 번에 바다로 나갈 때 나를 데리고 가주기를 바랐다. 그의 해적선이 스페인 군함의 공격을 받아 내가 그 해적 선장으로부터 탈출할 수 있을지도 모를 일이었다. 매일 밤 나는 영국에 있는 나의 집으로 가는 꿈을 꾸었다.

2년 동안 해적 선장의 집과 정원을 돌보면서 나는 탈출할 기회를 기다렸다. 가끔 선장은 나와 다른 노예 한 명을 작은 배에 태워 낚시하는 데 데리고 갔다.

---

123) 다니엘 디포Daniel Defoe(1660~1731), 『로빈슨 크루소Robinson Crusoe』(1719), 넥서스콘텐츠개발팀 엮음, 넥서스, 2011.

어느 고요한 아침, 우리가 바다로 나가 낚시를 하고 있을 때 안개가 너무나 빠르게 우리를 덮쳐 우리는 완전히 길을 잃고 말았다.

〈나의 요새를 짓다〉

나는 날짜를 적어놓지 않으면 내가 곧 시간 감각을 잃어버릴 것이라는 사실을 알았다. 그래서 나는 커다란 십자가를 만들었고 그것을 해변에 세워두었다. 나는 그 위에 나이프로 다음과 같이 새겨놓았다. "나는 1659년 9월 30일에 이곳 해안에 왔다." 그 다음 주, 그 다음 달, 그 다음 해 나는 매일 십자가의 한쪽 면에 나이프로 표시를 해 두었고, 이런 식으로 나만의 달력을 만들었다.

섬에 있었던 처음 몇 주 동안 가끔씩 서글퍼져서 내 심장이 내 몸 속에서 멈춰버린 것처럼 느끼곤 했다. 나는 일을 하다말고 주저앉아서 몇 시간이고 땅을 쳐다보고 있기도 했다. 구조되기 전까지 내가 얼마나 더 이 섬에서 기다려야 할까?

어느 날 나는 펜과 종이를 꺼내서 내 삶의 좋은 점과 나쁜 점을 기록하여 위안을 삼으려고 해보았다.

〈나쁜 점〉

나는 구조되리라는 희망 없이 홀로 섬에 있다.

나는 혼자이고 이 세상 다른 모든 사람들과 떨어져 있다.

나는 원주민이나 야생 동물로부터 나 자신을 보호할 방법이 없다.

나에게는 이야기할 상대가 아무도 없다.

〈좋은 점〉

하지만 나는 살아 있고 나의 다른 친구들이 전부 그랬던 것처럼 물에 빠져 죽지도 않았다.

하지만 나는 또한 내 친구들로부터 떨어져서 살아남았다.

하지만 나는 섬에 있고, 아프리카와 달리 이곳에는 야생 동물이 보이지 않는다. 만약 아프리카에서 배가 난파되었더라면 어쩔 뻔했는가?

하지만 하나님은 배를 해안 가까이로 보내주셨고, 나는 그곳에서 내가 필요로 하는 것을 얻을 수 있었다.

내가 쓴 것을 보자 나는 좋은 점을 하나도 발견할 수 없을 만큼 그렇게 나쁜 것은 이 세상에 아무것도 없음을 알게 되었다. 비록 내가 혼자라고 하더라도 나는 아직도 감사할 것이 있다는 것을 알았다. 종이 위에 쓰인 글자들을 보는 것이 내게는 대단한 위안이 되어서 나는 이 섬에서의 내 생활에 대해 일지를 쓰기 시작하기로 결정했다.

〈일지〉

11월 4일. 오늘은 일하는 시간, 사냥하는 시간, 잠자는 시간을 정해 놓기로 결정했다. 만약 비가 오지 않는다면 매일 아침마다 나는 총을 들고 2~3시간쯤 밖으로 나갈 것이다. 정오에는 돌아와서 텐트 안에서 점심을 먹는다. 날씨가 가장 더운 2시간 동안에는 잠을 자고 저녁에 다시 몇 시간 동안 일을 한다. 오늘 내가 한 일은 의자와 탁자를 만들기 시작한 것이었다.

12월 27일. 나는 섬에서 염소를 발견했지만, 그것들은 너무 빨랐다. 그리고 나는 염소들 중 한 마리도 총으로 맞히지 못했다.

1월 1일. 날씨가 매우 더웠다. 나는 총을 들고 아침 일찍 밖으로 나갔고 계곡들 중 하나에서 많은 염소 무리를 찾아냈다. 몇 시간 동안 매우 참을성 있게 움직이지도 않고 앉아 있던 끝에 드디어 나는 염소들 중 두 마리를 용케 총으로 쏘아 잡았다. 내일은 염소를 사냥하는 데 내 개를 이용해야 할 것 같다.

1월 2일. 나는 개를 데리고 염소를 찾으러 나왔다. 이것은 실수였다. 모든 염소들이 개를 향해 대들자, 개는 다시는 염소들 근처로 가려고 하지 않았다.

〈몹시 아프고 겁에 질리다〉

6월 18일. 오늘 하루 종일 비가 내렸지만 나는 평소처럼 밖에서 일을 했다. 비가 몹시도 차갑게 느껴졌는데, 이상한 일이었다.

6월 19일. 나는 몸이 아프고 종일 덜덜 떨었다.

6월 21일. 나는 아직도 몹시 아프다. 그리고 이 병 때문에 무서워 죽을 지경이었다. 나는 폭풍이 헐을 지나간 이후 처음으로 하나님께 기도를 드렸다. 하지만 나는 몹시 아파서 내가 무슨 말을 하고 있는지조차 알지 못했다.

낭만형 및 디오니소스형 인물

〈부지런히 일하다〉

섬에서 사는 이듬해 동안 나는 매일 열심히 일했고, 한 번도 게으름을 피우지 않았다. 나는 날마다 성경을 세 차례 읽었고, 매일 아침 총을 들고 개를 데리고 가서 먹을 것을 사냥하는 데 3시간을 보냈다. 나는 햇볕이 가장 뜨거운 한낮에는 텐트를 청소하고 음식을 요리하면서 시간을 보냈다. 오후가 되면 내가 쓸 물건들을 만들었는데, 그것을 하는 데는 늘 많은 시간이 걸렸다. 예를 들어 나는 나무를 베어 동굴 안에 둘 선반을 만드는 데 42일이 걸렸다. 영국에서라면 목수 한 명이 하루 반나절이면 같은 나무로 6개의 선반을 만들었을 것이다.

한창 건기일 때인 11월과 12월이면 나는 옥수수를 수확했다. 나는 인내심을 가지고 몇 주 동안 옥수수가 자라는 것을 지켜봐 왔지만 이제는 그것을 모두 섬에 살고 있는 산토끼들에게 잃을까봐 두려워졌다. 밤낮으로 토끼들은 밭에 앉아서 내 옥수수를 먹어치웠다. 결국 나는 밭을 빙 둘러 조그만 울타리를 만들고 그곳에 개를 묶어 놓았다. 얼마 안 있어 산토끼들은 감히 내 옥수수밭 근처에 발을 디디지도 못하게 되었다.

이 외에도 '영웅적.희극적.저항적.개척자적 인물' 들에서 낭만형 인물의 성격을 찾을 수 있다.

⟨참고문헌⟩

국학자료 심층연구 총서 06,『일기를 통해 본 조선후기사회사』, 새물결, 2014.

김경훤 · 김성수 · 김미란,『창의적 사고 소통의 글쓰기』, 성균관대학교출판부, 2013.

김대중,『자서전』, 삼인, 2011.

김동환,『국경의 밤』, 미래사, 1991.

김소월,『진달래꽃』, 미래사, 1991.

김소진,『김소진 단편집』, 고인환 엮음, 지식을만드는지식, 2013.

김승옥,「무진기행」, 김승옥. 이제하 외,『20세기 한국소설 19』, 창비, 2005.

김열규,『욕, 그 카타르시스의 미학』, 사계절, 1997.

김영랑,『모란이 피기까지는』, 미래사, 1991.

김유정,「봄봄/따라지」,『에버그린한국문학전집 18』, 동서문화사, 1984.

박남철,『지상의 인간』, 문학과지성사, 1984.

박재삼,『울음이 타는 가을江』, 미래사, 1991.

박지원,『연암집 상』, 신호열. 김명호 옮김, 돌베개, 2007.

백 석,『멧새소리』, 미래사, 1991.

서정주,『푸르른 날』, 미래사, 1991.

성현경 풀고 옮김,『이고본 춘향전』, 보고사, 2011.

신영복,『엽서』, 돌베개, 2003.

심형철,『중국 알타이어계 소수민족 금기문화 연구』, 보고사, 2007.

심 훈,『상록수』, 지식을만드는지식, 2012.

안대회,『정조의 비밀편지』, 문학동네, 2010.

오규원, 『이 시대의 죽음 또는 우화』, 미래사, 1991.

우윤식, 『언어와 인간』, 역락, 2006.

유덕선 역해, 『추구집推句集』, 홍문관, 2007.

윤동주, 『하늘과 바람과 별과 시』, 미래사, 1991.

원승룡·김종헌, 『문화이론과 문화읽기』, 서광사, 2001.

이 상, 『이상 전집1,2』, 가람 기획, 2004.

이상섭, 『문학비평용어사전』, 민음사, 2009.

이순신, 『난중일기』, 노승석 옮김, 여해, 2014.

이중생, 『언어의 금기로 읽는 중국문화』, 임채우역, 동과서, 1999.

임규정, 「키에르케고르의 사랑의 개념에 관한 일 고찰」, 『범한철학』31권, 범한철학회, 2003.01.

장범성, 『중국인의 금기』, 살림, 2004.

장지연, 「시일야방성대곡是日也放聲大哭」, 『황성신문』, 1905.11.20.

장홍권, 『일반사회언어학』, 한국문화사, 2000.

전경갑·오창호, 『문화적 인간 인간적 문화』, 푸른사상사, 2003.

정약용, 『유배지에서 보낸 편지』, 박석무 편역, 창비, 2009.

정호승, 『항아리』, 열림원, 1998.

진순애, 「고향 심상에 담은 인간의 본질」, 『문학사상』, 1994.1.

진순애, 「다시, 잃어버린 시간 속으로」, 『문학사상』, 2013.5.

진순애, 「외로운 근대인」, 『문학사상』, 2014.3.

진순애, 「이 상의 글쓰기 전략과 자기검열」, 『비평문학 56호』, 한국비평문학회, 2015.6.

진순애, 『한국 현대시와 모더니티』, 태학사, 1999.

진순애, 『전쟁과 인문학』, 성균관대학교출판부, 2006.

진순애, 『전쟁과 시와 평화』, 푸른사상사, 2008.

진순애, 『문학의 법고와 창신』, 역락, 2012.

『한국민족문화대백과』, 웅진출판사, 1991.

한국어 사전 편찬실, 『한국어사전』, 교학사, 2013.

허 균, 『홍길동전』, 구인환 엮음, 신원문화사, 2003.

혜경궁 홍씨, 『한중록』, 정병설 옮김, 문학동네, 2010.

황문환. 임치균. 전경목. 조정아. 황은영 편, 『조선시대 한글편지 판독자료집1.2.3』, 역락, 2013.

황문환. 김주필. 배영환. 신성철. 이래호. 조정아. 조항범 편, 『조선시대 한글편지 어휘사전 세트』, 역락, 2017.

황석영, 「삼포 가는 길」, 『창작과 비평』, 1973.

황지우, 『새들도 세상을 뜨는구나』, 문학과지성사, 1983.

나다니엘 호오돈, 『큰 바위 얼굴The Great Stone Face』, 넥서스콘텐츠개발팀 엮음, 넥서스, 2011.

다니엘 디포, 『로빈슨 크루소Robinson Crusoe』, 넥서스콘텐츠개발팀 엮음, 넥서스, 2011.

라이너 마리아 릴케, 『젊은 시인에게 보내는 편지』, 붉은여우 옮김, 지식의숲, 2013.

『로빈 후드Robin Hood』, 넥서스콘텐츠개발팀 엮음, 넥서스, 2011.

루시 모드 몽고메리, 『빨강머리 앤Anne of Green Gables』, 넥서스콘텐츠개발팀엮음, 넥서스, 2007.

리처드 니스벳, 『생각의 지도』, 최인철 옮김, 김영사, 2004.

리하르트 반 뒬멘, 『개인의 발견』, 최윤영 옮김, 현실문화연구, 2005.

린다 허천, 『패러디 이론』, 김상구 외 옮김, 문예출판사, 1992.

마르셀 프루스트, 『잃어버린 시간을 찾아서』, 김희영 옮김, 민음사, 2012.

마르쿠스 아우렐리우스, 『아우렐리우스의 명상록』, 이현우. 이현준 편역, 소울메이트, 2013.

마르쿠제, 『프로이트 심리학 비판』, 오태환 옮김, 선영사, 1987.

모리스 블랑쇼, 『문학의 공간』, 박혜영 옮김, 책세상, 1998.

미겔 데 세르반테스, 『돈키호테』, 박철 옮김, 시공사, 2004.

미셸 드 몽테뉴, 『몽테뉴 수상록』, 손석린 옮김, 범우사, 1976.

미셸 푸코, 『성의 역사』, 이규현 옮김, 나남, 2004.

바흐찐. 볼로쉬노프, 『새로운 프로이트』, 송기한 옮김, 예문, 1998.

브레히트, 『살아남은 자의 슬픔』, 김광규 옮김, 한마당, 1985.

삐에르 부르디외, 『상징폭력과 문화재생산』, 정일준 옮김, 새물결, 1995.

소포클레스 편, 『그리스 비극』, 조우현 옮김, 현암사, 2014.

아리스토텔레스, 『시학』, 최상규 옮김, 예림기회, 2002.

아우구스티누스, 『고백록』, 문시영 옮김, 지식을만드는지식, 2011.

안네 프랑크, 『안네의 일기The Diary of a Young Girl』, 넥서스콘텐츠개발팀 엮음, 넥서스, 2006.

에드워드 T. 홀, 『문화 인류학의 명저』, 아야베 츠네오 편저, 최광식 감수, 김인호 옮김, 자작나무, 1999.

에리히 프롬, 『소유냐 삶이냐/사랑한다는 것』, 고영복·이철범 옮김, 동서문화사, 2008.

엠마누엘 레비나스, 『시간과 타자』, 강영안 옮김, 문예출판사, 1996.

요한 볼프강 폰 괴테, 『젊은 베르테르의 슬픔The sorrows of Young Werther』, 넥서스콘텐츠개발팀 엮음,
　　　　넥서스, 2011.

요한 볼프강 폰 괴테, 『시와 진실』, 김훈 옮김, 혜원출판사, 1992.

움베르토 에코, 『젊은 소설가의 고백』, 박혜원 옮김, 레드박스, 2011.

위르겐 아우구스트 알트, 『인식의 모험』, 박종대 옮김, 이마고, 2003.

윌리엄 골딩, 『파리대왕Lord of the Flies』, 강우영 옮김, 청목, 1991.

윌리엄 셰익스피어, 『셰익스피어 4대 비극』, 최종철 옮김, 민음사, 2012.

장 자크 루소, 『루소 전집』, 박아르마 옮김, 책세상, 2015.

조지 엘리엇, 『미들마치』, 한애경 옮김, 지식을 만드는 지식, 2011.

존 홀 휠록, 『시란 무엇인가』, 박병희 역, 울산대학교출판부, 1996.

쥘 베른, 『80일간의 세계일주Around the world in 80 days』, 넥서스콘텐츠개발팀 엮음, 넥서스, 2011.

진 웹스터, 『키다리 아저씨Daddy Long-Legs』, 넥서스콘텐츠개발팀 엮음, 넥서스, 2011.

찰스 디킨스, 『올리버 트위스트Oliver Twist』, 넥서스콘텐츠개발팀 엮음, 넥서스, 2007.

프란츠 카프카, 『절망은 나의 힘』, 가시라기 히로키 엮음, 박승애 옮김, 한스미디어, 2011.

프로이트, 『토템과 금기』, 김현조 역, 경진사, 1993.

헨릭 입센, 『인형의 집』, 안동민 옮김, 문예출판사, 1975.

호이징하, 『호모 루덴스』, 김윤수 옮김, 까치, 1996.

진순애(성균관대학교 학부대학 창의적 글쓰기 교수)

성균관대학교 독어독문학과 졸업
동대학원 국어국문학과 졸업
1994년 〈문학사상〉에서 신인 평론상 수상
문학박사, 문학평론가

저서 : 전쟁과 시와 평화, 전쟁과 인문학, 현대시의 자연과 모더니티, 한국 현대시와 정체성,
     한국 현대시와 모더니티
평론집 : 문학의 법고와 창신, 시의 자유 전복의 자유, 비평의 시선, 아니무스를 위한 변명, 시와 거울

글쓰기와 자기발견의 근대

초판 1쇄 발행 2017년 8월 25일
초판 2쇄 발행 2021년 2월 18일

지 은 이 진순애
펴 낸 이 이대현

편　　집 이태곤 권분옥 문선회 임애정 강윤경 김선예
디 자 인 안혜진 최선주
마 케 팅 박태훈 안현진
펴 낸 곳 도서출판 역락
주　　소 서울시 서초구 동광로46길 6-6 문창빌딩 2층(우06589)
전　　화 02-3409-2060(편집부), 2058(영업부)
팩　　스 02-3409-2059
등　　록 1999년 4월 19일 제303-2002-000014호
이 메 일 youkrack@hanmail.net
홈페이지 http://www.yourackbooks.com

ISBN 979 - 11 - 5686 - 954 - 2　03800

* 책값은 표지에 있습니다.
* 잘못된 책은 바꿔 드립니다.
* 이 도서의 국립중앙도서관 출판예정도서목록(CIP)은 서지정보유통지원시스템 홈페이지(http://seoji.nl.go.kr)와 국가자
  료공동목록시스템(http://www.nl.go.kr/kolisnet)에서 이용하실 수 있습니다. (CIP제어번호: CIP2017020231)